Child Play Guide

情商
决定孩子命运

提升宝宝EQ的300种亲子游戏

喜喜宝贝 ◎ 主编

吉林出版集团
吉林科学技术出版社

图书在版编目（CIP）数据

情商决定孩子命运：提升宝宝EQ的300种亲子游戏 /
喜喜宝贝主编.—长春：吉林科学技术出版社，2010.8
ISBN 978-7-5384-4921-1

Ⅰ．①情… Ⅱ．①喜…Ⅲ．婴幼儿—情绪—家庭教育—通俗
读物 Ⅳ．①G78②B842.6

中国版本图书馆CIP数据核字（2010）第143905号

情商决定孩子命运
提升宝宝EQ的300种亲子游戏

主　　编	喜喜宝贝
选题策划	李　梁
责任编辑	王旭辉
封面模特	金北辰　王奕楠　彭茵麟
正文模特	李佳颖　谭铭谦　夏梓轩　陈嘉浩　彭元弘
	彭梓墨　聂紫蓝　张铭洋　卢　扬　刘佳宁
封面设计	南关区涂图设计工作室
制　　版	长春美印图文设计有限公司
开　　本	889mm×1194mm　1/16
字　　数	300千字
印　　张	15
印　　数	1—8000册
版　　次	2010年9月第1版
印　　次	2010年9月第1次印刷

出　　版	吉林出版集团
	吉林科学技术出版社
发　　行	吉林科学技术出版社
地　　址	长春市人民大街4646号
邮　　编	130021
发行部电话／传真	0431-85677817　85635177　85651759
	85651628　85600311　85670016
储运部电话	0431-84612872
编辑部电话	0431-85619083
网　　址	www.jlstp.net
印　　刷	长春百花彩印有限公司

书　　号	ISBN 978-7-5384-4921-1
定　　价	39.90元

前言

孩子，是寄托，是希望，孩子的成长牵动着家长的喜怒哀乐。但不可否认，寄予着家长们殷切希望的孩子们，却多数都比较孤单、忧郁、异路、任性、好动、焦虑、冲动，存在着这样或那样的性格问题。是什么原因导致这样的结果呢，是情绪、情感，是情商。那么，什么是情商呢？

美国心理学家认为，情商包括认识自身的情绪、妥善管理自己的情绪、自我激励、认知他人的情绪、人际关系的管理等几方面的能力。情商水平高的人具有社交能力强、外向而愉快、不易陷入恐惧或伤感、对事业较投入、为人正直、富于同情心、情感生活较丰富但不逾矩、无论是独处还是与许多人在一起时都能怡然自得等特点。专家们还认为，一个人是否具有较高的情商，和童年时期的教育培养有着密切的关系。因此，培养情商应从小开始。

随着高等教育的普及，现在的孩子基本上都能接受到正规的学校教育，智商普遍表现得非常高，而情商教育在学校教育中还基本是空白，孩子的情商普遍低于智商。我们经常在新闻中看到，某同学、孩子因被老师、父母说了几句批评的话，一时想不通而采取了极端的行为，造成生死两隔的悲剧。不得不说，这是情商表现低下的极端例子，相信这样的事情，做父母的永远不想看到。

本书抓住孩子性格形成的关键时期，从0岁开始到6岁，帮助父母和孩子一起，通过玩游戏、讲故事的轻松方式，学到人生最基本的情商因素——乐观的生活态度、面对挫折的勇气、与人交往的技巧、控制自己的情绪等等。我们一再强调，不要认为孩子还小根本学不会，这是懒父母、缺乏耐性的父母用来搪塞的借口。

现在的父母很多都只能拥有一个孩子，抽出点时间，在共享天伦的同时，以寓教于乐的方法提升孩子的情商。或许短时间内，你看不到孩子的变化，但是请不要放弃，潜移默化的帮助，一定会让孩子在他们的人生道路上先行一步，让他们在今后多彩、漫长的人生中畅行无阻。

目录

前言

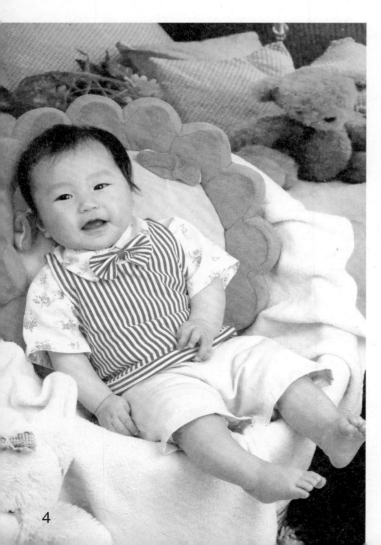

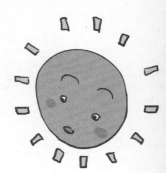

第三章
1～2岁把握情商培养启蒙期
管理情绪——良好沟通是关键

第一节　培养孩子良好的个性和习惯

第二节　让孩子学会管理自己的情绪

第三节　与身边的小伙伴和睦相处

第四节　辅助孩子信心十足踏出人生每一步

第五节　懂礼貌，培养高尚道德品质的第一步

第六章

4～5岁性格形成关键时期
建立培养孩子健康的世界观

第一章

父母要知道的秘密
孩子情商开发与培养

情商是什么？情商和智商哪个更重要？为什么要培养孩子的情商？你想培养一个怎样的孩子？这些都是育儿路上，父母常常遇到的问题。从这里开始，我们要告诉你情商世界里，你所不知道的秘密——情商培养在孩子成长道路上的重要性。培养一个文静还是开朗的孩子，培养一个"外交家"还是"冒险家"，这都由孩子的教育者说了算！

🌸 为什么要培养孩子的情商

情商又称情绪智力，它主要是指人在情绪、情感、意志、耐受挫折等方面的品质，情商培养则是帮助人们了解、控制自我情绪，理解、缓解他人的情绪，通过情绪的自我调整、控制、疏导以提高生存质量和决定未来道路的各个转折点的要素。

对于0~6岁的婴幼儿来说，情商培养包括以下几个方面：

2 懂得控制自己的情绪，养成乐观的性格。

还躺在摇篮里的婴儿可能什么也不能做，但是让他拥有快乐的心情是父母可以做到的。让孩子的周围时刻充满欢声笑语，在成长中发育成外向、乐观的性格，将来在面对困难时，这种豁达、积极向上的品质能帮助孩子战胜一切艰难险阻。

3 懂得建立自己的交际圈，善于与人相处。

孩子成长过程中很多挫折、惊喜、悲伤，都是在与人接触的过程中发生的，培养孩子交际能力是提升情商的最好途径，反过来，情商越高的孩子交际能力越强，二者相辅相成，不仅帮助孩子学会各种社交技巧，还能在与伙伴的交往中，同时培养更多的良好品质，如合作、友善、分享等。

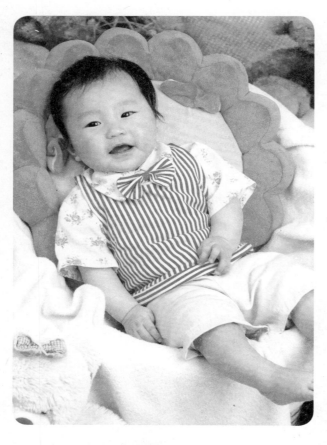

1 开拓孩子的眼界。

开拓孩子的眼界和情商培养有什么关系？试想一个整天关在家里、不去主动接触外界事物的孩子，能获得高情商吗？从孩子还在牙牙学语的时候，就应该让他更快更多地接触生活、自然、社会中的各种新事物——对于孩子来说，一切事情都是崭新的，通过看、听、说和理解，在不知不觉中，孩子逐渐融入这个他生存的空间里，学习接受并掌握生存法则。所以，不要小看孩子眼中观察到的一切，这些就是情商培养的基础。

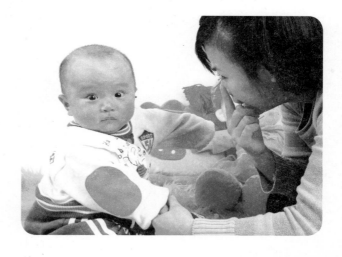

情商对孩子未来成长的重要性

历史上，无论是在商业、政治，还是艺术等各个领域里能获得巨大成功的人，都和"高情商"有着密不可分的关系。我们经常听大人谈论谁家的孩子考上清华了，谁又升职了，谁又在某比赛中赢得金奖了……这些外在的成就很容易被人发现，但是，经过系统分析决定成功的内在关键因素，你就会发现，成功者往往要经历更多艰难的选择、更多的挫折、更多战胜自我的努力，这些在成功道路上发挥关键作用的因素，就是情商。所以说，情商，在一个人的成功因素中起主导作用。

4 帮助塑造孩子的个性和世界观的形成。

俗话说"3岁看老"，意思是说孩子的性格在3岁前就已经成型，幼儿期所形成的品质会伴随孩子一生，而某些不良品质，就算后天再去修正也难以完全抹掉，因此，在幼儿时期的情商培养，能指引孩子接触正面、有积极意义的事物，诱导他正确、健康的思维方式的形成，为良好的个性和世界观的形成做必要的铺垫。

1 高情商者通常拥有很高的自察力，也就是自我认知的能力。

成功者常常自我反省，特别是在经历某次成功或失败后，懂得从不同的角度分析、认识自己在这件事中的表现，客观地评价自己，给自己正确的定位，然后清醒地看到自己的优点和欠缺，既不因为失败而气馁，也不因为成功而自傲。

2 成功者往往善于控制自己的情绪。

在面对任何事情时都能做到头脑冷静、行为理智，使自己的情绪状态始终处于一种得体的境况中，并由此发展出豁达的胸怀、乐观的心境、成熟的心理等。一个喜怒无常、得意就忘形、失意就沮丧的人，是不能有效地管理自己的情绪的，也不可能获得事业上、生活上的成功。

3 成功者有很强的自觉性和主动性。

高情商的人在决定做一件事后，会自动自发、全力以赴地进入一种工作状态，将外在的压力转化为内在的动力，在挑战中不断提升自我能力，成为更优秀的人。同样，一个情商高的孩子，懂得自觉完成作业，懂得主动帮助妈妈做家务，所谓勤能补拙，情商高的孩子就算智力不比别人高，成绩也可以很好。

4 成功者人际关系融洽，善于与人沟通合作。

良好的人际关系能减少在工作、生活中遇到的困难，降低与人发生摩擦的概率。一个情商高的孩子，懂得和伙伴、同学、老师搞好关系，容易受到老师和同学的喜爱，能轻易地融入任何集体中，不会产生孤独感。

可见，情商培养对一个孩子的成长以及未来发展道路的影响有多大，不是靠课堂上的讲解就可以掌握的。

❀ 你想培养一个怎样的孩子

性格的形成是在生活中奠定的，幼儿时的生活环境，会潜移默化地影响孩子性格的形成，良好的性格应该是在适宜的环境中熏陶、感染而成，是反复不断的感情浸润和积累的结果；而孩子恶劣性格的养成，往往是由于将幼儿长期置于暴力、恐惧、不和谐的环境中，因此，作为家长，为幼儿营造一个充满友爱、平等、欢乐气氛的环境尤为重要。

在孩子呱呱落地的时候，父母就开始思考这个问题——我们要把孩子培养成一个什么样的人呢？现在的孩子多是独生子女，家长都想为孩子提供最好的学习、生活条件，希望将孩子培养成出类拔萃的人才，于是制定庞大的训练计划，学钢琴、学外语、学舞蹈、学书法……父母的一片苦心固然值得肯定，但是孩子的成长发育是一个复杂、变化的过程，并且有其自身发展所固有的轨迹，不同于任何一个个体的特征，这种特征从孩子来到这个世界的第一天就已经存在，这就是孩子的内心世界。

因此，当我们在考虑要将孩子培养成一个什么样的人时，除了让孩子有干净整洁的衣着外貌，还应该让孩子有一个健康、美好的心灵世界。在培养的过程中需遵循几个原则：

1 不能只关注孩子智力的发展。

智力发展是有限的，但人的内心世界无限宽广，一个成绩差的孩子可能擅长于绘画、舞蹈，他可能性格开朗、拥有很多的朋友，他还会将迷路的老人送到派出所……而学习成绩好的孩子，可能将更多的精力放到学习上，而忽略了生活中的其他小事，就不一定会花时间去学绘画、舞蹈，也可能性格内向，会忽视路边迷路的老人……因此，家长要做的，就是多花心思去了解孩子的内心世界，并用各种方法来提升孩子的情商，使孩子成为一个内心强大的人。

2 让孩子快乐成长，学会宽容。

古今中外，凡是成就大业的人都有各种优势，但是有一个共同点，那就是拥有一颗乐观、豁达、宽容的心。同时，在生活中、工作中受欢迎的人往往比较宽宏大度，能包容他人的缺点，发现他人的优点。这些人通常也过得更开心、少烦恼，因为他们能很好地调解心态，将苦难、烦恼用各种积极的方法排解。因此，我们说培养一个天才，同样也要培养他大度宽容的个性特点。

3 给孩子独立、自由发挥的空间。

为了让孩子赢在起跑线上，父母们使出了浑身解数，报名参加各种早教班、才艺班，结果却适得其反，孩子不仅不好好学，甚至还产生了逆反心理，厌学、逃课成了孩子反抗的方法。父母在孩子性格培养、情商教育的过程中，应该扮演引导者的角色，而非全能的操作者——在孩子犯错的关键时刻，能给予他们正确的指引，创造美好、和谐的生活环境，让孩子拥有更多自主发挥的空间。要知道，有了好的肥料、充足的阳光、足够宽广的土地，才能让种子健康地开花结果！

从0岁起培养孩子的情商，游戏是最好的教育方式，也是孩子最容易接受的方法。幼儿身心发展的年龄特点，决定了他们喜欢游戏、乐于游戏，进而在游戏中尝试、体验各种抽象的情感和品质。父母应该根据各个年龄段孩子身心发育的特点，来进行游戏活动，游戏形式要多样和丰富，让孩子在愉悦的游戏中占主导位置，尽量减少成人的干预，让孩子主动去想、去感受、去理解。没有了来自外界和内部的压力，孩子才能充分体验到一种积极的情感，在快乐的氛围中培养孩子的情商。

❀ 孩子情商教育从何时开始

"3岁看老"这句话真的有科学依据吗？通过长期的教育实践，我们发现，0~3岁是孩子情商培养的关键时期，3~6岁则是孩子性格形成的时期。

3岁之前，对孩子来说主要是一种天生气质的体现阶段，也就是说，孩子在这个阶段里，仍然处于对世界的认知过程，还没有形成固定的个性。3岁以后，孩子语言、认知、行动能力都达到与成人相近的水平，能更多地参与到社会实践中，他们必须按照固有的社会运行规律，如道德、纪律等的约束，上幼儿园时要按照老师的要求学习，与小朋友相处要友善，不能打架、骂人等……这样，孩子的行为就逐渐体现出一种社会性，性格也渐渐地表现出来，这种性格与3岁前孩子的天生气质相结合。

请注意，并不是说孩子个性形成后就不能再改变。虽然我们主张从0岁起培养孩子的情商，但是个性的矫正没有时间界限，特别是孩子出现第一个坏习惯的时候，如家长能及时地纠正，也为时不晚。比如孩子做事缺乏耐性，应该引起父母的关注，不能想着"孩子还小，很多事情不能做好，急躁是难免的事"，其实这对孩子以后的学习自主性、学会控制自己的情绪都有负面影响，父母应该给孩子做表率，在发现孩子处事急躁时，陪孩子一起解决问题，帮助孩子分析问题的原因，找出解决的方法和技巧，这种情况下，孩子自然就懂得再次遇到类似的事情时该怎样去解决，而不是怨天尤人或者干脆直接放弃。

❀ 扫清阻碍孩子情商培养的不利因素

情商培养不是一两天的事情，需要父母长期坚持不懈的努力，值得注意的是，尽管父母认识到情商培养的重要性，还是会在情商培养的过程中犯各种各样的错误，有些错误甚至会影响孩子情商的健康发育，这些影响情商培养的不利因素应该尽早被认识，并且尽量规避。

1 忽视孩子的情感表达和控制能力的培养。

很多父母总是认为孩子还小，思想不成熟，他们的所说、所想都是相当幼稚的事情，因此，在孩子要发表自己的观点和传达自己的情绪时，总是打断孩子的话，使孩子不能很好的抒发情感，久而久之，孩子不再愿意和成人交流，衍生出烦躁、抑郁、焦虑的不良情绪，这样的行为，不仅影响情商培养和智力的发育，更不要谈能让孩子学会控制自己的情绪了。由此可见，正确培养幼儿的情感表达和控制能力，使孩子形成良好的情绪，使孩子的身心得到健康发展是非常重要的。

2 忽视孩子交际能力的培养。

0岁开始孩子就已经具备交际能力，妈妈轻声地哼唱、逗乐都能赢得孩子一个开心的微笑，1~2岁时，孩子可以与熟悉的成人一起玩各种游戏，3~6岁的幼儿，已经能和同龄的伙伴嬉戏、打闹。然而在实际生活中，很多家长不重视这种能力的培养，认为孩子还不具备交往能力，不能主动地解决问题，当孩子与其他孩子发声矛盾时，家长马上站出来解决问题，剥夺了孩子学习化解矛盾的机会，使孩子对父母的依赖性更强。

3 过度保护孩子，忽视独立性的培养。

0~6岁的孩子行动力、协调力还在逐渐发育中，当接触新事物时，不能马上掌握和适应，这是一个正常的过程，如孩子想帮助妈妈扫地，反而将垃圾打翻，想学习拖地却将水溅得到处都是……遇到这类情况，家长往往会抱怨孩子帮倒忙，马上抢过来自己做，或是帮孩子完成本应孩子自己去做的事情，这样做虽然完成效果会更好，但是，孩子失去了宝贵的独立完成力所能及的事情的机会，父母这样过度保护孩子，不利于孩子独立性、自信心的培养。

4 父母忽视孩子成长环境的创设。

家庭是孩子的第一所学校，和谐的家庭关系对孩子的情感发育有着深远的影响。在和睦、充满爱的家庭中长大的孩子，天生就有一种与人为善的品质，与人处事往往表现出一种博爱、友善的态度；而经历父母离异、争吵不休，经常被打骂的孩子，幼时的经历将成为抹不去的阴影，当再次遇到同样的事情时，幼年时的经历就会爆发出来，可能做出不理智的事情。

5 父母自身低情商不利于孩子情商培养。

父母总是习惯充当孩子人生路上的"指引者"，习惯于为孩子规划人生道路，而能用科学、正确的方法传达给孩子积极的人生态度的父母仍占少数。父母自身情商不高，如常与人争吵、爱贪小便宜，自卑、懒惰等习惯，都将在日常生活中影响孩子，有些父母嘴上教育孩子应该如何处事，但是又做出另一套与之相反的行为，这将扰乱孩子正常的思维方式，让孩子在矛盾中痛苦地徘徊不前。

高情商VS高智商，哪个对孩子更重要

近年来有观点认为，成功的人生由20%的智商和80%的情商决定，也就是说，影响人生成败的关键在情商的高低。其实，智商和情商两者并不矛盾，相辅相成，但是经过很多实践证明，高智商的人如果没有高情商，同样不能成为学业、事业上的成功者。

智商是用以表示智力水平的工具，是智力水平的表现，智商的高低反映着智力水平的高低，孩子们在学校课堂上所学的知识可增加智商；情商则表示认识、控制和调整自身情感的能力，情商的高低反映着情感品质的差异。因此，正确地认识智商和情商需要弄清二者的差异。

智商和情商反映着两种性质不同的品质。智商主要反映人的认知、思维、语言、计算等的能力水平，它主要体现人的理性能力；而情商主要反映一个人认识、控制和调节自己情绪的能力，以及认知和处理自己与他人之间的情感关系的能力。情商反映个体把握与管理情感问题的能力，情感常常走在理智的前面，所以它是非理性的，我们常说一个人做事很冲动，不冷静思考后再行动，就是说这个人情感控制能力差，理性思考不到位导致办事不力或做出没有经过理性思考的事情。

很多父母为了孩子将来有好的出路，拼命想让孩子挤进贵族学校、重点中学再到名牌大学，然后进大公司、大企业每年拿几十万的年薪，可是等孩子学到了满满的知识走出校门的时候，却发现社会不是这么简单，大公司里比的不仅是文凭，更多的是为人处世的技巧。原微软全球副总裁李开复就说过，在高新技术企业中，领导的智商很重要，但实际上，情商的重要性远远超过了智商。因为，情商不是靠考试、背书就可以学到的，这也是很多大学生走上工作岗位后才发现"学校学的知识根本用不上"的原因。

由此可见，情商管理着人自身的情绪和自身与他人之间的情感，使人能在第一时间更清楚地认识自己，运用自省、自勉、自强的能力在困难中坚定前进，将人与人紧密结合后发挥更强大的力量。情商高的人智商不一定高，但是高情商的人拥有健康的情绪、和睦的家庭和良好的人际关系，不管在生活上、事业上，他们都会比低情商的人更容易成功。

第二章

0～1岁情商培养踏出第一步 让孩子活泼愉快地成长

　　当孩子还在襁褓里的时候，你是不是觉得这个时候谈论情商的培养为时过早呢？当然不是！虽然宝宝还不会说话，但是你和他的一个眼神交流、一个微笑都对孩子情商培养有重要意义，聪明的父母应该从这时开始，为孩子创造一个舒适、愉快的生活环境，让孩子在温馨、快乐的氛围中认识身边的人和物。

第一节 孩子尚未形成稳定的性格

宝宝出生后的第一年，是他一生的开始阶段，只有当他在生活上得到悉心照料，在精神上得到无限的爱抚时，宝宝才会对这个世界产生信任感和安全感，从而为其情商、个性的健康发展打下坚实的基础。

父母不可不知——
0~1岁孩子身心发育状况

0~1岁的宝宝的身体发育飞快，经过12个月的喂养后，宝宝逐渐学会了抬头、坐、爬以及独立行走的过程，牙齿也逐渐出齐了，从婴儿阶段进入幼儿阶段。

当宝宝还只能躺在摇篮里时，他们就已经开始认识这个世界了，不要以为宝宝这时没有心理需要，4个月大时，他们其实已经知道分辨父母的声音，当父母或熟悉的人去逗宝宝时，他会微笑或咿咿呀呀地回应。我们经常看到有些宝宝一逗就笑，有些宝宝则对逗乐没反应，这和父母平常的亲子互动有很大关系，经常和宝宝玩闹，有助于培养宝宝愉悦、乐观的心情。

此阶段，宝宝还处于语言发展的初步阶段，虽然只会说一两个词，但是对说话已经产生了兴趣，渴望与周围人进行交流，同时，宝宝活动能力大大增强，开始自己找玩具或者是和成人一起玩游戏。这一时期，宝宝最显著的心理特点，就是对陌生事物的"恐惧"心理，例如害怕陌生人，害怕陌生、怪模样的物体，害怕未曾经历过的情况……每逢遇到这些情况，宝宝会不由分说地大哭起来并寻求父母的保护；当处于他自己感觉安全的环境中时，则对周围的世界表现出极大的兴趣，什么都想看看、什么都想摸摸，甚至直接把东西放到嘴里尝尝。这时，父母要懂得安抚宝宝的情绪，用语言、游戏等方式，帮助孩子更快认识这个陌生的世界，建立最初的信任感。

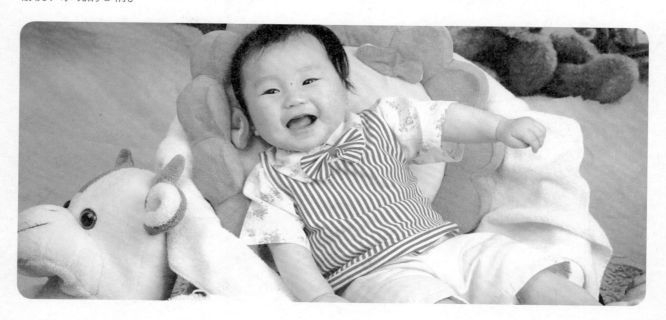

父母的困惑——
0~1岁孩子情商培养常见问题

问题一：孩子对父母的依恋情绪开始滋生。

对陌生事物的恐惧心理，是滋生依恋情绪的主要原因，这表示宝宝只对熟悉的人或事物有安全感，比如感觉不适时，只有妈妈的安抚才能停止哭泣，晚上没有妈妈抱着就睡不着，有些宝宝会有一个特别喜欢的玩具熊，喜欢去到哪都带着它，或是特别喜欢自己的小枕头，闻着熟悉的气味才能入睡等。这些都是依恋情绪的表现，是宝宝克服恐惧心理的需要，并以此来安定自己的情绪。但是放任宝宝这种依恋心理的发展，将不利于宝宝更大胆地去接触和认识外面的世界，甚至发展成内向、拘谨的性格，影响情商的正常发展。

问题二：开始对父母乱发脾气。

此阶段，父母会发现宝宝的情绪有时变得难以琢磨，玩得好好的一件玩具，突然就被他摔到了地上，看见喜欢的东西一定要吵闹着拿到手，否则就开始大哭大闹。宝宝懂得发脾气，其实说明他有了各种需要，不再是不通世事的婴儿，这时父母应该冷静地处理，不能跟着宝宝一起情绪激动打骂孩子，这样会使宝宝感到委屈，且性格更加执拗，如果是正当需要，父母应该尽量满足孩子，或者想办法转移孩子的注意力，让他从不愉快的情绪中摆脱出来。

问题三：偶尔出现暴力行为。

宝宝已经长齐了牙齿，但是小牙齿竟然成了宝宝的"武器"，当他不高兴时，他们偶尔会用牙齿、拳头攻击父母或其他小朋友——这真让妈妈担心，宝宝会不会有暴力倾向呢？事实上，这是每个宝宝都要经历的阶段，这个阶段的孩子虽然能说出简单的几个词，但是还不能完整地表达自己的意愿，当孩子急于表达但又迫于词汇有限时，情急之下就会使用"武力"来解决问题。

独立、乐观的品质，要从婴儿期开始培养

针对这个时期宝宝的身心发育特点和情商培养常见问题，父母应该从这时开始培养孩子乐观、独立的品质。

当孩子几个月大时，父母可以将宝宝周围的环境布置得温馨、色彩丰富，经常用玩具逗笑宝宝，经常对孩子说话，不要错误地认为"孩子只要吃饱、睡好就行"，让孩子经常接受各种视觉和听觉的刺激，并受到亲人的爱抚和照顾，不仅能使宝宝心情愉快，还能促进他们神经系统的正常发育。

半岁以后，父母要及时地扩展孩子的视野，经常和孩子到户外观察大自然的各种景观、各种生活场景，这样做，既可以放松孩子的心情，缓解孩子对陌生事物的紧张心理，还能让孩子多与小伙伴交流，为最初的交际活动做准备。

此外，父母细心照料孩子的同时，也应该有意识地让孩子学会独处，不要让孩子变成妈妈的"小尾巴"。很多父母认为孩子还小，从安全和照顾方面考虑，时刻紧盯着他是最好的做法，于是不管是孩子醒着还是睡觉，时时刻刻都守在他身边，只要孩子一哭，便马上满足他的要求，殊不知，这就是溺爱的开始，孩子任性的性格可能就是从这时开始养成。防止这种不良习惯的形成，需要父母行动上的努力，比如让孩子独自在床上玩，观察他的行为，记录他独处的时间，独处时间可以随着孩子的长大而慢慢延长。

第二节 让孩子成为家里的开心果

初识人事的宝宝还不懂得什么是坚强、自信，这一阶段的情商培养，重点应该是让孩子拥有一个好心情，当宝宝情绪高涨、心情愉悦时，才能更好地和孩子进行游戏和活动，让孩子感受这个充满欢声笑语的世界。

让宝宝更开心的亲子游戏

游戏一 拍拍手

小贴士

这个游戏相当于是"躲猫猫"的初级班，大一点的孩子，父母可以将发声物体藏到隐蔽的地方，然后引导宝宝去寻找，当宝宝找到时，给他一个亲吻作为奖励。

宝宝学到了什么？

用各种声音刺激宝宝的听觉和视觉反应，让宝宝学会辨别发声方向，同时还能愉悦宝宝的心情，增进亲子感情，对于3个月内的宝宝，父母还可以换各种发声道具吸引他的注意，同时变换不同的方位，进一步促进感官协调能力。

游戏玩法

1 选择宝宝情绪良好的时候，让宝宝平躺在摇篮里，妈妈面对宝宝拍手，发出声音吸引宝宝注意力，同时用热情的声音呼唤宝宝的名字；

2 妈妈换到宝宝左侧，拍手并呼唤宝宝的名字；

3 妈妈再换到宝宝右侧，拍手继续呼唤宝宝的名字；

4 妈妈藏起来，突然出现在摇篮另一侧，引逗宝宝发笑。

游戏二 照镜子

游戏玩法

1 准备一面大镜子立在宝宝面前，问宝宝镜子里的是谁？

2 教宝宝和镜子中的自己打招呼，招招手；

小贴士

注意不要让宝宝自己拿着镜子，当宝宝要伸手抓镜子时，父母应及时将他的注意力转移到镜中的影像上来。

3 将镜子用一块布盖住，让宝宝把布掀开，发现镜中的自己，引逗宝宝笑。

宝宝学到了什么？

宝宝从来没有见过镜子中的自己，突然发现里面有个和自己一模一样的小家伙时，会显得非常兴奋，就像发现了"新大陆"般高兴。游戏时，还可以告诉宝宝镜中的其他物品，促进宝宝语言能力的发育，激起他探索世界的兴趣。

游戏三 挖宝贝

游戏玩法

1 将宝宝喜欢的各种玩具藏在被子里，如小鹿玩具；

2 妈妈问宝宝："小鹿在哪里？"引导宝宝翻开被子找出玩具；

3 当宝宝找出玩具小鹿时，妈妈模仿小鹿说话："宝宝，你好呀！"

小贴士

一次不要藏太多的玩具，以免宝宝产生混乱，同一件玩具也可以多次藏起来，让宝宝反复寻找。

宝宝学到了什么？

宝宝对寻找东西非常感兴趣，妈妈在游戏中可以模仿各种玩具对宝宝说话，让孩子感受模仿的乐趣，同时帮助宝宝理解暂时看不到与事物客观存在的概念。

游戏四 爬行比赛

游戏玩法

1 爸爸和宝宝处在一个起跑线上，妈妈在终点拿着宝宝喜欢的玩具引逗；
2 爸爸发令，宝宝开始向妈妈爬

去，妈妈拿着玩具鼓励宝宝向前爬；
3 爸爸假装追赶宝宝，最后输给宝宝。

小贴士

为了调动宝宝的积极性，爸爸要尽量投入感情，让宝宝觉得这是一场真正的比赛。游戏不要安排在饭后，玩的时间不宜过长，准备足够的活动空间，游戏过程还要注意宝宝的安全。

宝宝学到了什么？

宝宝很享受和最亲密的人一起游戏的时光，经常还会出现"人来疯"的现象，当宝宝情绪不好的时候，用活动量大的游戏转移宝宝的注意力效果非常显著，转眼间他就忘记不愉快的事情了。

游戏五 扔玩具

游戏玩法

1 准备各种宝宝能抓起来的玩具排在宝宝面前；
2 妈妈示范拿起一个玩具扔出去；
3 让宝宝自己挑选喜欢的玩具，学着家长的样子扔出去。

小贴士

家长的表情要尽量丰富，引逗宝宝发笑，将游戏进行得非常有趣。也可以让宝宝将玩具丢给家长，形成亲子互动。

宝宝学到了什么？

这个年龄段的宝宝对身边的物品都充满了兴趣，但是还不能玩动作太精细、太复杂的游戏和玩具，扔玩具玩法简单，宝宝很容易操作，家长只要随手拿起身边的物品，就可能让宝宝开心起来。

唱儿歌，营造轻松愉悦的成长氛围

宝宝爱洗澡

宝宝蹦跳去洗澡，
乐得手舞又足蹈。
搓搓手，揉揉脚，
满身都是香泡泡。

布娃娃

我家有个布娃娃，
大大的眼睛黑头发，
一天到晚笑哈哈。
妈妈抱，宝宝抱，
娃娃就是不说话。

大家一起玩

小花猫，喵喵叫，
小花狗，汪汪叫。
宝宝喜欢蹦蹦跳，
大家一起玩游戏，
谁也不许耍赖皮。

虫虫飞

小蜜蜂嗡嗡飞，
飞到花上停一停。
花儿姐姐真漂亮，
甜甜的花蜜真美味。

小花猫

家里有只小花猫，
整天喜欢喵喵叫。
上蹿下跳最调皮，
最爱奶奶怀里抱。

测一测：你的孩子是个"爱哭鬼"吗

① 遇到不开心的事情，宝宝经常用哭来表达不满的情绪吗？   Yes（   ）No（   ）

② 给宝宝换了干爽的尿布，他还是大哭大闹？   Yes（   ）No（   ）

③ 宝宝从熟睡中惊醒时，第一反应就是哭吗？   Yes（   ）No（   ）

④ 当你拿走宝宝手上的玩具，他会马上大哭吗？   Yes（   ）No（   ）

⑤ 当宝宝看到奇怪的东西时（如黑色的毛娃娃）很容易被吓哭吗？   Yes（   ）No（   ）

⑥ 当宝宝听到奇怪的声音时，很容易被吓哭吗？   Yes（   ）No（   ）

⑦ 到了吃饭时间，宝宝会用哭声来提醒你吗？   Yes（   ）No（   ）

⑧ 没有特殊原因，宝宝每天总有个特定的时间段啼哭吗？   Yes（   ）No（   ）

注意 如果选Yes超过了一半，你的小宝宝可能就是个"爱哭鬼"哦！

专家指点

家长怎样安慰家里的"爱哭鬼"

　　爱哭的宝宝常让人不知所措，是宝宝不舒服吗？是他饿了吗？为什么吃饱了还是在哭呢……这些是所有父母最头痛的问题，孩子常见的哭啼原因有很多，如睡眠不足、饿了、尿湿了，这些不适感都会让孩子大哭大闹，因为小宝宝此阶段还不会说话，不能用语言表达呢。除了主观原因引起的哭闹外，如陌生的环境、父母对孩子过度的溺爱，或孩子缺少关爱等因素都会引起他们的啼哭，以此表示自己的不满。

　　碰上这些爱哭闹的"难缠宝宝"，父母一定要懂得对症下药。在家里，父母应该充分掌握孩子的生活作息规律，如什么时候要喂奶，什么时候要把尿。有些宝宝对环境变化非常敏感，如亮光、声音，或不同的味道，这时父母可以用毯子将宝宝包裹起来，或者经常怀抱孩子，让他慢慢适应环境变化，不可急于让孩子接受新环境；对付"溺爱型"的宝宝，父母应该坚持原则，合理的要求尽量满足，不合理的要求坚定地拒绝，如果宝宝哭闹，等他安静下来后再满足他，让孩子知道哭闹是不可取的；对于缺乏关爱的孩子，孩子的哭闹是对父母忽视自己的抗议，父母工作再忙也应该抽出固定时间多和孩子接触，让孩子有被爱的感觉和安全感，心情自然就放松起来。

　　请记住，孩子是父母爱的结晶，让孩子在温馨的环境中成长，是培养高情商宝宝的第一步。

第三节 教孩子认识自己和周围的新事物

对宝宝来说，身边的一切都是崭新的，不管家里还是户外都是他的冒险乐园，通过看、摸、听、闻等各种感觉认知，宝宝正在一步一步了解自己和世界。

 在游戏中让孩子认识自己和世界

 游戏一 爸爸妈妈在哪里

1 由妈妈抱着宝宝，爸爸藏在妈妈身后，不停地轻声呼唤宝宝的名字；

2 当宝宝做出寻找的姿势后，爸爸突然出现在宝宝面前说："爸爸在这里！"

3 由妈妈发问："爸爸在哪里啊？"然后引导宝宝找到爸爸；

4 换爸爸抱着宝宝，妈妈重复爸爸的动作。

小贴士

游戏时，要注意观察宝宝的表情，当宝宝找不到且神情为难时，爸爸应该及时出现在他面前，加深孩子对你的印象。等宝宝再大点，可以拿出家庭相册，让宝宝从相册中找出爸爸妈妈。

宝宝学到了什么？

3~4个月大的宝宝，已经可以通过声音分辨出熟悉的亲人，还可以通过气味、视觉进行分辨，特定的游戏场景不仅能加深孩子的印象，还能锻炼他的反应能力，促进语言能力的发展。

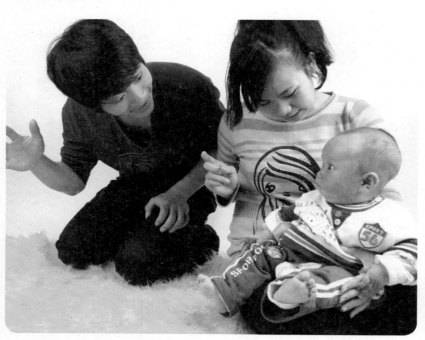

游戏二 娃娃过生日

 游戏玩法

1 妈妈拿出准备好的布娃娃对宝宝说："今天我们来给布娃娃过生日。"
2 妈妈模仿布娃娃说话："我今年1岁了，宝宝你呢？"
3 宝宝会觉得这种对话非常有趣，如果宝宝还不会说，教宝宝伸出一个手指表示自己也1岁。

小贴士

大人应该反复强调宝宝的年龄，还可以增加其他的玩偶，模仿玩偶和宝宝对话，询问他的年龄。

宝宝学到了什么？

向孩子灌输年龄的概念，让孩子初步懂得数字的意义。日常生活中，当家里有客人到访的时候，可以请客人询问孩子的年龄，既增加孩子与人交流的机会，也让他牢记自己的年龄。

游戏三 认五官

游戏玩法

1 妈妈和宝宝面对面坐，妈妈指着自己的鼻子说："鼻子"，同时握着宝宝的手摸摸他自己的鼻子；
2 妈妈再指着自己的眼睛说："眼睛"，同样让孩子摸摸他自己的眼睛；
3 依次认完五官后，妈妈问："鼻子在哪里啊？"

宝宝学到了什么？

6个月时，宝宝已经能够准确地认识妈妈的脸，妈妈在游戏中加入丰富的表情，还能让孩子理解表情所代表的抽象意义，从模仿妈妈的动作中，加快各种信息在宝宝大脑中的储存速度。认五官的游戏还可以让宝宝和客人玩，提高孩子分辨人脸的能力。

小贴士

游戏时不光用手指认五官，大人还可以通过丰富的面部表情来吸引孩子的注意，如问到眼睛时，妈妈眨眨眼提示宝宝，帮助孩子找准五官的位置。

游戏四 动物园

1 妈妈准备各种小动物的玩偶或图片卡，放在宝宝面前；

2 妈妈拿起图卡告诉宝宝动物的名字，同时模仿不同动物的动作和声音；

3 妈妈模仿动物的动作和叫声让宝宝挑出相应的图卡或玩偶。

小贴士

为了让游戏更生动活泼，妈妈可以多模仿一些小动物的声音和姿势给宝宝看，激发宝宝的想象力。

宝宝学到了什么？

动物是人类的好朋友，虽然宝宝很少能直接接触真实的动物，但是在日常生活中让孩子从各种途径认识小动物，有助于拓宽孩子的认知范围，从小学会与动物和平相处。

游戏五 录音机

游戏玩法

1. 准备可以录音的工具，如小录音机、手机等；

2. 让宝宝对着录音机唱首歌或是发出各种声音；

3. 家长再将录音机录下来的声音反复放给宝宝听。

小贴士

除了录下宝宝的声音，还可以事先录下汽车的喇叭声、动物的叫声、家人的声音等，让宝宝感受身边的各种声音。

宝宝学到了什么？

除了家人的声音，宝宝在家里很少能听到其他的声音，反复录下宝宝的声音或是让他听各种外界声音有助于孩子听力和语言能力的发展，让孩子从听觉上认识世界，开阔他的视听范围。

讲故事，开阔孩子的眼界

故事一 天上的小飞机

天上飞过一架小飞机，小鸟说："你为什么会飞啊？"

小飞机说："因为我也有翅膀。"

云朵说："你为什么也能浮在天上啊？"

小飞机微笑着说："因为风爷爷把我吹上了天"。

忽然来了一阵大风，小飞机还没来得及和云朵道别就被吹走了。

宝宝学到了什么？

小宝宝还趟在摇篮里，但是外面的世界是多么宽广，不仅有地上跑的汽车，还有天上飞的飞机，妈妈应该告诉宝宝更多"新奇"的事。

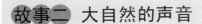

故事二 大自然的声音

小娃娃住在森林里，一天早上他被"咚咚咚，咚咚咚"的敲门声吵醒，小娃娃问："是谁呀？"哦，原来是风在敲门。

小娃娃推开窗，听到"叽叽喳喳，叽叽喳喳"的声音，原来是一群小鸟站在树上唱着歌。

小娃娃走出家门，听到"哗啦啦，哗啦啦"的声音，原来是小溪在跳舞。

突然下起了小雨来，"叮叮咚、叮叮咚"，雨点打在石头上真好听。

哇！今天森林里真热闹！

宝宝学到了什么？

训练宝宝的听力和语言模仿能力，家长可以强调故事中的各种声音，听趣味故事的同时，激发孩子模仿声音的兴趣。

33

故事三 太阳、月亮和云

太阳和月亮在争吵，要比比看谁的威力更大。

太阳说："我能让人们感到温暖！"——于是它发出更多的热量，人们都热出了汗。

月亮说："我能照亮黑乎乎的小路！"——于是把小路照得亮堂堂的。

这时，云朵跑了出来，展开巨大的身体，将太阳和月亮都挡了起来。

太阳和月亮都照不到大地了，太阳和月亮，都输给了轻飘飘的云朵。

宝宝学到了什么？

增长孩子的知识，激发他的好奇心，认识太阳、月亮、云朵三种事物。

故事四 动物比赛

森林里在举行动物比赛，小松鼠问长颈鹿："为什么你脖子这么长啊？"长颈鹿说："因为这样才能吃到树上的树叶。"

小松鼠问大象："为什么你的鼻子这么长啊？"大象说："这样我才能拿起很多东西。"

小松鼠问小猫："为什么你的爪子这么长？"小猫说："因为这样才能抓到老鼠。"

小松鼠又问小鸟："为什么你长这么多羽毛？"小鸟说："这样我才能在天上飞翔。"

噢！原来大家都有一副看家的好本事。

宝宝学到了什么？

认识各种小动物，以及区别不同动物的外貌特征，家长还可以让孩子模仿这些有趣的动物。

故事五 美丽的花朵

有一朵美丽的小花，它长着绿油油的叶子，红色的花瓣，每天都悠闲地生活着。

晴天的时候，太阳公公出来了，小蝴蝶飞来了，围着小花转圈圈，和小花一起跳起了花圈舞。

不一会小蜜蜂也来了，它"嗡嗡嗡"的也围着小花转，跳起了好看的采蜜舞，小花、小蝴蝶和小蜜蜂玩得可高兴了。

雨天的时候，太阳公公躲了起来，小花在淅淅沥沥的小雨里洗了个澡。

秋天来了，小花朵变成了一颗小种子，落在了地上。等着春天来的时候，再发芽开花吧。

宝宝学到了什么？

让孩子认识大自然的植物、动物，初步了解自然规律，引发孩子的好奇心。

测一测：0～1岁孩子认知能力有多强

① 能听懂自己的名字。　　　　　　　　　　　　　　　　Yes（　　）No（　　）

② 能准确地在3～4个人中认出父母。　　　　　　　　　Yes（　　）No（　　）

③ 能按要求指向自己的眼睛、耳朵、鼻子、嘴巴。　　　Yes（　　）No（　　）

④ 喜欢模仿各种发声，总是发出"咿咿呀呀"的声音。　Yes（　　）No（　　）

⑤ 会用点头、摇头表示同意或不同意。　　　　　　　　Yes（　　）No（　　）

⑥ 喜欢玩重复的游戏，比如"拍手"、"躲猫猫"等。　Yes（　　）No（　　）

⑦ 1岁左右能区分3种不同颜色，理解颜色的抽象概念。　Yes（　　）No（　　）

⑧ 能听懂父母的简单指令，如吃饭、洗澡等。　　　　　Yes（　　）No（　　）

⑨ 认识1～3种小动物。　　　　　　　　　　　　　　　Yes（　　）No（　　）

⑩ 懂得自己的年龄，用一个手指表示自己1岁。　　　　Yes（　　）No（　　）

注意　如果选Yes超过了一半，说明你的宝宝已经是个"小机灵"啦！

专家指点

通过模仿，教孩子认识身边的人和物

宝宝天生就具有模仿的能力，从出生第一刻起，他就在观察父母动作、表情的变化，对世界的认知就是在模仿活动中完成的。模仿能力的高低，决定了宝宝认知世界的速度、智力的发展水平，且模仿能力也会随着认知能力的提高而提升。所以，从宝宝几个月开始，父母就要为孩子的模仿提供良好的环境，和宝宝一起完成模仿的活动，让孩子从模仿中健康成长。

宝宝的模仿首先从最简单的语言、动作模仿开始。6个月左右的宝宝能模仿父母哄逗他时发出的声音，比如"啊啊""嗯嗯"等；8～12个月左右的宝宝通过平时的训练，已经能发出日常生活中经常听到的声音，比如汽车发出的"嘟嘟"声，动物发出的"汪汪"、"喵喵"声，还能通过模仿肢体动作"摇摇手表示再见"、"点点头表示同意"等。当宝宝通过模仿学到了新本领的时候，父母不要忘了表扬和鼓励他，当孩子得到鼓励时，会感到自己得到了最亲近的父母的认可，进而激发出孩子更大的学习潜能。

等孩子长到1岁半以后，不仅能通过模仿亲近的父母，还能模仿他的小伙伴们，特别是在与伙伴一对一的游戏过程中，宝宝将有更多模仿的机会。比如，在搭积木的游戏中，小伙伴可能有过搭建积木的经验，懂得将最大的一块放在最底下，通过观察和模仿，经过几次游戏，你的孩子也能掌握搭积木的技巧。所以，多让孩子与同龄的伙伴玩闹，有助于提升孩子的模仿能力。

不过，父母要注意，1岁左右的孩子还缺乏判断对错的能力，对他好奇的一切事物都是孩子的模仿对象，这时，一定不要让宝宝模仿成人的坏习惯。比如，有时候父母在公共场合随手乱扔垃圾，宝宝也有样学样，还有的父亲当着孩子的面抽烟，宝宝用他稚嫩的手指夹着笔模仿父亲抽烟的动作，父母不马上制止反而哈哈大笑，让孩子更加"肆意妄为"，这些都是对孩子错误认知的纵容，对孩子行为的误导。因此，父母要给宝宝创造健康的模仿环境，让孩子从小感受人与人、人与物之间美好、和谐的关系。

第四节 摆脱依恋父母的心理，培养孩子的独立性

婴儿依恋父母是很正常的心理需要，有了依恋就能减少婴儿的不安和恐惧感，当他们开始独立活动的时候，也有一种无形的安全感，能让孩子安心地进行独立的探索活动，逐渐由依恋过渡到独立。

 宝宝一个人也可以玩的游戏

游戏一 看气球

 游戏玩法

1 宝宝平躺在摇篮中，在小床边系上几个彩色的气球，或者一些颜色鲜明的彩色纸花；

2 妈妈扯一扯气球或摇一摇纸花引逗宝宝，将他的注意力集中到气球上；

3 妈妈隔一段时间去摇一下纸花或拉一下气球，巩固孩子的注意力。

小贴士

这个游戏适合1～3个月的宝宝，妈妈可以在宝宝的摇篮附近发出各种引导他的声音，让他感觉到父母在身边，能安心玩游戏。另外，气球和纸花不要长时间固定在一个地方，以免宝宝长时间观察发生斜视和对视。

宝宝学到了什么？

几个月大的宝宝对鲜艳的颜色已经具备"视觉捕捉"能力，观察色彩鲜艳的气球和花朵能促进宝宝的视觉发育。同时，几个月大的孩子对妈妈的依恋正在形成，从这时开始逐渐培养孩子自己玩的能力，能减少孩子向依赖型宝宝发展的概率。

游戏二 小手小脚真奇妙

1. 宝宝平躺在小床上，妈妈放经常给宝宝听的欢快的儿歌，跟着儿歌轻声哼唱，让宝宝兴奋起来；

2. 妈妈握着宝宝的小手或小脚随着音乐轻轻地摇动；

3. 妈妈放开宝宝的手，让他自己握拳、摆弄手指脚趾，或者抱着脚丫往嘴里送。

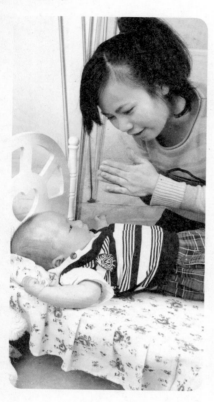

小贴士

很多宝宝都对自己的手脚情有独钟，因此，平时一定要让宝宝的手脚保持清洁。父母经常在宝宝睡醒时、哭闹时播放欢快的儿歌，抚摸、轻握宝宝的手脚，当同一首儿歌再次响起时，宝宝就会知道这是玩的时间，自然而然地手舞足蹈起来。

宝宝学到了什么？

半岁以内的宝宝都会出现"吃手"的习惯，很多妈妈会觉得"吃手"是很不卫生的行为，其实，这是每个婴儿都会经历的阶段——通过口和手来探索世界。这是宝宝最早的探索行为，当宝宝在津津有味地"吃手"，沉浸在自己的世界时，父母千万不要打扰，让孩子从中发现更多的乐趣。但如果半岁以后孩子还在"吃"，可以用别的事物吸引他的注意力，逐渐改变这个习惯。

游戏三 撕纸游戏

游戏玩法

1. 准备干净、充足、较柔软的纸；

2. 第一次玩的时候，由妈妈向宝宝演示，拿出一张纸轻轻地撕开，让孩子观察、听撕纸的声音；

3. 将纸张放到宝宝面前，引导孩子自己拿起纸张，可以先握着孩子的手，教宝宝怎么将纸撕开。

小贴士

8~9个月的宝宝比较适合玩撕纸游戏，在游戏之前，妈妈应该向宝宝说明，这些是不要的纸，可以用来进行撕纸游戏，但是宝宝的故事书、小图册拿来阅读和学习的，不可以随便撕掉，这样孩子就不会随便拿起家里的书就撕起来。

宝宝学到了什么？

撕纸游戏可以训练宝宝的手脚协调能力，同时撕纸时发出的"沙沙"声和纸张形状的改变，都能激起他们极大的兴趣。当宝宝完全专注在撕纸的乐趣中时，他可以短暂地脱离父母的陪伴，不要小看这短短的独自玩闹的时间，对时时刻刻紧贴着父母的宝宝来说，也是一次不小的进步了。

游戏四 敲敲打打

1 准备木质盒、塑料盆、不锈钢杯子若干个，还有铲子、塑料筷子等；

2 妈妈拿起铲子向宝宝示范，在木盒、塑料盆、不锈钢杯子上敲来敲去，发出不同的声音，吸引宝宝的注意；

3 换宝宝拿铲子敲打这些锅碗瓢盆。

小贴士

敲打的道具必须是不易摔坏和打破的物品，还应选择一个安全的游戏场地，如客厅的地板上，注意清理干净周围的杂物，保持地板的清洁；当宝宝单独进行游戏时，妈妈时不时给予口头表扬，鼓励孩子继续游戏。

宝宝学到了什么？

10个月大的宝宝已经能听懂妈妈大部分的话，在宝宝独自玩之前，妈妈应该示范并用简短且条理清楚的语言，告诉宝宝应该怎么玩，训练宝宝通过"听"来执行成人指令的能力，敲敲打打的游戏，还能训练孩子的听力和动手能力，宝宝会高兴地发现，通过敲打的动作，自己能创造出不同的声音，这也是幼儿探索行为的一种。通常这个年龄段的孩子，能集中精力玩10分钟左右，但是房间里有其他事情分散他的注意力的话，他可能就只能玩几分钟了。

游戏五 推气球

 **游戏玩法**

1 准备一个气球、一根绳子；

2 用绳子的一头拴住气球，一头系在宝宝身上；

3 让宝宝自己坐在地上，家长教孩子推气球，然后再抓住绳子将气球扯回来，反复进行。

小贴士

注意不要用太长的绳子，以免宝宝带着小球到处爬时，绳子缠到其他物品上。除了气球，还可以让孩子拖着其他玩具在客厅里自己玩耍，孩子一定很高兴充当"搬运工"的角色。

宝宝学到了什么？

游戏训练了孩子的身体协调能力。通过一根绳子，宝宝还能掌控自己心爱的玩具，让他获得自信心和自豪感，从而培养孩子的独立性。

讲故事，培养宝宝独立品质

故事一 宝宝睡觉了

天黑了，房间里安静极了，只能听到小闹钟"滴答、滴答"的声音。

宝宝问："妈妈，为什么小汽车不'嘟嘟'响了呢？"

妈妈回答说："因为小汽车睡着了。"

宝宝问："妈妈，为什么小狗不'汪汪'叫了？"

妈妈回答说："因为小狗也睡着了。"

宝宝又问："妈妈，为什么爸爸会'呼噜呼噜'的响啊？"

妈妈笑着说："爸爸也睡着了，还打着呼噜，宝宝也该睡觉了。"

于是，小宝宝和天上的月亮婆婆挥挥手说："月亮婆婆晚安，我要睡觉了。"

宝宝学到了什么？

宝宝的睡前故事，通过故事告诉宝宝大家都要睡觉，都需要休息，他也一样。让宝宝和月亮挥挥手，或者亲吻一下妈妈，进入甜美的梦乡。

故事二 娃娃的午饭

"叮铃铃！叮铃铃！"小闹钟又蹦又跳，提醒小娃娃到吃午饭的时间了。忽然，小娃娃听到"咕噜噜……"的声音，原来是自己的肚子饿得叫了起来。

妈妈已经做好了香喷喷的饭菜，"宝宝，该吃饭了！"小娃娃乖乖地坐到了餐桌前。

突然，香喷喷的米粒跳起来说："要想长高，就吃我吧！我可有营养了。"

青菜也站起来说："要想不生病，就吃我吧！"

大块的肉也跳起来说："要想变强壮，要吃我！"

这时，妈妈笑了："宝宝要想快点长大，什么都要吃。"于是小娃娃拿起自己的小勺子吃了起来，转眼间，米饭、青菜、肉都不见了。

原来它们都跑到娃娃的肚子里去啦！

宝宝学到了什么？

通过故事告诉宝宝吃饭是一件重要的事情，要和小娃娃一样按时、乖乖地吃饭，为了身体健康千万不能挑食。

故事三 小熊请客

小熊要请小娃娃来家里做客，从早上开始忙着收拾了。扫扫地，擦擦桌子，但是用什么好吃的来招呼小娃娃呢？这个问题难倒了小熊。

做一个美味的煎饼吧！于是，小熊学妈妈平时煎饼的样子，先把围裙穿上，拿出鸡蛋和面粉，再把鸡蛋和面粉和在一起搅拌，放到锅里慢慢地煎。不一会，一个又大又圆的煎饼就做好了。小熊高兴极了，开心地想：原来我也可以做出美味的煎饼。

这时，门铃"叮咚！叮咚！"响了起来，小熊问："是谁呀？"门外回答"我是小娃娃！"小熊说："快请进，我做了好吃的煎饼！"

小娃娃吃着煎饼，不停地夸小熊的手艺真好！

宝宝学到了什么？

通过对故事绘声绘色地讲述，让宝宝充满对美味的向往，还能让宝宝知道小娃娃也可以努力做好每一件事。

故事四 小松鼠看家

今天妈妈去采松果，小松鼠一个人看家。

"咚咚咚！"有人来敲门。"谁啊？"小松鼠问。"我是白鸽邮递员，有封信要送给你。"小松鼠从门缝里看了看，果然是小白鸽，打开门接过了白鸽手中的信说："谢谢你。"小白鸽就飞走了。

"咚咚咚！"又有人来敲门，"谁啊？"小松鼠问。"我是小花狗，请问这是小花猫的家吗？"小松鼠从门缝里看了看，真的是小花狗，打开门说："小花狗，你走错门了，小花猫的家往那边走。"小花狗说了声谢谢，走掉了。

突然小松鼠听到"咚！咚！咚！"的声音，从门缝里什么也看不到，小松鼠轻轻地打开门，哈哈哈，原来是树上掉下的果子砸到了门上。

晚上，妈妈终于回来了，看到房子里整齐又干净，直夸小松鼠是个懂事的好宝宝。

宝宝学到了什么？

通过故事设定某个需要独处的场景，提前让宝宝知道父母暂时离开也不是一件可怕的事情。

故事五 爱洗澡的小甜甜

夏天来了，天气热极了，甜甜在院子里玩得满头大汗，他想：要是能洗个凉水澡就太舒服了。可是妈妈出去买菜了，甜甜从来没有自己洗过澡，洗澡很难吗？

甜甜决定今天自己洗澡，给妈妈一个惊喜。

于是甜甜学着妈妈的样子，到洗澡间里打开热水，可是水管开关太高了，这可难不倒甜甜。他搬来小凳子，站到凳子上，打开了热水。甜甜脱掉衣服，对着花洒，水哗啦啦地打在甜甜身上，可真舒服啊。接下来该擦肥皂了，先洗小手，再洗脖子，然后是小脚。洗澡间里飞满了泡泡，五颜六色的真好看，不一会，甜甜洗完了。

穿上衣服，这时，妈妈回来了，看到一个香喷喷的乖宝宝。妈妈亲亲甜甜，直夸甜甜是个聪明、爱干净的好宝宝。

宝宝学到了什么？

洗澡是日常生活中必不可少的事，通过故事告诉宝宝洗澡可不是一件难事，让宝宝对洗澡充满兴趣，喜欢上洗澡。

测一测：你的宝宝对你有多依恋

① 每次与妈妈分离，总是会哭泣或表现出不安的神情。　　　　　　　Yes（　　）No（　　）

② 喜欢缠着妈妈或平时亲近的少数人，不愿意一个人独自玩耍。　　　Yes（　　）No（　　）

③ 哭闹或感到不安时，得到妈妈的安慰，便能很快安静下来。　　　　Yes（　　）No（　　）

④ 家里来陌生人时，会不安地躲在妈妈身后，不愿意或需要较长时间后才愿意和陌生人交流。

　　　　　　　　　　　　　　　　　　　　　　　　　　　　　　　Yes（　　）No（　　）

⑤ 在不熟悉的环境中，即使父母在身边，也不愿意自己或和小伙伴一起玩耍。

　　　　　　　　　　　　　　　　　　　　　　　　　　　　　　　Yes（　　）No（　　）

⑥ 对于已经掌握的技能，不愿意在陌生人面前表演。　　　　　　　　Yes（　　）No（　　）

⑦ 经过妈妈的鼓励，仍然不愿意和其他小伙伴一起玩。　　　　　　　Yes（　　）No（　　）

⑧ 晚上没有妈妈陪睡，就会哭闹，难以入睡。　　　　　　　　　　　Yes（　　）No（　　）

⑨ 早上起床的时候，第一眼一定要看到妈妈，不然就大声啼哭。　　　Yes（　　）No（　　）

⑩ 不愿意让见过几次面的亲人带出去玩耍。　　　　　　　　　　　　Yes（　　）No（　　）

注意 如果选Yes超过了一半，说明你的宝宝过度依恋父母，需要及时改正。

专家指点

培养孩子独立意识，从婴儿期开始

　　刚出生的婴儿依恋父母是很自然的事情，当他们还是襁褓中的小婴儿时，只有父母无时无刻地满足他的任何需要，这自然而然就促成了他与父母之间的一种依恋。当宝宝知道有人关心他的时候，就能得到一种无形的安全感，鼓励他大胆地去探索周围的新事物。但是，过度的依恋则不利于宝宝正常的身心发育，甚至会影响孩子独立性的发展。所以，从婴儿期开始，父母就应该注重孩子独立意识的培养。

　　依恋是培养孩子独立性的前提。从婴儿期培养孩子的独立意识并不意味着让孩子完全脱离对父母的依恋，要知道没有依恋关系产生的安全感，得不到父母的鼓励和指引，孩子将会对周围的各种事物产生恐惧感，更不要提主动去探索未知事物。

　　培养孩子的独立意识，应该建立在适度的依恋关系上，比如，向孩子讲解电话为什么会发出声音，在家人面前表演节目将得到大家的表扬，妈妈喜欢自己吃饭的孩子等，这些都能让孩子明白，陌生的事物并不可怕，自己的行为将得到鼓励和帮助，逐渐从父母怀抱中"挣脱"开，迈出独立探索世界的第一步。

第三章

1～2岁把握情商培养启蒙期
管理情绪——良好沟通是关键

　　1～2岁的宝宝已经能跑、能跳，还会模仿大人发出各种声音，有时候真是惹人喜爱，不过，细心的父母也会发现，小家伙开始有了坏脾气，开始变得不听话，得不到想要的东西就大哭大闹。这时，父母应该认真观察，找到让宝宝爆发的"导火索"，帮助孩子排解他的坏心情和烦恼，并且通过与人接触、交流来教会孩子把握自己的"情绪开关"。

第一节 培养孩子良好的个性和习惯

❀ 父母不可不知——
1~2岁孩子身心发育状况

1~2岁的宝宝活动能力大幅提升，已经不再是只能躺在摇篮中的小婴儿，他们会独自上下楼梯，会在地上打滚，还会握着笔在纸上涂鸦，甚至做一些开瓶子、系纽扣等精细的动作。活动力的提升，让宝宝活动的范围更为广阔。同时，宝宝能用简单的词、句表达出自己的意愿，语言能力的发展也让他与人沟通的能力增强。

随着各方面能力的发展，宝宝的情感发育也出现质的飞跃，他已经具备了成年人大部分复杂的情绪。遇到开心的事情会哈哈大笑，遇到不顺心的事会表现得烦躁，还会和父母生气，失去心爱的玩具会伤心地大哭，甚至是对弱小事物或周围人的痛苦表示同情等。但是，不管是积极的情绪还是消极的情绪，宝宝的情绪都不稳定，刚才还在大哭，一会儿就会破涕为笑，这是因为，这个年龄段的宝宝情绪非常容易受外界事物和环境的影响，主观控制情绪的意识还不强。

在人际交往上，2岁的宝宝也出现了第一次突破，从被动转变为主动。此时，宝宝已经能和亲近的大人相处得非常好，他内心更渴望结交同龄的小伙伴，但还缺乏与人交往的技巧，常常表现出争抢玩具、打架等过激行为，如果此时，父母能及时发现宝宝的不良情绪，帮助孩子正确地排解，再指导孩子一些交际技巧，将得到意想不到的收获。

外，多鼓励孩子结交同龄的小伙伴也是缓解情绪、转移孩子注意力的好办法。

🌸 父母的困惑——
1～2岁情商培养常见问题

1～2岁的孩子已经发展出丰富的情感，但是还不能很好地控制这些复杂的情绪变化，经常出现易哭、易笑、易生气的不稳定情绪，通常情况下，是因为得不到想要的东西和父母闹脾气，这种现象会一直持续到3岁，进入宝宝人生的第一次叛逆期。

宝宝这种反抗心理的产生，与他主观能动性的发展有很大关系。当孩子逐渐长大，有了主观的意识，并开始形成自己的观点，比如希望得到想要的玩具，喜欢按自己的方式去行动，同时抵制不喜欢的东西等，但他们实在是太小了，还不知道自己的行为所带来的后果，于是就和父母产生了冲突。父母应该提前了解幼儿这种正常的心理发育过程，除了保护好宝宝的安全外，还要教他们了解他人的感受，耐心地和孩子讲道理，不要以为孩子什么也不懂就随意打骂。比如，当孩子拒绝自己时，告诉他这会让妈妈伤心等，通过外界情感刺激来帮助孩子管理他的情绪。

另外，这个年龄段的宝宝还易出现"分离焦虑症"，他们会以亲近的人作为自己的"安全基地"，以此为起点，去主动亲近陌生的人和环境，当感到不安全时马上返回亲人身边。如果长时间与看护者分离，会表现出恐惧、焦虑的情绪。这种情况会在宝宝2岁以后逐渐消失。

为了缓解宝宝的这种情绪，父母除了要给予孩子充分的爱和鼓励外，不能一味地娇惯孩子，比如该去上班了，主动要求孩子和自己说再见，形成一种规律，让孩子知道父母必须暂时和自己分别，另

🌸 在人际交往中培养孩子良好的个性

1～2岁的宝宝已经有了交友的欲望，细心的父母会发现此阶段的孩子已经发出了交友的信号。如他们遇到同龄孩子时，会注视、微笑、模仿等，这些都是孩子想要交友的小动作。

但是，父母也会发现大部分孩子一开始时，并不擅长主动与小伙伴交往，常常因为不够勇敢、害羞或是别的原因，最后放弃交友的行动。这是首次尝试结交新朋友的孩子遇到的难题，通常是由于孩子缺少交际的技巧，再加上对陌生人又好奇又害怕的复杂心理造成。作为父母，此时应该代替孩子主动出击，创造愉快、温馨的环境，准备好玩具，约来小朋友，并与孩子一起参与到游戏中去，充当孩子之间的润滑剂。有了父母的鼓励，大多数孩子都能勇敢地踏出第一步。

不过，孩子之间的友谊不像成人间相互支持、尊重的关系，刚才还玩得好好的小伙伴，可能马上就会因为一件玩具打起架来，演变为孩子之间的"领地保卫战"，随之就是宝宝们的大声哭啼。很多父母对此束手无策，其实，这正是教孩子如何与人相处的好机会，从这种"敌对"关系中让孩子学到合作和忍耐。比如，当孩子在争抢一件玩具时，可以给宝宝另一件玩具，或是让他等小伙伴玩好了再玩，或者是将孩子分开一段时间，几天后也许他们又会成为好朋友了。

第二节 让孩子学会管理自己的情绪

宝宝情绪波动总是很大，甚至有些喜怒无常，经常因为一些小事不顺心就大哭大闹，不仅把自己弄成个"花脸猫"，也让家长心情烦躁、疲惫不堪。如果此时通过一些小游戏和讲道理，帮助孩子学习更多的东西，将有利于他们更好地控制自己的情绪和行为。

 在游戏中帮助孩子赶走坏情绪

☆ 游戏一 搭积木 ☆

 游戏玩法

1 拿出准备好的积木，向宝宝介绍各种不同形状的用途；

2 妈妈先示范，用方形、三角形、圆柱形等形状的积木搭建一个建筑物；

3 轮到宝宝搭，妈妈在一旁指导；

4 当宝宝完成一个样式的积木搭建后，再次换到妈妈，妈妈可以搭建一个新的样式，吸引宝宝注意。

小贴士

堆积木是孩子非常喜欢的一项游戏，妈妈可以用积木教孩子搭汽车、火车、动物等，在游戏过程中，妈妈要不停鼓励孩子发挥自己的想象力，搭建出更多形状的物体。当孩子搭建的物体倒塌时，妈妈立即给予孩子鼓励，并且在一旁指导，让孩子不要轻易放弃；当孩子要发脾气时，妈妈可以绘声绘色地模仿积木与孩子对话，再次提起他的兴趣。

宝宝学到了什么？

2岁左右的孩子想象力非常丰富，动手能力也逐渐增强，搭积木不仅能锻炼孩子的想象力，还能锻炼他的耐性。堆积木是一个启发孩子主动思考的过程，妈妈根据宝宝平时的见闻，引导他搭建出生活中的各种事物，同时手的灵活和敏捷、准确性要求也比较高，因此，在搭建的过程中，手、大脑、眼睛的多方协调合作，在不知不觉中培养孩子的耐性，控制好自己的情绪。

游戏二 拼图

游戏玩法

1. 准备白纸和彩色笔，一本可以让孩子参照画画的图册；
2. 让宝宝对照图册画画，或者是妈妈先画出一幅图，再让宝宝学着画；
3. 将宝宝的画折叠，再均匀地剪成几个规则方块；
4. 让宝宝将方块重新组合成一幅完整的画。

小贴士

拼图是大人和孩子都可以玩的游戏，对于2岁左右的宝宝来说，第一次接触拼图还是有一定的难度，因此，用于拼图的画不要过于复杂，画一个红苹果或者妈妈的脸，这些熟悉又简单的物品才能引发孩子的兴趣，并且能很快拼出完整的图案。当孩子找不到正确的摆放位置时，家长可以从边缘的衔接处、色块的对应上指导孩子，逐渐启发他的逻辑思维能力，一般经过几次训练，孩子们都可以很快掌握游戏的窍门，这时就可以加大游戏的难度了。

宝宝学到了什么？

拼图游戏好处多多。拼图游戏需要转动拼图块找到最合适的摆放位置才能组合成功，可以增强孩子的手眼协调能力，最重要的是，拼图游戏还能锻炼孩子的受挫能力、忍耐力，孩子要从一堆凌乱的图片中，不断地进行各种方法的尝试，逐渐理清头绪，克服种种困难才能完成拼图，在这个过程中，孩子投入的专注力、耐性，将帮助他养成稳定、坚持的性格。另外，当孩子成功完成拼图后获得的成就感，也是对他坚持的一种肯定和鼓励。

游戏三 找不同

游戏玩法

1 准备白纸和彩色笔，妈妈事先画好几幅相似但略有区别的图画，或者是准备好"找不同"的游戏书籍；

2 拿出一张图画，让宝宝指出画的是什么，加深孩子的印象；

3 拿出另一张相似的画，让宝宝找出两幅画中有什么地方不一样。

小贴士

家长要注意把握游戏的难度，对于2岁左右的宝宝，找不同的图案应该是生活中常见的事物，如花朵、人脸、动物等，构图简洁、色彩鲜艳。为了更好地指导孩子，根据绘画物品的不同，可以从数量、形状、颜色、位置等方向指导孩子，比如画一只长耳朵的兔子，画一只耳朵稍短的兔子，让孩子区别等。但是这些提示，不要一次全部告诉孩子，只在他需要帮助的时候给出提示即可。

宝宝学到了什么？

"找不同"的游戏是锻炼孩子眼力的最佳方法，特别是幼儿，从两幅相似的图中找出小小的差别是对眼力的一次挑战，也是培养孩子观察力的好机会。"找不同"游戏同样需要孩子投入很多和持续的专注力，专注力作为耐性的前提，孩子观察时间越长，对耐性的培养越好。当孩子终于找到全部不同之处时，那种小小的自豪感将促使孩子继续投入到观察中，逐渐磨炼出良好的定力和对情绪的控制力。

游戏四 舀豆子

1 若干个碟子，两个勺子和各种大小不同的豆子；
2 妈妈示范将不同的豆子舀到指定的碗中；
3 鼓励宝宝尝试去舀豆子。

小贴士

2岁左右的孩子已经学会自己拿勺子，但是手的协调能力还不是很强，刚开始玩时，可以握住宝宝的手教他如何用力和保持平衡，将豆子舀到碟子里。有些宝宝会喜欢"逞能"，这时不要阻止他，让他尽情地发挥，但是要注意观察宝宝的情绪变化，当发现他可能要发脾气时，立即给予帮助，或是模仿小豆子和宝宝对话，也是不错的舒缓孩子情绪的方法。还要提醒妈妈的是，不要让宝宝误吞豆子！

宝宝学到了什么？

又是一个锻炼孩子耐性的游戏，大小不一的豆子并不是那么容易就能舀起来的。同时，这也是一项锻炼孩子手部协调能力的游戏，还能增强大脑的平衡能力、手的敏捷性，当孩子完成任务时，给予热烈的表扬，让孩子从自豪感中明白刚才的努力都不是白费的，懂得只要有耐心就一定能完成的道理。

游戏五 拧瓶盖

游戏玩法

1. 准备大小不同、形状不同的瓶子若干个，可以装到瓶子里的糖果或小玩具；

2. 将糖果和小玩具放到瓶子里，拧好瓶盖；

3. 向宝宝示范如何拧开瓶盖拿出里面的糖果和小玩具。

小贴士

不要将瓶盖拧得太紧，一开始让孩子轻松地完成任务，让他有耐心和信心继续玩下去。最好用塑料瓶子，注意游戏安全。另外，观察孩子的情绪变化，当他快要发脾气时，马上给予他帮助。

宝宝学到了什么？

拧瓶盖是生活中经常运用到的小技能，游戏不仅可以教会孩子一项技能，训练孩子手指的灵活性，还能锻炼孩子的耐心。看似简单的游戏，但是对孩子来说还是比较有难度的，当孩子在指导下，拿到瓶子里喜欢的糖果和玩具，就会觉得刚才的努力都是值得的。

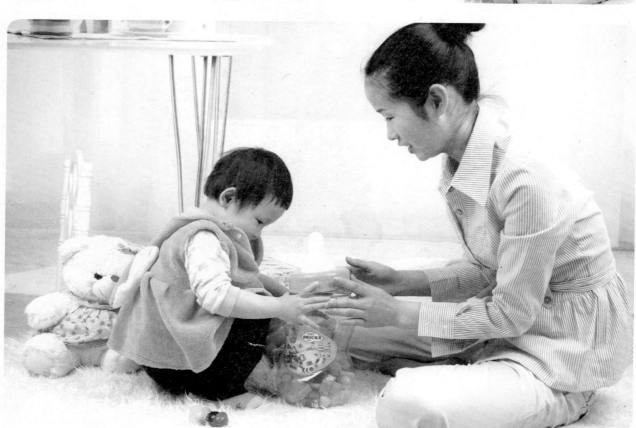

讲故事，教孩子调整坏情绪

故事一 猴子和种子

森林里住着一只小猴子，它在园里种下了一颗种子，想象着明天醒来，就能看到种子变成了一朵美丽的大红花。

可是第二天醒来，种子不但没有变成大红花，而且连芽都没有长出来，小猴子有些生气了，对着种子说："你为什么还不开花？"种子说："别急别急，因为我渴了，你能给我喝水吗？"于是小猴子从小河边挑来了水，让种子喝了个够。小猴子想象着：明天醒来，种子该变成大红花了吧？

可是第三天醒来，种子还是没有变成大红花，芽也没有长出来。这下子，小猴子生气了，对着种子喊："你为什么还不开花！你不是喝水了

吗？"种子说："别急别急，因为我还需要肥料。"小猴子又搬来了肥料，给种子施肥，心里想：如果明天还不开花，我就把种子挖起来扔掉。

第四天早上，小猴子发现种子还是和第一天一个模样，小猴子生气极了："你还是没有开花，我要把你挖掉！"种子慢慢对小猴子说："别急别急，你把上面的石头搬开。"小猴子把石头搬开，哎呀，原来种子已经长出了小芽，被石头压住了。这时小芽摇晃着脑袋说："谢谢你的水和肥料，但是我还需要你每天都给我浇水、施肥，这样我才能长大，开出漂亮的花朵。"

于是，小猴子每天坚持给小芽浇水、施肥。一天早上，小猴

子发现园子里开出了一朵漂亮的大红花！太好了，经过每天的努力，种子终于变成了大红花。

宝宝学到了什么？

告诉宝宝坏情绪只会误事，对事情的发展没有任何好处。爱生气的小猴只有管好自己的坏脾气，用心、认真地去培育种子，种子才会变成漂亮的花朵。

故事二 鳄鱼的坏脾气

鳄鱼妈妈有一副坏脾气，整天鼓着眼睛张着嘴，森林里的小动物都不敢靠近她。

一天，小鳄鱼看到小白兔，他对小白兔说："小白兔，我们来玩游戏吧。"小白兔摇摇头说："我可不敢，你妈妈有一副坏脾气，嘴巴那么大，能一口把我吞下去。"说着就跑开了。

走着走着，小鳄鱼又碰到了小猴子，他说："小猴子，我们来玩游戏吧。"小猴子摇

摇头说："我害怕，你妈妈有一副坏脾气，她的眼睛瞪得那么大，还不让我到河边喝水。"说着爬到树上跳开了。小鳄鱼感到很伤心。

这时，又来了一只小熊，小鳄鱼说："小熊，我们一起来玩游戏吧。"小熊摇摇头说："我妈妈说，你妈妈的牙齿很长会吃掉我，不让我和你玩游戏。"说着也走了。

小鳄鱼伤心地回家了。

看见小鳄鱼伤心的样子，鳄鱼妈妈问："孩子，发生了什么事？"小鳄鱼说："大家都说妈妈你是坏脾气，长着大嘴、大眼和长牙，他们都非常害怕你，都不和我玩游戏。"

鳄鱼妈妈笑了说："孩子，我们天生就是长成这个样，明天把大家都请到家里做客吧。"

第二天，鳄鱼妈妈准备了许多美味的食物，把森林里的小动物都吸引来了，鳄鱼妈妈笑着说："大家别客气，都来尝尝吧。"大家发现，鳄鱼妈妈笑的时候也是大嘴巴和尖尖牙，原来天生就是这个样子，不是在生气。于是都来到小鳄鱼家里开起了联欢会，小鳄鱼有了许多新朋友。

故事三 不听话的小臭臭

臭臭是个任性的孩子，妈妈说："臭臭要先洗手再吃饭。"他偏偏喜欢用小脏手抓起鸡腿就吃；奶奶说："臭臭不要在家里玩水。"他偏偏就

把客厅变成小水塘；爸爸说："臭臭要把玩具收拾好。"他每次都把玩具丢得满地都是。

全家人都拿任性的臭臭没办法。

星期天，臭臭又在家里闹了起来。臭臭满头大汗地从院子里跑回来，手也不洗，抓起桌子上的大苹果就吃了起来，妈妈说："臭臭，你不讲卫生会吃坏肚子的。"臭臭皱着眉头说："我就是不爱洗手！"妈妈看着直摇头。

刚吃完苹果的臭臭，又拿起了玩具小水枪，"嗞！嗞！嗞！"不一会儿沙发上、椅子上、桌子上全是水，客厅又变成了小水塘。奶奶追着喊："臭臭，不能在家里玩水枪！"臭臭边跑边喊："我就是喜欢玩水枪！"

等臭臭玩累了，客厅的地板上全都扔满了他的玩具。这时他又想拿水果吃，可是肚子突然疼了起来，哎哟哟！疼得臭臭眼泪都要出来了，臭臭正要去找妈妈，突然脚下一滑，摔了一个大跟斗。这下，疼得臭臭的眼泪哗啦啦地流下来。原来臭臭踩到了地上的小水枪，摔了一跤。

来到医院，医生告诉臭臭他肚子里有好多细菌，都是平时不爱干净的结果。

这下，任性的臭臭再也不敢任性了。

故事四 真讨厌

有一只小狮子，无论看到谁都喜欢说"真讨厌！"，大家都觉得很奇怪。

有一天，小狮子看到小刺猬，说："真讨厌，你身上那么多刺，扎到我该有多疼啊，我要离你远一点。"说完就跑开了。

小狮子又遇到大象妈妈带着小象在散步，小狮子又说："真讨厌！你们的鼻子那么长，可以把我绊个大跟头！"说完又跑开了。

小狮子来到河边喝水，他看到一群小鱼在游水，于是又说："真讨厌！你们每天都在水里，水都快被你们喝光了！"小鱼们感到很纳闷。

小狮子跑到了森林里，他这回碰到了智慧树爷爷，智慧树爷爷已经很老很老了，它的每一个树枝上都长满了智慧，森林里所有的事情他都知道。他对小狮子说："小狮子，你为什么总是说'真讨厌'呢？"小狮子回答："因为他们看上去都那么讨厌。"智慧树爷爷笑了："小刺猬长了刺，是为了能把果子搬回家；大象长着长鼻子，是为了能吃到树上的果子和喝到河里的水，还能拾起很多东西，用处可大了；小鱼也离不开水，它们就是生活在水里的。你这样说，它们多伤心啊。"

小狮子听着听着，似乎明白了，他对智慧树爷爷点点头："哎呀，那我错怪他们了，智慧树爷爷谢谢您，我知道错了，我要去向大家道歉，和大家成为好朋友，我再也不说'真讨厌'了"。

宝宝学到了什么？

要学会发现事物的优点，不能任着自己的脾气无理取闹，这样只会让周围的人都讨厌自己。

故事五 生气的小猪

森林里在开运动会，可热闹了。

小猪参加了跑步比赛。河马裁判一声枪响后，大家都冲了出去，小猪"吭哧吭哧"十分卖力地往前跑，可是等到跑到终点时，小羚羊、小兔子还有小袋鼠早就跑到了，小猪生气地说："哼！你们都比我跑得快。"这时，小猪发现他的肚子变大了一些，小兔子说："小猪别生气了，肚子里充满了气会变成大气球的，我的奖状给你好吗？"小猪头也不回，走开了。

小猪不服气地去参加游泳比赛。但是当他努力地游到终点时，发现小企鹅、小鳄鱼、小鸭子早就站在了终点，他生气地说："哼！你们都比我游得快。"这时他的肚子又变大了一些，小企鹅说："小猪别生气了，肚子要变成大气球的，我的奖状给你好吗？"小猪还是头也不回地走了。

小猪于是又去参加举重比赛。他想，这回要数我的力气大了吧？谁知道大象、犀牛、河马都比他的力气大，小猪又生气了："哼！你们力气都比我大。"这时，小猪的肚子圆鼓鼓地涨了起来，大象说："小猪快别生气了，肚子要变成气球飞走了。"大家的话小猪就是不听，肚子变得越来越大了，身体也变得轻飘飘的，一阵风吹来，小猪随风飘了起来！这时，小猪也害怕了："哎呀，快救救我呀，我再也不生气了，呜呜呜……"小猴子赶紧爬到了树上，抓住了小猪的尾巴，把他救了下来。

小猪的肚子里的气一下子从嘴里全出来了，他不好意思地说："我再也不乱生气了。

宝宝学到了什么？

询问宝宝小猪的肚子为什么变成了大气球？乖宝宝可不能学小猪整天生气。

测一测：你的孩子能管理好自己的情绪吗

① 宝宝要吃东西时，能安静地等待吗？ Yes（　）No（　）

② 摔倒或碰上时很容易哭。 Yes（　）No（　）

③ 遇到很难做好的事情时反映强烈，会尖叫、生气、哭闹等。 Yes（　）No（　）

④ 很少能专心地玩游戏、听故事、画画等。 Yes（　）No（　）

⑤ 每天早上起床的时候，需要父母再三催促，并表现出烦躁、抱怨、哭闹的情绪。

Yes（　）No（　）

⑥ 新的玩具，玩了一两次之后就再也没有兴趣了。 Yes（　）No（　）

⑦ 游戏过程中被打断时，表现得很急躁，会抓打打扰他的人，会哭闹。

Yes（　）No（　）

⑧ 想要得到的玩具就一定要得到，否则就耍赖、大哭、尖叫。 Yes（　）No（　）

⑨ 吃饭的时候很不听话，喜欢动来动去，把不喜欢吃的东西吐在桌子上。

Yes（　）No（　）

⑩ 家长一再警告，宝宝还是会跑到不安全的地方玩耍或玩不安全的物品。

Yes（　）No（　）

⑪ 看电视、听故事、玩游戏不足10分钟，就被其他的事情引开注意力。

Yes（　）No（　）

⑫ 对新的游戏、事物有抵触情绪。 Yes（　）No（　）

⑬ 第一次学习新事物、新技巧，会烦躁不安，当完成不好时会哭。 Yes（　）No（　）

⑭ 不能持续做一件事情（收拾玩具、穿衣服）3分钟以上。 Yes（　）No（　）

 注意 如果选Yes超过了一半，说明你的宝宝情绪容易失控，家长需要时常关注孩子的心情变化。

如何帮助孩子排除不良情绪

幼儿的情绪发展中，都会经历一个情绪变化无常的阶段，特别是1～2岁间，孩子刚刚萌发出丰富的情感，还不能运用自如，当面对生活中发生的各种事件时，表现出一会儿哭一会儿笑，这让父母束手无策，其实，只要找到孩子情绪波动的原因，就能"药到病除"。

首先，父母要学会应对宝宝的焦虑情绪。

令孩子产生焦虑情绪的原因，很大一部分和父母有关，例如平时照料中，父母过度地关爱和保护孩子，让孩子得不到独处和自理的锻炼机会，使孩子产生强烈的依赖心理，这样的孩子很难和父母分开，出现分离焦虑、害怕独处、害怕与陌生人相处等情况。要克服孩子这种负面情绪，父母在照顾孩子的过程中一定要坚持原则，不能随时随地满足孩子所有的愿望，就算是一件小事，如果孩子能独立完成就应该放手让他去做。

其次，关注喜欢耍赖的宝宝。

当孩子出现耍赖的情绪时，父母就应该注意，不要让这种偶尔的耍赖发展成宝宝的反叛情绪。这通常与平时缺少亲子互动有关，这个年龄的孩子对父母仍然有很强的依赖心理，渴望得到亲近的人的关注，当父母总是忽视他的行为和心里需要的时候，孩子只能出此下策，以吸引父母的关注。但是，大多数父母认为这是宝宝的无理取闹，在哄劝无效的情况下，最后只能使用"暴力"，结果是孩子不但没有就范，反而激起他的叛逆情绪。对付耍赖的宝宝，父母要给予他足够的关心和照顾，同时要经常向孩子灌输正面情绪。比如，当孩子做了一件值得肯定的事情时，及时的给予表扬和鼓励，用直截了当的方式来告知孩子，让孩子也懂得通过正面的方式获取别人的关心。

第三，帮助宝宝认知自己的情绪。

虽然已经产生了丰富的情感，但家长还是不能要求一个2岁左右的宝宝能明确地告诉你他很生气、伤心或者绝望，因为他还没有足够的词汇来向你说明。这时，父母应该抓住生活中每一件情感事件来指点孩子，例如，孩子玩"找不同"游戏总是找不到时，可以对他说："你真的很着急、很生气。"当宝宝心爱的玩具弄丢时，你可以说："玩具丢了，你很伤心是吗？"经过反复提示，孩子就会把语言和自己的感受联系起来。当然，不管是好情绪还是坏情绪，当这些情感发生时，都应该向孩子说明，告诉孩子这都是正常的情感，但是由此产生的过激行为，如尖叫、打人、摔东西都是不被允许的。

第三节 与身边的小伙伴和睦相处

孩子2岁的时候已经有了想交朋友的渴望，同时喜欢参加小伙伴的聚会，他喜欢倾听别人说话，喜欢自己也加入进去，用刚学会的词语进行交谈，但是他又显得很胆怯；他还喜欢把心爱的玩具拿出来和小伙伴分享，但是又很快要收回来，这种复杂、矛盾的心理，宝宝还不能很好地把握，家长应从这时起想方设法，让宝宝养成良好的社交习惯。

让孩子和伙伴一起玩的游戏

游戏一 分果果

游戏玩法

1 准备几个当季水果和一个小篮子；

2 妈妈将水果放到篮子里，并将篮子交到宝宝的手中；

3 妈妈教宝宝拿出苹果，并教宝宝很大方地说："请你吃苹果。"同时，让宝宝将苹果交给自己；

4 让宝宝再依次拿出其他水果说："请你吃。"

小贴士

这是一个非常简单的小游戏，并不要求宝宝花太多的脑力。妈妈要给予宝宝适当的鼓励，教宝宝与其他人交谈的技巧，同时观察孩子的反应，让宝宝也参与到谈话中来，当孩子分水果给妈妈时，妈妈也要说谢谢，及时给出孩子想要的回应。

宝宝学到了什么？

宝宝还不知道怎么和其他人交谈，分果果相当于是创设一个契机，让孩子有话可谈。同时，分享美好的食物，让孩子懂得分享的快乐，游戏过程还可以教会孩子各种礼貌用语。

游戏二 堆沙子

游戏玩法

1. 在室外宽阔、空旷的环境下进行，准备好一个大盆装沙子，几个小铲子和小杯子等；
2. 向孩子示范，利用沙子堆出各种形状的物体；
3. 让孩子将堆砌好的沙子城墙或高楼推倒，再重新建造；
4. 让两个孩子相互介绍自己堆出来的物品。

小贴士

家长要事先检查孩子玩的沙子中是否藏有玻璃、大石粒等危险物体，提醒孩子沙子不是食物，不能放到嘴里。玩的时候为了防止小伙伴间出现争执，可以事先将沙子分成两小堆，让孩子堆出自己想象的事物，再鼓励孩子互相介绍、学习搭建的物体。游戏结束后，记得给孩子做全身大清理。

宝宝学到了什么？

堆沙子是每个小宝宝都十分喜爱的游戏，因为沙子本身没有固定的形态，游戏也不要求孩子按照固定的样式去堆砌沙子，他们尽可以充分发挥无穷无尽的想象，用沙子去堆砌出奇形怪状的物体，这对锻炼孩子的想象力、创造力很有帮助。另外，让小伙伴也参与进来，每个孩子的思维方式不一，就能创造出无数种样式，在游戏过程中，孩子还可以互相交流，甚至相互合作。

游戏三 打电话

游戏玩法

1. 准备电话或手机，将两个孩子安排进不同的房间；
2. 妈妈教孩子拨电话，电话响起时，让小伙伴在另一个房间里接起；
3. 让孩子与电话那一头的小伙伴交谈，比如"你在哪里啊？"
4. 通话快结束时，让宝宝和小伙伴约定要见面的地点；
5. 通话结束，让小伙伴见面，制造惊喜的效果。

"我很想你"，"你能唱首歌吗"等这样的话语；

小贴士

大人可在游戏过程中，教孩子拨号，听提示音、忙音的知识，还可以教孩子讲电话的文明用语。

宝宝学到了什么？

打电话是生活中经常用到的交流方式，利用电话交流，决定了孩子们只能靠说来获取对方的信息，这为孩子们创造了一个"非说不可"的交流机会，让孩子通过语言来加深对对方的了解，游戏结束时制造的效果，能让孩子记住打电话的乐趣，下次他就还会吵着要和你打电话。

游戏四 滚小球

1 在室外草地或宽敞的空地上，准备一个小皮球；
2 妈妈示范教孩子将小皮球朝小伙伴的位置推去；
3 当宝宝将小皮球推出去后，小伙伴走上去接住，再将皮球推回来给宝宝，以此循环。

小贴士

为了防止孩子争夺一个皮球发生冲突，大人可以事先准备两个皮球，先让孩子自由活动10分钟，让他们对皮球的兴趣和好奇逐渐减淡，这时再来进行游戏，能有效避免孩子争抢、哭闹的情况发生。同时，家长应该陪伴在孩子身边，当皮球滚得太远，及时将球捡回交给孩子，游戏过程中，还应不断与两个孩子说话，充当孩子间的"润滑剂"。

宝宝学到了什么？

让孩子们成为好朋友，最好的方法就是在游戏中建立他们的友谊，滚皮球是一项需要相互配合的游戏，缺少了任何一方都无法进行游戏。也许孩子一开始还不能发现这点，多玩几次之后，他发现游戏的乐趣，会主动要求小伙伴继续玩下去，等到下次宝宝要结交新朋友时，妈妈可以提醒他和新伙伴玩滚皮球的游戏，他会非常高兴地接受，丝毫没有了胆怯的心理。

游戏五 藏宝贝

1 准备几个孩子经常玩的玩具；
2 家长将玩具藏起来，按照游戏规则让孩子和小伙伴找出家长藏起来的玩具。

3 让孩子分组，比比看，谁先找到玩具。

小贴士

规定一定的游戏范围，比如在客厅或者是房间里，避免范围太大，孩子容易产生放弃心理。可以邀请一个或几个小伙伴和孩子一起玩，也可以由孩子轮流藏玩具，让其他的孩子寻找。由于孩子年纪还小，家长最好能参与到游戏中，维持游戏次序，及时解决孩子游戏中发生的矛盾。

宝宝学到了什么？

竞技性的游戏是孩子很喜欢的游戏，别看孩子年纪还小，他们已经有好胜心和竞争意识，特别是和其他的小伙伴一起玩游戏时。在游戏中，让孩子分组合作一起找玩具，可以培养他们的合作意识，逐渐认识到与其他孩子一起玩耍的乐趣。

通过故事教给孩子交朋友的技巧

故事一 两个小伙伴

森林的东边住着一只小松鼠，他每天的工作就是到森林里寻找成熟的松子，然后搬回家里储藏起来。之后他会去小河边喝点水，听一会儿小河哗哗的水流声。每天，他都望着天空想："好孤独呀，要是有个伴就好了。"

森林的西边也住着一只小松鼠，他每天的工作也是去森林里面寻找成熟的松子，然后费很大劲搬回家里，他也每天都在想："要是有个伴多好啊，这样，就能一起搬松子，一起玩耍。"

有一天，东边的小松鼠正在找松子，突然发现前面有一只和自己长得一模一样的小家伙也在找松子，他心里犯嘀咕：为什么他和我长得一模一样啊？他也是一只小松鼠吗？于是他悄悄走到西边的小松鼠身边，拍了他一下，西边的小松鼠吓了一跳，看到眼前有个和自己长得一模一样的小家伙，他们俩认真地看着对方，看过来看过去，哈哈，原来森林里有两只小松鼠，这下可好了，终于找到了小伙伴。

于是他们手拉手跳起舞来，庆祝自己找到了伙伴。他们把家搬到了森林中间，从此快乐的生活在一起。

宝宝学到了什么？

小松鼠终于找到了自己的伙伴，因此，拥有一个伙伴是多么美好的事。告诉宝宝要和身边的小伙伴和睦相处。

故事二 糊涂的小猪

小猪盖了一间漂亮的小房子，森林里的小动物都来参观。

小象说："房子真漂亮，但是屋顶应该放些石头压着，这样刮风的时候就不会把屋顶掀起来了。"

小猴说："房子真美丽，不过篱笆应该砌高点，这样狼就不能垮过篱笆来吃你了。"

小鹦鹉也说："房子很结实，要是木门换成石头门，狼就不能撞开门了。"

小猪听了大家的话，不但没有感谢大家，反而说："我的房子已经很漂亮、很结实了。你们都在嫉妒我盖的新房子。"

小动物们听完，摇摇头，失望地走了。

一天，狼真的来了，他轻松地跨过了篱笆，一口气吹得屋顶哗哗响，他嘿嘿地笑起来说："小猪啊小猪，大家好心提醒你，你却不听话，这样我要吃掉你就方便多了。"于是狼开始不停地撞门，小猪吓得直哆嗦，心里后悔得不得了，大喊起来："小象、小猴、小鹦鹉你们快来救我啊！"

小鹦鹉听到了小猪的呼救声，赶紧召唤大家赶来，小猴用石头砸向狼，小象用长鼻子把狼卷起来，一使劲扔到了小河里。小猪得救了，他从房子里出来，身上还在不停地发抖，红着脸说："谢谢大家，你们才是我的好朋友，我应该听大家的劝告。"小象说："我们都是好朋友，大家一起帮你把房子修好吧。"

小猪的房子修好了，变得更漂亮，更结实，大家开心地笑了起来。

宝宝学到了什么？

为什么小猪差点就被狼吃掉了？通过故事告诉宝宝要学会听取伙伴的意见，不能总是由着自己的性子做事情。

故事三 幸福的小熊

小熊个子高，身体强壮，森林里的小动物都喜欢找他帮忙。

喜鹊妈妈来了，说："小熊，我的蛋掉到树下了，你能帮我放回窝里吗？"小熊说："没问题！"他把喜鹊妈妈的蛋轻轻地含在嘴里，爬上树，把蛋放回了窝里。喜鹊妈妈直说："谢谢你！谢谢你！"

小松鼠来了，说："小熊，我的松果掉到了小河里，你能帮我捞起来吗？"小熊说："没问题！"扑通一下跳到小河里，很快游过去捡起了松果，小松鼠说："谢谢你，谢谢你！"

小象来了，着急地说："小熊，我妈妈的脚陷到了泥潭里，你能帮我把妈妈拉上来吗？"小熊一句话也没说，和小象跑到泥潭边，用尽全身的力气把大象妈妈拉出了泥潭，小象开心极了，说："谢谢你，谢谢你！"

不知不觉秋天过去了，小熊发现自己还没来得及收集准备过冬的食物，它想：这下糟了，要饿肚子了。这时，响起了敲门声，小熊打开门一看，呀！喜鹊妈妈、小松鼠、小象还有许多小动物都来了，它们送来了好多食物，大家说："小熊小熊，我们为你收集了食物。"小熊看着大家，太感动了，它说："谢谢大家，有了你们我就是最幸福的小熊。"

宝宝学到了什么？

为什么大家都给小熊送来了好吃的食物？通过故事教孩子在互相帮助中建立稳固的友谊。

故事四 胆小的小狐狸

小狐狸胆小又害羞，动不动就被吓得藏进洞里。

一片树叶落在了他的头顶上，他吓得以为天上掉下了石头，撒腿就跑。

一根藤蔓拌了他个跟头，他头也不敢回，赶紧钻进洞里，以为有怪物在追他。

这天，森林里在开晚会，小熊、小象、小猴子、小兔子……很多小动物都来了，大家唱啊跳啊，还放焰火，实在是太开心了。

小狐狸躲在大树后面，看着大家的样子真羡慕，它想：

"我多想和大家一起玩啊。"但是这可真难为情，怎么才能和大家成为朋友呢？这时它看见了大象的长鼻子在挥舞，吓了一跳，看见小熊的长爪子也吓了一跳，它又想："真吓人啊……"这时，小猴子发现了躲在树后的小狐狸，它对小狐狸喊："喂！小狐狸，快来一起参加晚会吧！"小狐狸吓了一跳，摇摇头。小兔子也看见了小狐狸，它也喊："小狐狸，大家一起玩多开心啊！"小狐狸还是摇摇头。

大家想了个好主意，悄悄绕到了小狐狸的后面，一下子把它抱起来来到舞台中间，小鸟唱起了歌，长颈鹿敲起了鼓，大家拉起小狐狸的手跳起了舞，小狐狸喊起来："太难为情了，太难为情了。"小猪说："大家都是好朋友，唱起歌来多快乐！"小鹿说："大家都是好伙伴，跳起舞来多高兴！"小狐狸感动得哭了起来，说："谢谢大家，我以后一定努力做一只大胆的狐狸。"

宝宝学到了什么？

让宝宝向小狐狸学习，克服害羞的心理，勇敢地迈出第一步，和大家成为好朋友。

故事五 小黄莺和小麻雀

院子里有一棵大树，树上住着一群小黄莺，每天叽叽喳喳的叫个不停，晴天的时候，大家一起唱着一支支悦耳的歌曲，好听极了。

一天，院子里飞来了一只小麻雀，它站在对面的树上，听到小黄莺们的歌声，心里羡慕极了，它多想和它们一起唱歌啊。可是它心想："小黄莺唱歌真好听啊，我的歌和他们比起来，实在是相差太远了。"于是，它每天都飞到对面的树上听小黄莺唱歌。

这天，一只小黄莺发现了小麻雀，它好奇地飞到小麻雀身边，说："小麻雀，你在做什么呀？"小麻雀吞吞吐吐地说："我……我喜欢听你们唱歌。"小黄莺又说："哎呀，谢谢你，你来和我们一起唱吧。""可是我唱得没有你们好听……"小麻雀小声地说。小黄莺唱起了歌，其他的小黄莺听到歌声都飞了过来。

大家围着小麻雀唱起了歌，小麻雀心想："真好听啊！我也想唱歌。"于是小麻雀不知不觉也和小黄莺一起唱了起来。动听的歌声，引来了许多小动物，小兔子、小花猫还有小斑马，大家听着都不愿走了。小麻雀看到来了这么多人，心里激动极了。

小麻雀和小黄莺成了好朋友，它们住到了同一颗大树上，每天都一起唱歌，开心地生活在一起。

宝宝学到了什么？

让孩子克服害羞的心理，同时，也可以像小黄莺那样，主动迈出第一步，和别的孩子成为和睦相处的好朋友。

测一测：宝宝人际交往能力小·测试

① 看见同龄的孩子在玩，会忍不住停下来观望。　　Yes（　　）No（　　）

② 家里来了同龄的小客人，能主动或在妈妈鼓励下和小朋友玩游戏。　Yes（　　）No（　　）

③ 在公共场合，看到有小朋友在玩，会自己跑去找他们一起玩。　Yes（　　）No（　　）

④ 去别人家做客，遇到主人家同龄的小朋友，能很快熟悉环境并和小朋友玩起来。

Yes（　　）No（　　）

⑤ 在人际交往中，懂得说"你好"、"谢谢"、"再见"、"欢迎下次再来"等礼貌用语。

Yes（　　）No（　　）

⑥ 会主动拿出心爱的玩具、美味的食物与小伙伴分享。　Yes（　　）No（　　）

⑦ 当别的孩子表现出伤心、为难、痛苦的神态时，也会跟着不快乐。　Yes（　　）No（　　）

⑧ 当与小伙伴发生争执时，通过大人的劝解，能很快恢复平静，并按照大人的指点，和平解决矛盾。

Yes（　　）No（　　）

⑨ 和小伙伴发生争执后，第二天睡一觉起来就忘了，和小伙伴依旧是好朋友。

Yes（　　）No（　　）

⑩ 具有初步的合作意识，能与小伙伴一起收拾玩具等。　Yes（　　）No（　　）

注意

如果选No超过了一半，父母要加强宝宝社交能力的训练才行哦。

专家指点

让孩子成为"万人迷"的好办法

在家庭中，孩子主要与家庭成员交往，随着年龄的增大，他越来越渴望能和同龄的小伙伴成为好朋友，这是随着活动能力增强和心理活动越来越丰富，逐渐衍生出来的社交需求，当父母发现孩子这种需要的时候，就应该开始培养孩子的社交能力。

现在多数家庭都是独生子女，在有家里父母、老人宠爱，孩子往往能说会道，但是到了外面却变得胆怯、害羞、自卑起来，很多家长对此感到难办，其实只要牢记下面几个原则，就能让害羞宝宝变成"万人迷"。

1. 成为宝宝强大的后盾。

小公主、小王子们在家里敢于表现自己，因为他们知道家人能给予他保护和关爱，就算自己犯错也能得到父母的包容。但是在外面就不一样了，陌生的环境、陌生的人都让孩子心里没底，因此变得胆怯起来。父母应该抓住每一个这样的机会鼓励孩子，为他讲解环境的变化，和他一起揣测小伙伴的想法，并让他知道有什么难题，妈妈都会和你一起解决，使孩子能大胆的踏出第一步。

2. 营造良好的家庭环境，为孩子创造交友的机会。

如果孩子不习惯到室外或不熟悉的环境里玩耍，父母可以将家里精心布置一番，营造出童趣、温馨的氛围，如布置挂满卡通布偶的儿童房等，然后邀请邻居、朋友的孩子到家里来玩，当孩子处于他熟悉的环境时，更能自如地发挥，同时鼓励孩子当好小主人，主动和小客人对话、分享玩具，让大家熟悉起来并成为朋友，最后不能忘了让孩子约好下次到对方的家里做客。

3. 做好孩子的榜样。

成人是孩子的模仿对象，家长应该以身作则当好孩子的榜样。比如当家里来了客人时，家长应该热情的接待，客人中有小朋友时，留给孩子们单独相处的空间，等客人走时客气地送别，欢迎下次再来。这些待客之道会留在孩子的脑海中，对孩子产生潜移默化的教育作用。

第四节 辅助孩子信心十足踏出人生每一步

宝宝开始真正地认识自己，知道哪些是属于他的，哪些不是，开始用"我"来称呼自己，开始重视父母或是身边的人对自己的评价。自信心也正在孩子心里一点一点萌发。

 玩游戏也可以增加孩子的自信心

游戏一 拆大楼

 游戏玩法

1 妈妈用积木搭成一栋大楼；
2 妈妈示范给宝宝看，把积木大楼推倒；
3 妈妈再把大楼建好，让宝宝一次次地把大楼推倒。

小贴士

1岁左右的孩子还不能独立垒起一栋积木大楼，妈妈要有耐性，一次一次地帮孩子建好，让他去推倒。如果一开始孩子不愿去推，妈妈多示范几次。

宝宝学到了什么？

要使孩子有信心做一件事，首先他要感觉自己可以控制这件事情。妈妈将大楼垒好后，让孩子去推，无形中孩子会觉得自己可以控制妈妈和游戏。让孩子获得这份小小的成就感，有助于他自信心的进一步培养。游戏还可以锻炼孩子的手眼协调性，简单易行，可经常和孩子玩。

游戏二 神奇的口袋

 游戏玩法

1 准备一个不透明的大口袋，把孩子的各种玩具或是日常用品装进去，还可以放进1～2个宝宝不太熟悉的物品；
2 把口袋交给宝宝，让他把里面的一件一件的拿出来，每拿出一件，妈妈就大声说出物品的名字；
3 轮到妈妈一件一件地往外拿物品，辅以夸张的表情说："猜猜这次拿出来的是什么啊？"然后突然拿出来，让宝宝说出物品的名字。

小贴士

口袋里放的必须是对孩子安全的物品，因为孩子对未知物品总是存在着不安，黑色的、长毛的物体不宜用来进行游戏，以免孩子被突然出现的物体吓到。另外，选择一些宝宝不太熟悉的物品，如计算机、梳子、发卡等，增加游戏的难度，当孩子说不出来的时候，恰好能教孩子新词汇，让孩子对游戏充满好奇。

宝宝学到了什么？

宝宝的好奇心非常强，特别是对未知的物品，游戏前妈妈告诉宝宝这是一个神奇的口袋，能拿出很多好玩的东西，宝宝会欣然接受和你一起游戏。当妈妈在演示游戏时，他可能已经迫不及待地要求参与进去了。当宝宝准确说出突然出现在眼前的物品名字时，这对他是一个不小的鼓励，再加上父母的表扬，他的自信心在不知不觉中建立起来。

游戏三 家庭小农场

1 准备玩具车、玩具小狗、小羊等，和孩子一起将玩具摆放好，搭建出一个小农场；

2 妈妈将所有的物品都编织进游戏中，让孩子如同置身农场中一样；

3 妈妈模仿小狗问："今天晚上我睡哪里啊？"或是模仿小羊："我饿了，能给我吃草吗？"

4 引导孩子对农场的事情进行安排。

小贴士

角色扮演游戏是孩子最喜欢的游戏之一，除了农场外，大人还可以创设医院、动物园、饭店、警察局等各种场景，让孩子置身其中尽情发挥。同时，父母一定要配合孩子，用夸张、丰富的表情和语言进行交谈，把一切场景当成真的来演，不要让孩子觉得大人是在哄逗他，由此产生挫败和被欺骗的感觉。

宝宝学到了什么？

角色扮演游戏需要孩子在不同的角色中进行转变和适应，同时，当孩子投入到游戏中的时候，会变得比任何时候都认真，除了扮演好他的角色外，他还必须安排其他人物、物品的功能和任务，这些都能让宝宝获得一种掌控感，即"我"就是游戏的掌控者，"我"能指挥游戏中的一切。尽管只是游戏，但是孩子能从游戏中投入到生活中的各种场景，体验各种感受，对于宝宝建立自信和丰富知识都非常有益。

游戏四 小导游

游 戏 玩 法

1 让宝宝成为家庭小导游，父母扮演游客，先从宝宝的自我介绍开始，如"我叫佳佳，今年2岁，我来介绍我的家。"

2 当宝宝自我介绍完成后，妈妈问："哪里是宝宝的房间啊？""这个杯子是用来做什么的啊？"类似这样的问题让宝宝回答；

3 指导宝宝回答完问题，把家里介绍完后，教他说："欢迎再来我们家做客。"

小贴士

平时大人应该经常向孩子介绍家里的物品，而不是靠一两次的游戏就能让孩子牢记这些知识。孩子熟悉这个游戏之后，当家里来了客人，可以鼓励孩子在陌生人面前表扬，记得要不断地表扬和鼓励孩子，让他充满自信地表演。

宝宝学到了什么？

1岁半到2岁的孩子已经能够做简单的自我介绍，这是孩子认识自己的开始。将自我介绍融入游戏中去，而不是为了单纯的学习才说，这会让孩子感觉更轻松，同时，担当家庭小导游，让孩子成为家里的小主人，获得一种优越感。在陌生人面前也能渐渐放松，敢说敢讲起来。

游戏五 轮流唱

游 戏 玩 法

1 教会孩子唱一首简单的歌曲，或是一首简单的童谣；

2 由大人先开头，大家轮流唱，边唱边拍手打节拍；

3 鼓励孩子唱出轮到他的那一句歌词或是童谣。

小贴士

经常在家里和孩子玩这个游戏，还可以在家里有客人的时候，让孩子和客人一起玩，这样能很好地训练孩子的胆量，增加他的自信心。当孩子一时记不起歌词时，家长及时给予提醒和鼓励，这是很多缺乏自信的孩子最需要的帮助。

宝宝学到了什么？

很多缺乏自信的孩子都是因为害怕自己做得不好，或是缺少锻炼的机会。家长不能总是让孩子表演节目，一开始如果能自己参与到游戏中去，用你的行为鼓励孩子，他们的自信心就得到极大的鼓舞，同时还能激发孩子学习唱歌和童谣的兴趣。

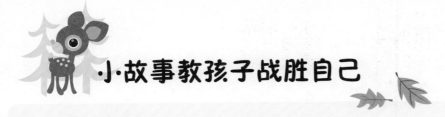

小·故事教孩子战胜自己

故事一 短腿的鸭子

有一只短腿的小鸭子，走路一摇一摆的。

大象看见了小鸭子，笑着说："小鸭子，你的腿那么细，没有我的腿那么有力量。"小鸭子笑笑说："是的，但是我的腿也有它的用处。"说完就走了。

小鹿看见了小鸭子说："小鸭子，你的腿那么短，没有我跑得快。"小鸭子笑笑说："是的，但是我的腿也有它的用处。"说完就走了。

袋鼠看见小鸭子也说："小鸭子，你的腿太短了，没有我蹦得高。"小鸭子还是笑着说："我的腿有它的用处。"

一天，动物运动会开始了，很多小动物都来参加。小鸭子参加了游泳比赛，大象、小鹿、袋鼠也去参加，他们都想："小鸭子的腿那么短，一定是我拿第一！"

"嘭！"发令枪响了，大家都跳到了水里。哎呀，大象太重了，直接沉到了水里，小鹿和袋鼠向前游了几米也沉下去了，只有小鸭子游得飞快，赢得了第一名。

小鸭子自豪地说："我的腿虽短，但是游起来能飞快地划水，这下我的腿有用了吧。"从此，大家再也不敢嘲笑小鸭子的腿短了。

宝宝学到了什么?

每个人都有自己的优点和缺点，不要去嘲笑别人的缺点。要学会认识自己的长处、发挥自己的优点。

71

故事二 丑小鸭

鸭子妈妈生了一窝小鸭子，可是其中有一只小鸭子，和其他的姐妹长得一点都不像，大家都是金黄色的羽毛，它却是一身灰黑色的毛，于是姐妹们都叫它丑小鸭。

天气暖和了，鸭妈妈带着孩子们来到池塘边，小家伙们跟着妈妈一个接一个地跳到了水里，丑小鸭也跳了下去。可是它怎么也游不好，鸭妈妈说："孩子们，一个接一个地跟着妈妈游。"其他的姐妹都跟上去了，只有丑小鸭还在原地转圈圈，姐妹们都笑了起来。鸭妈妈游过来让大家不要笑，摸摸丑小鸭的头说："乖孩子，没关系，多练习一会儿就能游好了。"丑小鸭点点头，终于摇摇摆摆地跟到了队伍的最后。

鸭妈妈一家遇到了小青蛙，小青蛙很奇怪：为什么丑小鸭和别的小鸭子长得一点不像？丑小鸭伤心极了，它只能默默地跟着漂亮的姐妹身后，沉默地游来游去。

一天一天过去了，鸭妈妈发现，丑小鸭身上灰黑色的羽毛慢慢掉光了，露出里面雪白的羽毛，脖子也变得越来越长。天啊！丑小鸭原来是一只白天鹅。一定是天鹅妈妈的蛋滚到了鸭妈妈的窝里。

丑小鸭看着大家惊讶的眼神，不知道发生了什么事，它游到池塘里，看到了水中的倒影，哎呀，这是谁啊？多么漂亮的白羽毛，多么细长的脖子。小青蛙跳起来说："原来丑小鸭是一只美丽的白天鹅！"丑小鸭这才发现，原来身上的绒毛掉光了，长出了白色的羽毛，"这才是我真正的样子"。

宝宝学到了什么？

丑小鸭并不丑，他只是没有发现自己的美丽，但是绝对不能失去信心。总有一天，会找到自己的闪光点。

故事三 小鹿过河

树林里住着一只小鹿，每天都要练习跑步，他是树林里跑得最快的动物。

一天，小鸽子飞来通知小鹿说，河对岸的小兔子邀请小鹿去家里做客。可是要趟过小河，这可有些难办了。

小鹿来到小河边，刚好遇到大象正在过河，小鹿问："大象，河水深吗？"大象说："不深不深，才漫过我的大腿。"

小鹿又碰见小山羊，小鹿

问："小山羊，河水深吗？"小山羊说："不浅不浅，还没到河中间水就漫到了我的脖子，我就退了回来。"

这时喜鹊妈妈飞来了，小鹿问："喜鹊妈妈，大象说水不深，小山羊说水不浅，他们谁说的才对啊？"喜鹊妈妈说："他们说的都对，你仔细想一想。"小鹿想了想说："大象个子大，所以说水不深，小山羊个子小，所以说水不浅。"喜鹊妈妈说："你说对了，自己试一下就知道水多深了。"

小鹿慢慢地往前淌，河水慢慢地漫过他的腿、他的肚子，到了河中间，水刚刚漫过他的背脊，小鹿趟过河，甩甩身上的水对喜鹊妈妈说："对呀，碰到什么事情都要仔细想一想，还要自己试一下。"这时，小白兔跑了过来说："小鹿，快来啊，开饭啦！"

宝宝学到了什么？

很多事情光听别人说自己不去做是不行的，要勇于尝试，只有自己做过了才知道其中的奥秘。

故事四 聪明的小木匠

村子里住着一个聪明的小木匠，做的桌子、椅子可结实了，盖的小木屋不管刮风下雨都不会塌。大家都夸他是聪明的人。可是，村子里还有一个猎人，他听人们都这么说就不高兴了，因为他觉得自己才是最聪明的人。

一天，村子里飞来了一大群麻雀，它们把快要成熟的稻谷偷吃了一大片，农民们跑出去轰赶麻雀，可是等农民一走，麻雀又飞回来了，继续偷吃稻谷。这可愁坏了农民，他们跑去请小木匠和猎人帮忙。

猎人拿着猎枪来了，他说："哼！这些可恶的麻雀，我只要一开枪，他们肯定都吓得不敢来了。"于是，猎人朝天上开了两枪，受惊的麻雀飞起了一大片，猎人得意地笑了。可是，第二天，麻雀又来了。

小木匠来了，他看了看农田，跑回家雕起了木头，大家都感到很奇怪。小木匠抱着雕好的木头来到了农田，在田里竖起了木头，原来——小木匠雕了几个木头人，还找来了衣服为木头人穿上，系上了红领巾和小铃铛，当有风的时候，红领巾飘了起来，小铃铛叮铃铃的响，这下看上去和真的农民太像了。

当麻雀再飞来的时候，看到了木头人以为那就是农民，吓得都不敢来偷吃了。猎人很惭愧，他对小木匠说："你才是最聪明的人。"小木匠说："大家都有各自的长处，只要开动脑筋，没有解决不了的困难。"猎人和小木匠都高兴地笑了。

宝宝学到了什么？

做任何事情都要对自己要有信心，不能因为别人做得好就对自己失去信心，要像小木匠一样多动脑筋，找到解决问题的办法。

故事五 不会飞的鸵鸟

一只生活在草原上的小鸵鸟第一次来到美丽的森林，它觉得很奇怪。为什么其他鸟儿的翅膀张开就能飞到天上，但是自己的一双翅膀，不管怎么用力就是飞不起来，难道我不是一只真正的鸟吗？小鸵鸟想着想着，它觉得难过极了，它也不去找其他的鸟儿朋友玩了，它觉得自己不是一只合格的鸟。

小山雀看到小鸵鸟说："小鸵鸟，到树上和我们一起唱歌吧！"小鸵鸟摇摇头，飞快地跑走了。小八哥也对小鸵鸟说："嘿！小鸵鸟，我们飞到对面的山上找虫子吃吧？"小鸵鸟还是头也不回地跑了。

因为，他根本飞不起来。这也让大家觉得很奇怪。

秋天来了，鸟儿们都在忙着加固鸟窝，以防冬天里被风刮掉下来。可是每次大家都只能叼回一根小树枝，每天飞很多趟辛苦极了。这时，喜鹊妈妈看到了小鸵鸟，她说："小鸵鸟，你个子大能多帮我叼几根树枝回来吗？"小鸵鸟惭愧地说："对不起，可是我不会飞。"喜鹊妈妈愣了一下，她马上笑着说："傻孩子，你虽然不会飞，但是你有一双强壮的腿，你能跑得像汽车那么快呢！"真的吗？小鸵鸟简直不敢相信，它试了试，撒开腿在草丛里跑了起来，它越跑越快，哎呀！真的跑得和汽车一起快了，原来自己是一名快跑高手。

小鸵鸟背回了许多的树枝，跑回森林里分给大家，大家的鸟窝很快就加固好了，尽管小鸵鸟不会飞，但是它终于找到了自己的长处，它觉得高兴极了。

宝宝学到了什么？

小鸵鸟因为不会飞，感到非常难过，可是后来它又和大家成了好朋友，并且生活得非常高兴，这是为什么呢？这是因为刚开始小鸵鸟没有找到自己的长处，盲目羡慕别人的优点，当它发现自己很善于长跑时，它终于找回了自信。

测一测：你的孩子够自信吗

① 买了新玩具，宝宝很少主动地去思考新玩法。   Yes（　　）No（　　）

② 缺少主见，和小伙伴一起玩的时候经常被其他的小朋友左右。   Yes（　　）No（　　）

③ 生活中，碰到一点小问题喜欢立即去找父母解决。   Yes（　　）No（　　）

④ 当着客人的面，不愿意表演已经熟练的舞蹈或歌曲。   Yes（　　）No（　　）

⑤ 看到别的小朋友在玩，不敢主动参与进去。   Yes（　　）No（　　）

⑥ 当犯错受到批评时，会号啕大哭。   Yes（　　）No（　　）

⑦ 每次去别人家做客，总是要妈妈催促才和大人打招呼。   Yes（　　）No（　　）

⑧ 玩一些从没玩过的游戏，表现得非常胆怯。   Yes（　　）No（　　）

⑨ 和小伙伴一起玩的时候，表现得很沉默，不主动发表意见。   Yes（　　）No（　　）

⑩ 到了不熟悉的环境，会一直黏着父母不愿单独玩耍。   Yes（　　）No（　　）

注意 如果选Yes超过了一半，说明你的宝宝还不够自信。

专家指点

帮助孩子找到增强自信的窍门

自信心是孩子在自己能力的认识和正确的评估基础上建立起来的，但是1～2岁的孩子显然还不能意识到自信的形成过程，他们需要周围人的认可，特别是最亲近、照顾他们的人的肯定。

首先，大人应该经常鼓励孩子，为孩子提供表现自己的机会，帮助他树立自信。

孩子的自我评价能力还很低，他们还需要通过别人的话来认识自己，当他发现自己做的事情能讨人欢心，他就会信心满满地去做。比如在家庭聚会时，鼓励孩子当众进行表演，妈妈可以和宝宝一起合唱、跳舞等，获得鼓励和支持的孩子就会渐渐地大胆、自信起来。

第二，放手让孩子做力所能及的事，让他尽情施展才能。

很多父母总是认为，孩子还小什么事情都做不好，不管是大事小事都要为孩子代劳。比如，搭积木游戏中，父母总是强硬地要孩子把最大的积木搭在最下面，认为这才是正确的做法，但是孩子的创造力是无穷的，不管孩子搭出了什么样子，父母都应该给予肯定，告诉孩子他这样搭非常好，"但是如果把最大块的积木放下面会更好"，这样，孩子就会有信心将积木搭建得更好。

第三，尊重孩子，注意平时的日常用语。

我们经常听到父母拿自己的孩子和别人的孩子作比较，如"他们家的孩子都会背唐诗了，我们家孩子话还说不清。""你为什么不能像XX那么听话呢？"或者是直接伤害孩子的话"你真笨！""为什么你总是做不好？"类似这样的话，是做父母非常不应该说的，孩子会默默地记住你说的每句话，并且记在心里形成一种暗示，慢慢地就会觉得自己是个笨小孩，自信心被扫荡一空。

最后，父母调整对孩子的期望值，相信孩子总会做得好。

父母不能过分拔高对孩子的期望，热切的期望超出了孩子的能力范围，弄得孩子不知所措，打击了他们的自信心。当发现孩子不适应时，应及时调整，让孩子完成容易完成的目标，这样才能一点一点地累积他的自信。

第五节 懂礼貌，培养高尚道德品质的第一步

想让孩子成为彬彬有礼、举止大方的人，那么就要从孩子学说话的时候开始教他使用礼貌用语，除了礼貌用语，还要教孩子简单的站姿、坐姿、走路、说话的规矩。父母作为孩子的第一任老师，应该用自己的言行去教育孩子成为一个懂礼貌的人。

 ## 玩游戏教孩子学会各种礼貌用语

游戏一 娃娃打电话

 **游戏玩法**

1 准备一个布娃娃，设计宝宝和娃娃打电话的场景；

2 先让宝宝拨通娃娃的电话，妈妈模拟娃娃和宝宝通话，在通话中运用"喂，你好！""请问小娃娃在吗？""你好，我是宝宝""再见"等电话礼貌用语；

3 换成小娃娃给宝宝打电话；

4 当宝宝熟悉电话礼貌用语后，让宝宝给爷爷奶奶打电话，也可以家里有来电时让宝宝尝试去接电话。

 小贴士

游戏可以用家里的电话，也可以用玩具电话或者将不要的纸巾卷筒用来通话。平时大人在家里打电话时也应该注意礼貌用语，等到孩子年龄再大一点，可以让孩子学习拨号，从最简单的123开始，如果宝宝没有拨正确，妈妈可以不接电话，在旁边提示："对不起，你的号码拨错了，请重新再拨一次。"

宝宝学到了什么？

打电话是孩子很喜欢的游戏，不仅可以训练孩子的听力，还可以增强他的语言表达能力。如今打电话已经成为了重要的沟通渠道，从小让孩子学习打电话的技巧和电话文明用语非常有必要，父母还可以假设各种通话情景，比如对方要找的人不在，对方打错电话时怎么说……并且训练孩子用委婉、温和的语气进行对话。

✦ 游戏二 宝宝请客 ✦

游戏玩法

1 设计宝宝请客的场景，让玩具小狗、娃娃等扮演客人；

2 宝宝扮演小主人，妈妈教宝宝学习"你好，请进""请坐""请喝茶""欢迎下次再来""再见"等礼貌用语；

3 妈妈模拟小狗说很不礼貌的话："你们家饭真难吃。"让孩子体会"说话不礼貌"是给人带来的不好的感觉。

小贴士

1～2岁的宝宝还不能记住过于复杂的句子，教孩子礼貌用语应该从简单的开始。父母可以记下宝宝平时经常犯的错误，设计到游戏中去，让宝宝体会不文明的行为给人带来的糟糕感觉。

宝宝学到了

文明用语在任何场合中都可以用到，但是小宝宝不可能亲身经历每一个情景，父母主动为孩子搭建学习的平台，鼓励孩子去尝试、体验，不仅可以帮助宝宝提前学习相应的文明用语，还能让孩子掌握待客之道，帮孩子建立小主人翁的自豪感。

游戏三 吃饭的规矩

游戏玩法

1 准备布娃娃、各种蔬菜等，创设情景宝宝和娃娃一起吃饭；

2 妈妈模仿布娃娃说话："宝宝，该吃饭了，请你先去洗手吧"让宝宝去洗手，然后自己坐好；

3 妈妈告诉宝宝布娃娃爱吃什么菜，让宝宝照顾布娃娃吃饭；

4 妈妈让宝宝提醒布娃娃吃饭的时候应该坐直，不要把饭菜掉在桌子上。

小贴士

游戏时不要让宝宝真的把游戏道具吞到肚子里，也可以让爸爸也加入到游戏中来，让宝宝"喂"爸爸吃饭，并问"爸爸吃饱了吗？"如果宝宝一开始只是对食物感兴趣，那就先让他尽情地去探索个够，等孩子玩够了，他的这种探索需求就会转变到另一个阶段，妈妈再和孩子讲道理效果会好得多。

宝宝学到了什么？

餐桌礼仪是生活中经常使用的礼仪，在将来的各种就餐场合都会用到，当孩子还不会用筷子时，可以从用勺子开始教，比如安静地吃饭，不浪费粮食、不能用勺子敲打餐具等。有些规矩并不是反复说孩子就能学会，还必须勤练习，反复和孩子玩吃饭的游戏，能让孩子在耳濡目染中掌握餐桌礼仪，成为餐桌上的小绅士和小淑女。

游戏四 "对不起"和"没关系"

游戏玩法

1 准备玩具小狗和小娃娃，妈妈让小狗和小娃娃相互问好；

2 设置场景让小娃娃踩了一下小狗的尾巴，然后模仿小娃娃说："对不起，踩到了你的尾巴"；

3 模仿小狗回答："没关系，没关系"；

4 妈妈对宝宝说："你看，小狗和小娃娃多有礼貌，宝宝你有礼貌吗？"

5 设计小娃娃再踩小狗的尾巴，问宝宝这时小娃娃应该说什么。

小贴士

妈妈还可以和宝宝扮演小娃娃和小狗的角色，游戏时一定要投入，让孩子很好地融入游戏的氛围中去。

宝宝学到了什么？

礼貌用语不仅是日常生活中常用词语，也是宝宝开启交际圈的技巧。学习"对不起"和"没关系"让孩子在遇到类似事件时能更好地处理，让他懂得以礼待人也能得到别人友好的回报，并以此激发孩子主动向人问好、通过礼貌用语与同龄孩子成为朋友的意愿。

游戏五 看图学礼貌

游戏玩法

1 准备人物图卡或是自己画的图册；

2 将图卡打乱，家长和孩子轮流抽图卡，抽到哪张就请说出图片上的人物在做什么，图片中的情况下，应该说什么礼貌用语。

3 说完后继续打乱图片，进行下一轮游戏。

小贴士

玩这个游戏家长要非常有耐心，因为孩子不是任何时候都能耐下性子认真地看图并说出上面的内容。游戏开始前，可以让孩子和家长一起画画，尽管孩子还只是胡乱地涂鸦，但是这些游戏前的准备能充分调动他的积极性。

宝宝学到了什么？

这个游戏能帮助孩子复习已经学会的各种礼貌用语，还能锻炼孩子的反应能力和语言能力，通过经常反复的讲解和训练，这些用到礼貌用语的情景在孩子脑子里留下深刻的印象，下次再碰到类似的情况，他就能马上熟练地运用学到的礼貌用语。

懂礼貌的好孩子都爱听的故事

故事一　森林里的水井

森林里有一口小水井，井里的水可甜了，小动物们都喜欢到小水井里打水喝。

一天，来了一只粗鲁的小猴子，它挑着水桶横冲直撞、大摇大摆地朝水井走过去。"哎哟！""哎哟哟！"小猴一下子踩到了小兔的尾巴，一下子踢到了小乌龟，还撞到了袋鼠妈妈怀里的小宝宝。大家都对小猴子说："小猴子，请你慢点走，你把大家都撞疼了。"小猴子却说："是你们自己挡在了路中间，走开！走开！"大家都摇摇头，觉得小猴真没礼貌。

小猴来到了水井边，正要往水井里放水桶，水井开口说话了："小猴子，你真没礼貌了，你应该向大家道歉。"小猴子"哼"了一声，提了水就回家了，还把水洒了一地。

小猴回到家里舀了一口水喝，哎呀！怎么水这么苦啊？

桶里的水珠跳起来说："小猴子你没礼貌，连水都生气得变苦了。"小猴子不相信，又跑到小水井打起了一桶水，又喝了一口，哎呀！越来越苦了。小猴子一边哭一边想：我以后再也喝不到甜甜的井水了。

这时，水井说话了："小猴子，别哭了，快去向大家道歉吧，知错能改就是好事。"小猴听完点点头，去向小兔、小乌龟还有袋鼠妈妈道歉去了，水井笑了起来，又冒出了甜甜的井水。

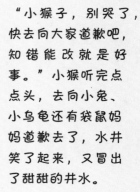

> **宝宝学到了什么？**
>
> 小猴子打的井水为什么是苦的呢？告诉孩子不要像故事里的小猴子一样不懂礼貌，大家都不会喜欢不懂礼貌的孩子。

故事二　兔子的短尾巴

小白兔有一个又短又小的尾巴，经常遭到大家的嘲笑。

小猴子指着小白兔的尾巴哈哈大笑："哈哈哈，你的尾巴又短又小，真难看，哪像我的尾巴这么长，还能挂在树上荡秋千。"小白兔听完伤心地哭了。

小孔雀也来了，它骄傲地说："小白兔，你的尾巴一点也不漂亮，你看我的尾巴五光十色，森林里就属我的尾巴最漂亮。"小白兔听完难过极了。

这时，小山羊跳了出来，它也有个又短又小的尾巴，它严肃地对小猴子和小孔雀说："我们的尾巴短，是为了遇到大灰狼的时候更方便地逃跑，要是长了个长尾巴，被狼抓住就逃不掉了。"小猴和小孔雀听完，想了想红着脸说："原来大家的尾巴都有不同的用处，我们错了，小白兔对不起，让你伤心了。"

小白兔听完擦了擦眼泪说："没关系，大家还是好朋友。"大伙哈哈地笑了起来。

宝宝学到了什么？

　　每个人都有自己的特长，小猴子和小孔雀嘲笑小白兔的短尾巴，是很没礼貌的行为。

故事三 娃娃的新裙子

小娃娃生日就要到了，外婆给她做了一件漂亮的新裙子当生日礼物，上面绣满了小花，还贴上了闪闪发光的小贝

壳，小娃娃可喜欢了。

生日那天，小娃娃穿上了新裙子，她可高兴了，想让大家都分享她的快乐。于是她走出家门来到了小河边，小河哗哗地说："小娃娃，你的裙子真漂亮。"小娃娃说："谢谢你的夸奖，这是外婆送我的生日礼物。"

小娃娃走到了森林边，小树摇摇树枝说："哎呀！小娃娃你的裙子太漂亮了，穿在你身上最合适。"小娃娃说："小树，谢谢你的夸奖，这是外婆送我的生日礼物。"

小娃娃又来到了池塘边，小青蛙跳起来呱呱地说："可爱的小娃娃，你的裙子闪闪发光真漂亮。"小娃娃说："谢谢你小青蛙，我今天高兴极了。"

小娃娃跳起了舞，森林里的小动物都跑来看，围着小娃娃唱唱跳跳起来，还唱起了生日歌，小娃娃笑着说："谢谢大家！这是我过的最美好的一个生日。"

宝宝学到了什么？

夸奖和赞美不仅是一种待人的礼貌，也是对他人美好的祝福。称赞不仅能使别人得到鼓励，还能从中学到别人的优点。

故事四 骄傲的小猪

有一只骄傲的小猪，它觉得自己是最聪明的，平时对别的小动物说话总是大声嚷嚷。

它遇到小刺猬嚷嚷到："走开！走开！别扎到我的脚！"他遇到小鸭嚷嚷到："走开！走开！你走路摇摇摆摆真难看！"他遇到了小水牛嚷嚷到："快走开！你的叫声最难听！"

大树爷爷摇摇头，心里想："这只小猪真不像话，得找个机会教教他。"

一天，森林里来了一只大灰狼，它一直在打小猪的主意，看到大家都不喜欢小猪，它可乐坏了，悄悄走近小猪扑了过去，小猪被大灰狼关到了笼子里，大灰狼说："哼哼！没有人会来救你，明天我就吃了你！"小猪害怕地哭了，它大喊："大树爷爷，快叫其他

的动物来救我！"大树爷爷说："你可真没礼貌，大伙都不愿意来救你。"小猪还是骄傲地说："哼！不来就不来，我就不信我逃不出去。"大树爷爷摇摇头。小猪使劲撞笼子，可是笼子还是打不开。

第二天，大灰狼开始磨刀烧水了，小猪终于低下了骄傲的头用最后的力气大喊："大树爷爷，请你帮帮我吧，我再也不嘲笑大家了，我知道错了。"这时，大树爷爷吹起了一口气，森林里的小动物纷纷拿着石头跑出来砸向大灰狼，"哎哟！哎哟！痛死我了！"大灰狼夹着尾巴逃走了。

小猪得救了，它终于认识到了自己的错误，它向大家保证，以后一定做一个懂礼貌的好孩子。

宝宝学到了什么？

为什么一开始大家没有来救骄傲的小猪呢？请宝宝记住，大家都喜欢懂礼貌的好孩子，不喜欢骄傲、任性，不讲道理的淘气孩子。

故事五 小猪是个小糊涂

小猪是个有礼貌的好孩子，可是它总是糊里糊涂，害得大家都听不懂他说的话。这是怎么回事呢？

一天，小猪正在地里拔萝卜，突然天上掉下来一个小果子，正好打在它的脑袋上，"哎哟！"小猪大叫一声，抬头一看，原来是小麻雀正叼着果子往窝里飞，小麻雀赶忙飞下来说："哎呀！小猪，真是对不起，打疼你了吗？"小猪摸摸脑袋说："真疼，真疼，谢谢你，你快回家吧。"小麻雀吓了一跳，无奈地飞走了。

小猪抱着一大筐萝卜高高兴兴地往家里走，高高拱起的萝卜挡住了前面的路，一脚踩到了一个硬东西，"哎呀呀！"传来一阵呼叫声，小猪赶忙放下萝卜，往地上一看，原来是一群小蚂蚁，它们正排成一条长长的队伍，往窝里搬着从田野里抬回来的小豆粒，小猪一脚踏乱了整齐的队伍，小猪连忙蹲下对小蚂蚁说："没关系！没关系！踩疼你们了吧，我帮你们把豆粒搬回家吧？"小蚂蚁们都听得稀里糊涂的，都不明白小猪在说什么，但是都摆摆手说："不用了，我们自己搬，你也快回家吧。"小猪又

说："谢谢你们。"小蚂蚁更糊涂了，也无奈地走了。

小猪回到家把今天发生的事情和妈妈说了一遍，猪妈妈哈哈大笑说："哎呀，糊涂的孩子，你的礼貌用语都用错了，难怪大家都觉得很奇怪呢。"猪妈妈接着说："你应该对小麻雀下次我一定不会说错了。"

测一测：这些礼貌用语你的孩子学会了吗

① 见到大人会主动打招呼，叫叔叔、阿姨、爷爷、奶奶好。　　　　Yes（　　）No（　　）

② 有人来家里做客时，会向客人打招呼，当客人离开时会说或者摇摇手表示再见。

　　　　　　　　　　　　　　　　　　　　　　　　　　　　Yes（　　）No（　　）

③ 有小伙伴来玩时，能将玩具与同伴分享。　　　　　　　　　　Yes（　　）No（　　）

④ 懂得让同龄的小客人先挑选玩具和喜爱的食物。　　　　　　　Yes（　　）No（　　）

⑤ 收到礼物后，会在妈妈的指导下说谢谢。　　　　　　　　　　Yes（　　）No（　　）

⑥ 当大人在谈话的时候，不会大声嚷嚷打断大人的谈话。　　　　Yes（　　）No（　　）

⑦ 很少出现"人来疯"的状况。

⑧ 可以耐心地等待别的小朋友玩好了，再拿起玩具。　　　　　　Yes（　　）No（　　）

⑨ 就算再生气、再着急也不会打人、咬人。　　　　　　　　　　Yes（　　）No（　　）

⑩ 对自己不喜欢吃的东西，会摇摇头表示不想吃。　　　　　　　Yes（　　）No（　　）

注意 如果选Yes超过了一半，说明你的宝宝是个懂礼貌的乖孩子。

专家指点

教孩子懂礼貌，家长该做个好榜样

父母是孩子最喜欢模仿的对象，父母的一举一动都影响着孩子的言行举止，想让孩子成为一个有礼貌的人，父母必须时刻注意自己的举动，千万不能让宝宝学到你们的坏习惯。

父母首先要注意随时使用礼貌用语。

其实，有些孩子没有礼貌并不是天生的，是后天环境对他的负面影响造成，试想一个整天把"你是猪"、"你这个笨蛋"、"你的嘴好臭"挂在嘴边的父母，能教出一个懂礼貌的孩子吗？而一个随时都在说"请"、"谢谢"、"你好"、"对不起"父母，教出来的孩子拥有更好的品格和良好的人际关系。

其次，家长还应该教会孩子懂得批评的艺术。

有时候孩子偶尔说出伤害他人的话，并不是有意要去侮辱人呢。比如，遇到一个满身大汗的人，孩子会说："妈妈，他真臭。"或者说："阿姨一点也不漂亮。"这些让父母非常尴尬的话。其实，孩子只是还不懂得如何去掩饰自己的感觉，父母不能当众斥责孩子，不然孩子会觉得说出自己真正的想法是种错误。父母可以在事后告诉他，不一定非把实话当场说出来，这会让人感到很难堪，并请孩子设身处地想想，换成是他自己，是不是也愿意别人这样说自己呢？这种"将心比心"的教育方式，会比大声地斥责更让孩子牢记于心。

另外，家长还应该教会孩子从小学会赞美。

不仅仅是赞美别人，还要教孩子学会关心、体谅、安慰他人。如果父母经常赞美他人，孩子的嘴巴也会变得比较甜。当然，要教会孩子发自内心的赞美，而不是虚假的奉承。

最后，让文明礼貌成为一种习惯。

一种习惯的形成需要长期的培养，刚开始时将各种礼貌制定成一套规矩也未尝不可，当孩子逐渐习惯这些规矩时，就会对没规矩的事情感到很不习惯，讲礼貌的好习惯就逐渐形成了。

第四章

2～3岁情商培养关键时期
把孩子性格的培养放在首位

　　这个年龄段的孩子身心发育都进入一个突飞猛进的阶段，不仅活泼好动，好奇心也非常强。活动能力的增强，让孩子有更强的能力去探索世界，同时孩子独立意识的成长也非常显著，不再是父母说什么就是什么，他更喜欢提出自己的看法，告诉你他自己观察到的世界。此时，孩子的性格正在不知不觉逐渐形成，在这个关键的阶段，父母应该更用心地去指导孩子，为孩子将来成为正直、热情、开朗的人做准备。

第一节 孩子鲜明的个性逐渐形成

> 宝宝3岁时迎来了人生的第一个逆反期，他们开始变得任性、叛逆、难管教，这时孩子做很多事情都有了自己的主张，他不喜欢父母擅自改变他的意愿，于是和父母起了"冲突"。但是，3岁也是孩子性格最富有创造性的关键时期，他的各种品格，乃至影响一生的气质也在逐渐形成。因此，父母需要创造适宜的环境和用心去指导，让宝宝的个性朝着美好的方向发展。

父母不可不知——
2～3岁孩子身心发育状况

3岁左右的孩子，身心发展都进入一个突飞猛进的阶段，他会快速奔跑，虽然有时候还是会摔倒，他还会自己脱衣服和裤子，并且能自己画出简单的风景画。

这个年龄段，孩子的语言能力有极大进步，还为孩子独立意识的成长扫清了很多障碍，当他想表

达自己意愿的时候，他马上能通过语言来阐明，而不是手舞足蹈焦急地比划。同时，孩子的观察能力、思维能力也正在快速发展。他的眼睛变得敏锐起来，能发现物体的细小差别，还能马上用语言描述这种区别；他的思维能力正在向具体形象思维过度，把见过的各种事物以及他们之间的简单联系弄清楚，当你说起一个他曾经见过的事物时，他能从记忆中将这个物体搜索出来，并且说出他和其他事物的联系。这时，父母会感觉和孩子说话方便多了，不用担心他会听不懂你说的话。

拥有了这些能力，孩子开始变得越来越独立起来，有他自己的想法，喜欢独立结交朋友，独立决定玩具的玩法和摆放位置，这时，孩子就不是那么听话了，当他的想法和父母的意愿产生矛盾时，他就会任性地大哭，坚持要按他的想法去做。孩子人生第一个逆反期的各种表现，这时候会淋漓尽致地展现在父母面前。但是，你也会惊喜地发现，孩子开始能照顾自己了，有时它还会照顾妈妈和其他人，当小伙伴有困难时，他也会主动去帮忙，他还表现出较强的自控能力，当妈妈说"吃晚饭后再吃水果"，他能理解并顺从地执行。这时，父母需要对孩子慢慢地引导，让他有更多机会独立思考和行动，为了培养和加强他的自控能力，减少他和父母之间的摩擦，最好不要过分命令孩子做事，以免造成孩子冲动、易怒、暴躁的性格。

父母的困惑——
2～3岁情商培养常见问题

我们已经知道孩子即将迎来人生第一次逆反期，父母为此做好准备了吗？

情商组成的重要部分就是对自己情绪的管理，这也是父母必须花很多时间、乃至孩子成年后仍要不断努力的事，处于逆反期的孩子经常会反抗父母的要求，赖在地上打滚、大发脾气、手舞足蹈，就算父母哄劝、呵斥有时还是无济于事。这讨厌的坏脾气，是逆反期的典型特征。聪明的父母不应和孩子对着干，这样只会让家里鸡飞狗跳不得安宁，最好的办法就是安静地走开，这其实传达了一种信息：发脾气耍赖是不可取的。让他去哭去闹吧，千万不能满足他不合理的要求，否则他就会一而再、再而三地使用这种手段。

这个阶段的宝宝，还衍生出了一种消极的性格——我不行！当父母听到孩子说这句话的时候，心里一定感到很沮丧，一个被小小困难绊倒就放弃的孩子，怎么有能力去面对人生的大风大浪？可是有的父母说，我们已经尽心尽力去关爱孩子，还经常鼓励他去尝试新事物，问题就在这里，不是所有的表扬都是适时的。将"真聪明"、"真厉害"挂在嘴边，但是孩子在外却获得完全不同的信息，让他意识到父母的表扬完全不是那么回事，从此，会变得非常敏感，不敢再轻易尝试新事物。

在社交方面，2～3岁的宝宝尽管已经学会主动结交朋友，但是有时候还是会变得"特立独行"。有些孩子很容易和其他人发生冲突，有些孩子表现得很不合群，很难参与到小伙伴的游戏中去。这与孩子正处于逆反期很有关系，和大人一样，小朋友也不喜欢跟霸道、小气、爱哭的孩子玩。如果家长发现孩子有这些社交问题，要及时给予帮助和支持，不能让孩子成为"讨厌鬼"。同时还应该培养孩子分享、互助、守规矩的好习惯，让宝宝成为真正的"社交高手"。

磨炼顽强意志，培养战胜失败的能力

　　有些孩子在学习、玩游戏、尝试新事物遇到困难时，容易害怕失败而产生逃避、退缩的心理，家长鼓励一下就坚持一会，但是最终还是会放弃；还有一些孩子做事情虎头蛇尾，这些轻言放弃的宝宝，真让很多家长感到头疼。

　　其实，每个孩子都有争强好胜的心理，但是面对失败时，他们会显得手足无措，只能选择逃避，家长此时必须教会孩子正确地面对失败和挫折。比如家长可以在孩子决定要做一件事情之前，及时地与孩子做好分析：他这样做有哪些好处、有哪些坏处，但是这些坏处妈妈会帮助你一定克服等；另外，教会他：在做事过程中，遇到困难是很正常的一件事，人人都会遇到困难和失败，但是我们应该把困难和失败当成是动力。

　　家长还可以让孩子从小事做起，磨炼他的意志。比如让孩子自己穿衣服、系纽扣、收拾玩具等，鼓励孩子自己去尝试，当然，一开始时父母的要求不能太高，根据孩子的能力制定他能轻松完成的事，然后再一步步加大难度，孩子在这个过程中已经磨炼出坚定的意志，这时他再遇到困难和失败就不会轻易放弃，而是想方设法克服这个困难。

　　还有一点要提醒家长们，那就是应该懂得善用表扬，一方面不能表扬过度，使得孩子高估自己的能力；再则不能轻易表扬，使孩子对表扬习以为常，令表扬失去激励的作用。最后，我们要表扬的应该是孩子努力的过程，而不是一件事的结果，就算孩子失败了，也应该肯定他为此的努力，让他下次再接再厉做得更好。

第二节 经历挫折让孩子学会迎难而上

面对困难，让孩子经历挫折和失败，然后从中学到坚韧不拔、迎难而上的精神，对家长而言不是一件简单的事。此时家长应该和孩子一起共同面对失败，并且恰当地引导他，而不是看着愁眉苦脸的宝宝，直接帮他把麻烦的事解决掉。

 帮孩子战胜失败的游戏

 游戏一 扔球

游戏玩法

1 准备一个大盆或是大纸箱，几个塑料小球，用报纸揉成纸团也可以，在地上画一条线，孩子站在线后面，向前面的盆子扔小球；
2 妈妈示范将小球扔到盆子里；
3 指导宝宝瞄准盆子用力扔出小球。

小贴士

根据孩子的能力，可以先不要将盆子的距离放得太远，让孩子可以轻易投进去，然后再逐渐增加游戏难度。

宝宝学到了什么？

想要准确地把球扔到盆子里，眼睛一定要看准，手一定要敏捷，而且还需要一点运气，孩子不是每次都可以丢中。父母可以在旁边不断鼓励孩子，直到孩子能轻松将球扔进盆子里。还可以让孩子和小伙伴一起玩，大家互相竞争和鼓励。

游戏二 钓鱼

 **游戏玩法**

1. 用硬纸板剪出鱼的形状，用线穿过鱼嘴做成一个线圈，准备一根木棍，把别针弯曲成鱼钩，用绳子连接鱼钩和木棍，做成渔竿。最后给鱼从1到10编号；

2. 把鱼放到一个大盆子里，让孩子拿起渔竿坐在旁边开始钓鱼；

3. 宝宝每钓到一条鱼，让他说出鱼的编号，将纸鱼放到一边，钓完后可以重来。

小贴士

钓鱼游戏难度比较大，也需要一定的技巧，妈妈可以通过教孩子保持手部平衡和稳定来把鱼钩通过线圈，在鱼钩还没有完全钩住鱼嘴时，不能心急，要慢慢将线圈钩住再提渔竿，不然眼看钓到的鱼又要溜走了。

宝宝学到了什么？

让孩子和你一起制作纸鱼和渔竿，增强他的动手能力，给鱼编号，还能开发孩子的记忆和数字技能；另外，游戏需要宝宝掌握钩住线圈的技巧和耐性的操作，而且不是每一次都能稳稳地"钓"到鱼，当钓不上鱼时，家长引导他发现问题，重新再试，直到钓到所有的鱼，让孩子在游戏过程中品尝到失败和成功的滋味。

游戏三 为鞋子配对

 **游戏玩法**

1. 找出家里的鞋子打乱放成一堆，注意事先清理干净所有的鞋子；

2. 妈妈和宝宝比赛看谁配对的鞋子多；

3. 妈妈可以先示范找出一对，然后等待宝宝发现可以配对的一双鞋。

小贴士

事先将鞋子清理干净，注意宝宝的卫生，游戏结束时记得给他洗手；妈妈可以教给孩子找出相同鞋子的技巧，如颜色、大小、形状是否一样等；还可以在旁边数数，看谁数到20时能找出最多相同的鞋。

宝宝学到了什么？

2～3岁的孩子经过训练，已经能够分辨不同的物品，同理也可以找到相同的物品，为鞋子配对可以锻炼孩子的眼力和判断力。当孩子因为找不到相同的鞋子犯愁时，放弃的念头可能正在滋生，妈妈及时的指点可以帮助孩子走出困境，然后记住这些技巧，通过思考和努力获得成功。

游戏四 夹水果

游戏玩法

1 准备五六个不同的水果，两个盘子，筷子一双；

2 妈妈示范如何拿筷子，然后示范将水果夹到另一个盘子；

3 让宝宝练习用筷子把水果从一个盘子夹到另一个盘子。

小贴士

这个年龄的宝宝刚开始用筷子时，还只会用筷子扒饭吃，经常右手成拳握住筷子，还不懂得如何分开，因此也不能顺利地夹菜。家长可以教孩子用大拇指、食指和中指同时操作一根筷子，无名指和小指操作另一根筷子，家长还可以和孩子进行比赛，这样他会练得更起劲。

宝宝学到了什么？

拿筷子对于小宝宝来说是一项技术活，不是随随便便就可以掌握的，需要长时间的练习。夹水果的游戏，不仅可以让孩子学会正确拿筷子和用筷子夹物，练出一双巧手和锻炼手眼的协调能力，更重要的是，宝宝需要不断地练习、耐性和不怕失败的精神，才能学会筷子的用法，并且成为他一生使用的技能，这对宝宝来说是不小的鼓舞。

游戏五　串彩珠

游戏玩法

1 准备一把不同颜色的小彩珠，一根穿好线的针；

2 教孩子用针将小彩珠一粒一粒的穿到线中；

3 穿好一串彩珠链子后，线的两端系在一起。

小贴士

可准备大小、形状、颜色各异的彩珠，提起孩子的兴趣。注意用针的安全，不要让孩子扎到手。穿成彩珠链子后可让孩子作为礼物送给家里的亲人或是小伙伴。

宝宝学到了什么？

对于两岁多的孩子，要将每一粒珠子准确地穿过针线不是一件容易的事，需要手眼精确地配合，还需要孩子的耐性，更需要他持之以恒的定力，不能因为一时的失败或是成功就轻易放弃，否则就不能制作成一串完整的链子。家长可用送给妈妈或好朋友的礼物来鼓励孩子完成游戏。

从故事里学到不怕失败的品质

故事一 小蚂蚁搬家

天气预报员小鸽子在天上飞来飞去，一边喊着："明天要下大雨，请住在低处的小动物们往高处搬，不要被水淹了！"

小蚂蚁从洞里钻出来，看着越来越暗的天空，心里想："这些可糟了，我得赶紧搬家，不然明天就会给水冲走了。"于是，小蚂蚁收拾了一些行李开始往地势高的地方爬去。

小蚂蚁爬啊爬，突然前面出现了一条河挡住了它的去路，小蚂蚁着急了：这可怎么办啊，我可不会游泳啊。看着越来越暗的天空，小蚂蚁急得

在路上转来转去，这时一片树叶从树上掉了下来，他灵机一动，计上心来。小蚂蚁走到树叶旁边用力推动树叶，树叶太重了，小蚂蚁只能一点一点地把树叶往前推，累得它满头大汗，终于把树叶推到了小河边。小蚂蚁捡了一根小树枝，把树叶往河里用力一推，赶紧跳到了树叶上，把小树叶当成了船，小树枝当起了船桨。就这样，小蚂蚁坐着这艘树叶做成的"小船"，慢慢地划到了河对岸。

小蚂蚁终于爬到了一棵大树的树洞里，躲过了大雨。

故事二 小青虫

一只小青虫从蛋里钻了出来，它饿极了，于是它爬到了大树上大口大口地吃起了嫩叶。这时，飞来了一只美丽的蝴蝶，小青虫心里想："小蝴蝶可真美啊，要是我也有一双那么美丽的翅膀就好了。"它对小蝴蝶喊："蝴蝶姑娘，你的翅膀真漂亮。"小蝴蝶看了看小青虫，笑着说："等你长大了也会有一双美丽的翅膀。"

日子一天一天地过去了，冬天要来了，小青虫觉得自己又冷又累，于是慢慢地爬到树上，吐出了丝线，把自己变成了一个小包包挂在了树枝上。冬天来了，外面寒风呼呼地吹，小青虫在里面睡着了。

等到它醒来的时候，发现丝线变得非常的坚硬，把自己严严实实地包裹住，一动也动不了。外面已经是温暖的春天了，小草说："小青虫该醒醒了。"大树也说："小青虫，春天来了，快醒来吧。"小青虫用尽了全身的力气，终于撑开了一条缝，他从缝里一点一点艰难地向外爬。突然小青虫不见了。

小草东看看西看看，哎呀，有一只美丽的蝴蝶在花丛里跳舞，多漂亮啊！大树笑着说："它就是小青虫啊，他经历了寒冷的冬天，用尽了力气爬出小包包，终于变成了一只美丽的蝴蝶。"

小青虫挥动着自己美丽的翅膀，在花丛中自由的飞翔。

故事三 龟兔赛跑

森林里住着小兔和小乌龟，小兔子看着小乌龟爬得那么慢，就嘲笑它说："你爬得真慢，等你爬到山顶，天都亮了。"小乌龟气坏了，它对小兔子说："我跑得可比你快多了，如果你不相信，我们就来比一比。"小兔子一听大笑起来，信心满满地说："好吧，那么明天我们来一场赛跑，看谁跑得快。"说完一蹦一跳地走了。

第二天，很多小动物都来看龟兔赛跑。发令枪一响，小兔子一个箭步冲了出去，一路遥遥领先，小乌龟还在慢慢地爬。看到小乌龟被远远地甩到了后面，

兔子得意起来，它觉得反正小乌龟爬得那么慢，不如自己先在树下休息一下，再继续跑。

于是，它在树下坐了下来，很快它就睡着了。小乌龟看到小兔子一阵风的跑到了很前面，但是它并没有放弃，它相信只要努力一定可以赢得比赛。太阳火辣辣地烤得它满身大汗，口也渴得厉害，可是它一直对自己说："我不能放弃！"它爬啊爬，离终点越来越近了。这时，小兔子还在树下睡觉，小鸟飞过来叫醒他说："哎呀，小兔子，你再不起来，小乌龟就要跑到终点啦。"小兔子揉揉眼睛说：

"它还在后面慢慢爬呢，我再睡一会起来跑，也能赢它。"说完又睡着了。

等小兔子醒来的时候，小乌龟已经爬过了终点，赢得了冠军，小兔子发现自己输了，他输给了小乌龟不怕艰难、不轻易放弃的精神，他惭愧地低下了头。

宝宝学到了什么？

兔子为什么输掉了比赛？乌龟跑得没有兔子快，它靠坚持到底、决不放弃的精神赢得了比赛，而骄傲的兔子永远落在了后面。

故事四 两颗种子

　　有两颗种子落到了石头缝里，第一颗种子说："哎呀！天气太热了，石头缝里一滴水也没有，还黑乎乎的什么也看不见。"第二颗颗种子说："等一等吧，天总要下雨。"

　　第二天，太阳还是火辣辣的挂在天上，一滴雨也没下，第一颗种子说："太热了，也没有水，也没有阳光，我们永远也不能发芽。"第二颗种子没有说话，而是默默地把根向地下扎去，用全部的力气吸收地里的最后一点水分。

　　第三天，第一颗种子没有说话，它再也没有醒来。第二颗种子又用力地把根往更深的泥土里扎，它吸收到了更多的水分。

　　一个星期过去了，第二颗种子感觉自己长高了一点，但是头上的小石头挡住了它的去路。它吸了一口气，用力将小石头顶开，它终于钻出了石头缝，长成了一棵小小的芽。它现在可以接收雨露和阳光了。

　　第二个星期过去了，小小的芽又长高了一点，当没有下雨的时候，它把根扎到了深深的泥土里吸收水分，它变得越来越强壮了，越来越经得住寒冷和炎热。

　　过了好长好长的时间，人们看到那里出现了一棵参天大树，原来小种子经历千辛万苦终于长成了一棵大树。

宝宝学到了什么?

　　为什么第一颗种子没能发芽？因为第一颗种子忍受不了恶劣的环境，轻易地放弃了希望。而第二颗种子用顽强的意志克服各种困难，终于长成了大树。

故事五 小兔子搭桥

从前，森林的东边住着一只小白兔，西边住着一只小黑兔，它们是一对好朋友，它们每天都一起到森林里采蘑菇和玩耍。可是有一天，森林里开始不停地下雨，这场雨整整下了一个月。

雨终于停了，可是雨水把泥土冲得散了，在森林的中间形成了一条小河，河水哗啦啦的流，谁也不知道河水到底有多深。

小白兔和小黑兔来到河边一看，哎呀！这可怎么办呀，这样两个好朋友都过不了河了。小白兔在河的东边喊："小黑兔，我不会游泳！"小黑兔在河的西边也喊："小白兔，我也不会游泳！"这可急坏了两个好朋友，对了，为什么不自己造一个小桥呢？第二天，小白兔搬来了许多树枝扔到河里，想在河里搭起一座小桥，可是树枝马上就被河水冲走了，这时，小黑兔也来了，他搬来了许多泥土也往河里倒，可是泥土一会儿也被冲不见了。小猴子坐在树上哈哈大笑说："哈哈，你们真傻，河水那么急，你们是搭不了桥的。"

可是两个好朋友谁也没有放弃，就这样，每天小白兔和小黑兔搬来许多树枝和泥土往小河里倒，一天一天过去了，河的两岸居然出现了一条用树枝和泥土搭成的小桥，森林里的小动物都跑来看，哎呀呀！这可真好啊，这样大家就可以到河对岸去了，于是大伙都来帮忙，连嘲笑他们的小猴子也搬来了树枝。

又过了一星期，小桥终于在大家的努力下完成了，谁说这是不可能做到的事呢？大家都夸小白兔和小黑兔好样的，要不是他们俩的努力，小桥永远也不可能搭起来。

宝宝学到了什么？

询问宝宝小猴子为什么要嘲笑小白兔和小黑兔？小白兔和小黑兔为什么能把小桥搭好？这都是他们不怕困难和失败，坚持到底的成果。

测一测：你的孩子承压能力有多强

① 玩游戏、学习的过程中遇到困难，很容易放弃。　　　　Yes（　　）No（　　）

② 不喜欢尝试新的挑战。　　　　　　　　　　　　　　　Yes（　　）No（　　）

③ 当他做错事的时候，经常不愿承认错误。　　　　　　　Yes（　　）No（　　）

④ 经常把"不知道"、"我不会"挂在嘴边。　　　　　　　Yes（　　）No（　　）

⑤ 只要失败过一次，就不愿意再去尝试。　　　　　　　　Yes（　　）No（　　）

⑥ 遇到挫折或困难，很少能自己独立解决。　　　　　　　Yes（　　）No（　　）

⑦ 孩子喜欢和别人作比较。　　　　　　　　　　　　　　Yes（　　）No（　　）

⑧ 对于他没有把握做好的事，不太愿意去做。　　　　　　Yes（　　）No（　　）

⑨ 只喜欢大人的表扬，当听到批评时会很不高兴。　　　　Yes（　　）No（　　）

⑩ 非常在意别人的感受和评价。　　　　　　　　　　　　Yes（　　）No（　　）

注意 如果选Yes超过了一半，说明你的宝宝还需要更多的挫折锻炼。

专家指点

帮助孩子找到战胜困难的办法

　　从小对孩子进行挫折教育，提高孩子面对挫折战胜困难的能力，这是当父母的有远见、对孩子负责，爱孩子的表现。

　　总结生活中孩子受挫时的表现和总是轻易说放弃的原因，教育孩子勇敢地面对挫折，战胜困难有下面几个办法。

　　首先，直面挫折，把挫折当成一件平常事。

　　其实，失败是生活中经常遇到的事，并不是什么天大的事，当孩子遇到大大小小的挫折时，向他灌输"不可能事事如愿"的思想，提供给孩子面对挫折的机会。如孩子摔了跤，家长会赶紧上去扶起孩子，边说："哎呀，打这个地板，让宝宝摔了一跤。"把孩子主观调皮摔倒的错误归结到外因，使孩子不敢面对自己的错误，这样的做法则是不对的。

　　其次，别当孩子的24小时"保姆"，让孩子去接受挫折。

　　现在很多家庭物质条件优越，家长认为既然有条件让孩子过得舒服，何必还要让孩子吃苦？这种想法也是很不可取的，因为不管是多么好的家庭条件，孩子都会有独立的一天，当孩子终于有一天需要自己去面对挫折时，却发现靠自己的力量根本解决不了，进而便会产生自卑、抑郁、厌世的负面情绪。因此，放手让孩子去吃苦，让他在经历挫折的过程中不断提高抗挫能力。

　　第三，给予正确、适时的评价，让孩子真正认识自己。

　　敏感、自尊心强的孩子，非常在意大人对自己的评价，当孩子受挫、犯错时，大人不应嘲笑孩子的错误，或者直接责怪孩子的错误，这不是激将法，反而会造成孩子的自卑心理。平时应该注意培养孩子良好的品质，养成孩子不骄不躁的品性，并在这方面成为孩子的好榜样。

第三章 让孩子在合作中收获快乐

我们经常看到有的孩子在一群小伙伴中表现得特别出众，所有的孩子都喜欢和他玩，这并不是因为这个孩子已经有了高明的社交手法，而是他们共同的特性是：懂分享、懂合作、讲规矩，就算是小朋友也喜欢这样的小伙伴。

 ## 孩子和伙伴一起努力的游戏

 **游戏一 建长城**

游戏玩法

1 准备大大小小很多纸盒或是积木，提供给宝宝当搭建长城的材料；

2 妈妈先参与到游戏中来，教宝宝如何搭建，然后把纸盒或积木建成类似"长城"那样长串的形状；

3 建完后，让孩子说出哪一节是他搭建的。

小贴士

尽量腾出宽敞的地方给孩子玩耍，不要限制孩子搭建的形式，可以是直线形也可以是弧形，还可以让孩子分头搭建，然后再拼合在一起。

宝宝学到了什么？

通过"建长城"的游戏，能增强孩子之间的合作意识，懂得"人多力量大"的道理。在游戏中让孩子指出自己搭建的那一节，能让孩子懂得自己已经成为了集体中的一员，通过自己的努力，为集体做出了自己的努力。

 **游戏二 搬运工**

游戏玩法

1 准备几个大纸箱，每个纸箱上都打上对称的四个洞，用两根木棍穿个纸箱上的洞，做成一个可以抬起纸箱的架子；
2 父母可以先示范把纸箱扛在肩膀上搬运到指定的地方；
3 放下纸箱，取出木棍再穿到下一个纸箱上，继续搬运；
4 把这些"工具"交给孩子，如果人多的话，还可以两个人一组进行搬运比赛。

小贴士

为孩子提供宽敞的玩耍场所，当孩子们在玩耍时，不要干预他们的合作，或是他是怎样选择他的搭档，让孩子自己去协调和伙伴之间的关系。游戏过程中孩子遇到困难时，引导他们一同商量如何解决，然后悄悄离开，让孩子自己去处理。

宝宝学到了什么？

"搬运工"游戏，不仅需要孩子成为搭档才能完成任务，还需要孩子主动邀请小伙伴的加入、事先与搭档的沟通，并且在游戏中团结一致、稳定发挥。通过游戏教会孩子如何与人协作，遵守游戏规则，同时，面对问题时可以通过集体的智慧来解决。

游戏三 滚小球

游戏玩法

1 准备一条小毛巾，一个乒乓球；
2 妈妈先和宝宝搭档，每人拉住毛巾的四个角，把乒乓球放在毛巾上，利用两端高度调整让球滚来滚去，但是要注意，用力过度乒乓球就会从毛巾上滚落；
3 妈妈把道具交给宝宝的小伙伴，让他们自己去玩。

宝宝学到了什么？

这是一个必须相互配合才能玩好的游戏，能进一步增强孩子之间的合作交流。另外，游戏还可以教会孩子简单的物品平衡道理，增进他们身体和四肢的和谐程度，训练孩子的平衡感。

小贴士

家长示范后，不需要再一直指导孩子，让他们自己去感受游戏的乐趣，还可以让孩子们进行比赛，看谁的小球滚得最久没有掉下。如果宝宝们一直弄掉球，不用去理会他们，纠正他们的错误，因为，这时两个小伙伴早就沉浸在快乐的游戏中去了。

游戏四 拔河

1 准备好拔河用的绳子，将孩子们分成两组；

2 先让爸爸妈妈组成一组和孩子们比赛，假装输给孩子后，让另一组小朋友加入游戏；

3 大人可以当裁判，发号施令宣布比赛开始，然后宣布获胜的一组。

小贴士

注意游戏场所中不能有尖利的东西，以免宝宝摔倒时撞到受伤。大人还可以事先做好奖杯，为胜利的一方颁奖，增添游戏的真实性，这会让孩子感到更强的集体荣誉感。

宝宝学到了什么？

拔河是传统的合作游戏，向孩子说明游戏的技巧后，让孩子通过自己的努力获得胜利，同时懂得光靠一个人是不能战胜集体的，只有发挥集体的力量，大家一起努力才能赢得冠军。

游戏五 小脚穿大鞋

1 准备一双拖鞋，教孩子怎样把鞋穿进去，并请孩子注意鞋的大小和左右之分；

2 让孩子把拖鞋穿好，让他比较拖鞋比自己的脚要大出多少。告诉他，穿拖鞋走路的技巧。

3 分组比赛，看哪一组先走到终点。

小贴士

准备柔软的拖鞋，以免刮伤孩子的脚。游戏前，先让孩子进行练习，比如可以用"一二一二"的拍子来配合练习，告诉孩子要走得稳，而不是一味的贪快。中途摔倒可以爬起来继续前进。

宝宝学到了什么？

拖鞋是日常生活中常见用品，小宝贝却经常一边走一边不见了拖鞋。通过这个游戏和游戏前的教育，让孩子明白小脚穿大鞋需要一定技巧，另外，摔倒后要重新爬起来继续前进，还能锻炼孩子不怕失败、坚持到底的信念。

从故事中体会团结合作的力量

故事一 大青虫和小蚂蚁

农田里有一只大青虫，它正在大口大口地吃着农民伯伯辛辛苦苦种下的大白菜，不一会，大白菜就只剩下光秃秃的菜梗了。大青虫终于吃饱了，打了个饱嗝，慢慢地爬到阳光下晒太阳去了。

这时，来了一只小蚂蚁，他发现了卷在菜叶上晒太阳的大青虫，心里想："多肥的大青虫啊，正好搬回去当粮食。"于是它爬到大青虫身边，用力推了一下，大青虫抬头发现了小蚂蚁，它生气地说："小蚂蚁，你要干什么？"小蚂蚁说："你这只大害虫，我要把你拖回洞里当粮食。"大青虫哼了一声，不屑地说："哼！你这么小的个子，也想把我搬走！快走开！"小蚂蚁看了大青虫一眼走了。

小蚂蚁不是被吓坏了，他跑回洞里叫伙伴去了。他对大家说："大家快来啊，菜地里有条肥胖的大青虫。""太好了太好了！"大家马上跟着小蚂蚁帮忙去了。

小蚂蚁又来到了大青虫身边，大青虫一看，吓了一大跳！来了这么多蚂蚁！这时，小蚂蚁爬到了大青虫身上，同心协力，有的用手拖，有的用头顶，不管大青虫怎样使劲地在地上打转，最后还是被小蚂蚁们一起搬回了洞里，成了小蚂蚁们美味的粮食。

宝宝学到了什么？

一只小蚂蚁扛不动大青虫，可是许许多多的小蚂蚁一下子就把大青虫搬走了，这就是团结合作的力量。

故事二 拔萝卜

大兔、二兔、小兔是三个好朋友，它们在山坡下种了一片萝卜地，它们每天辛勤地浇水、施肥，终于在秋天的时候，地里长出了又大又圆的白萝卜。三只小兔高兴极了，准备到地里收萝卜。

大兔最早来到地里，它放下锄头，走上去抓住了白萝卜的长叶子，用力拔呀拔，可是大萝卜一动也不动。大兔又试了一次，这次它紧紧抓住了萝卜叶子使劲往外拔，拔呀拔，大萝卜还是一动不动，这下可糟了，萝卜太大了，怎么也拔不出。

这时二兔也来到了萝卜地里，大兔告诉它："萝卜太大了，拔不出来。"二兔不在乎地说："没关系，我力气大，一会就能把萝卜拔出来。"说

着二兔走上前，也紧紧地抓住了萝卜叶子，用尽了全身的力气往外拔，哎呀呀，萝卜牢牢地长在地里，还是一动也不动，二兔累得满头大汗。

正当大兔、二兔围着萝卜团团转的时候，小兔来了，小兔听完了大兔、二兔的话，说："我们要齐心协力才能拔出萝卜。"说着，小兔让大兔紧紧抓住萝卜叶子，小兔又紧紧地拉住了大兔，二兔拿起锄头使劲把萝卜往外撬，大萝卜一点一点地露了出来，大家拔得更使

劲了，"砰"的一声，大萝卜终于被他们拔了出来，大家都摔到了地上。

大兔、二兔、小兔高兴极了，他们围着大萝卜跳起了舞。

宝宝学到了什么？

三只小兔子齐心协力终于拔出了大萝卜。这个故事告诉我们一个人的力量是有限的，但是通过合作，就可以发挥无限的力量。

故事三 漂亮的新房子

山林里的雨水季节又快到了，小鹿看着自己已经很旧的茅草房，发起了愁：这个旧房子可禁不起刮风下雨了，我得重新盖一个结实的石头房子。

于是小鹿开始去收集大石头，可是石头又大又重，小鹿

费了好大劲才搬来了一小块。这时，山林里来了一只专门盖房子的队伍，有长颈鹿、大象、小猴子、小刺猬。长颈鹿看到小鹿在费劲地搬石头，就问："小鹿，你这是要做什么啊？小鹿说："长颈鹿你好啊，就要刮风下雨了，我要盖间结实的石头房子。"长颈鹿说："让我们来帮你的忙吧。"说完队员们商量了一下，马上开始干活了。大象力气大，用长鼻子卷起大石头，不一会儿就搬来了很多，然后再一块一

块往上搭，这时小猴子一个钩着一个的尾巴，连成了一串，再挂在长颈鹿的长脖子上，成了一架大吊车，不一会就把房顶也搭好了，小刺猬到树林里打了个滚，背上驮了好多小树叶、小树枝回来，搭成了一张又松又软的床。

一间漂亮又结实的新房子盖好了，小鹿高兴地说："大家合作力量大，房子真漂亮，谢谢大家了。"

宝宝学到了什么？

集团的力量大，而且每个人都有自己的长处，大家取长补短互相合作就能克服一切困难。

故事四 赶走大灰狼

森林里来了一只大灰狼，长着长长的牙齿和绿眼睛，小动物们都害怕极了，大家都不敢出来玩了。

于是，乌龟爷爷召集大伙开会，商量着把这只可恶的大灰狼赶走，让森林恢复往日的平静，大会一直开到天亮，终于商量好了对付大灰狼的办法。

第二天，大灰狼出现了，它在森林里左闻闻右看看，正在寻找小动物当午餐，突然小白兔跳了出来说："可恶的大灰狼！"大灰狼大吼一声："哈哈，我肚子正饿呢，你自己送上门了！"说完向小白兔扑了过去，小白兔往旁边一跳，还没等大灰狼反应过来，他已经掉到了穿山甲弟弟钻的大坑里，"哎哟哟，摔得我疼死了"。大灰狼摔得眼冒金星，小白兔在大坑上说："这下你跑不了了。"谁知道大灰狼力气大，它用力抓着旁边的泥巴，慢慢地爬了上来，"哎呀！小白兔快跑！"大树说完伸出一根树藤绊住了大灰狼，小白兔飞快地向前跑，大灰狼挣脱树藤就要追上来了，还一边喊："我一定要抓住你当午餐！"这时，小刺猬卷成一个球滚了出来，大灰狼一脚踩在了小刺猬尖利的刺上，顿时鲜血直流，它一脚甩开了小刺猬，继续向小白兔的方向追，小山羊出现了，用它长长的角顶了到了大灰狼的眼睛，"哎哟！我的眼睛！"大灰狼大叫一声，这时，森林里的动物都跑出来了，大象伸出长鼻子卷住了大灰狼的脚，用力一甩，大灰狼跌进了小河里。河里的小鱼咬住他的脚，把大灰狼拖到了水里。

从此，森林恢复了平静，大家又可以开开心心地生活下去了。

宝宝学到了什么?

森林里的小动物相互合作，用计谋消灭了可恶的大灰狼。通过故事告诉孩子团结合作的力量可以克服任何困难。

故事五 蒜米兄弟

从前有一群蒜米兄弟，它们住在小河边一片肥沃的泥土上。春天来了，蒜米兄弟冒出尖尖的小芽；夏天来了，蒜米兄弟每天在太阳公公的照耀下越长越高；秋天来了，蒜米兄弟渐渐成熟了，森林里许多小动物都想把蒜米兄弟拔回家当做冬天的粮食。

小兔子来了，它看中一棵细细的蒜米，用力一拔，一粒胖胖的蒜米宝宝被它拔了出来，小兔子高兴极了。于是它找到了一棵看上去更大的蒜米，可是它用力拔呀拔，就是拔不出来，这可奇怪了，小兔子只好放弃。它又找了一棵小一点的蒜米，这次它用了很小的力气就拔了出来，小兔子明白了，于是它只找小颗的蒜米拔，不一会，它的篮子里就装满了胖胖的蒜米宝宝。高高兴兴的回家了。

这天晚上，蒜米兄弟们召开了紧急会议。大家商量怎么才不让动物们把兄弟们都拔回家当粮食。蒜米大哥说话了："今天小兔子拔走了许多伙伴，明天小猪也会来拔走我们，大家说怎么办？"大家想了很久，都不知道该怎么办。这时，蒜米爷爷说话了："孩子们，为什么小兔子只能拔走小颗的蒜米呢？这是因为单独一棵蒜米抓住泥土的力气小，小兔子一会儿就拔起来了，而大棵的蒜米都几个伙伴长在一起，抓住泥土的力气大，小兔子怎么也拔不走。"大家认真想了想，终于明白了。

第二天，小猪提着篮子来到了蒜米地，它看到地里都是大棵的蒜米，它太高兴了，以为能拔许多回家。可是它试试这棵又试试那棵，拔了许多棵，都没能拔起一棵蒜米，它力气都用光了还是没能拔起一棵，天黑了，小猪提着空篮子走了。

原来啊，蒜米兄弟听了蒜米爷爷的话，都抱得紧紧的，用根紧紧地抓住泥土，小猪不管用多大的力气也不能把它们拔走。

宝宝学到了什么?

一个蒜米宝宝的力量多么的小，但是蒜米兄弟紧紧抱成一团，力量就变大了。这个故事告诉我们团结的力量永远比单个的力量大。

测一测：你的孩子懂得与同伴合作吗

① 玩游戏时，不愿意让小朋友玩自己的玩具。　　　　　　Yes（　　）No（　　）

② 强硬拿走孩子手里的玩具给别的小朋友玩，他会大哭。　Yes（　　）No（　　）

③ 喜欢独自一人玩游戏。　　　　　　　　　　　　　　　Yes（　　）No（　　）

④ 当别的小朋友做得比自己好时，会不高兴。　　　　　　Yes（　　）No（　　）

⑤ 看到别的小朋友拿着自己喜欢的玩具会去抢。　　　　　Yes（　　）No（　　）

⑥ 在大人的劝说下，还是不肯把玩具让给别的小朋友玩一会。Yes（　　）No（　　）

⑦ 玩游戏时喜欢搞破坏，比如推倒别人建的大楼。　　　　Yes（　　）No（　　）

⑧ 有时候玩起来就忘记了游戏规则。　　　　　　　　　　Yes（　　）No（　　）

⑨ 不喜欢玩到一半的时候，被别的小朋友打断。　　　　　Yes（　　）No（　　）

⑩ 当遇到困难的时候，不会寻求小伙伴的帮忙。　　　　　Yes（　　）No（　　）

注意 如果选Yes超过了一半，说明你的宝宝还不太懂得与小伙伴团结合作哦。

专家指点

培养合作意识，让孩子成为生活中的多面手

合作是创建良好人际关系的重要组成部分，只有善于与人合作的人，才能获得更多的发展空间。所以，父母应该让孩子从小就养成与他人合作的精神。

首先，父母应该把合作精神贯彻到生活中的每一件小事。

比如帮妈妈收拾玩具、帮妈妈端盘子等，或是抓住日常生活中需要合作的机会，如看到邻居老奶奶正在搬一个重物，妈妈赶紧上前帮忙，当好孩子的榜样，引导孩子也去帮忙。虽然孩子肯定出不了什么力，但这种行动，会让他懂得每个人都有需要与人合作的时候，与人合作并不是一件很难的事。

其次，让孩子与同龄的伙伴多接触。

现代家庭多数是独生子女，2～3岁的孩子除非已经进入幼儿园，不然还是很少有和同龄小伙伴玩耍的机会。所以，创造孩子与伙伴合作的机会，让他们体验合作的快乐，显得更为重要。邀请小伙伴来家中玩游戏，可以从简单的开始，如两个孩子可以玩拍手谣、猜拳、一起画画等，随着能力的提高，可以让孩子们玩"盖楼房"或是角色扮演游戏等。

第三，引导孩子妥善解决与伙伴间的矛盾。

当宝宝发生矛盾时，家长应该先留给孩子一些自己解决的时间，如果孩子向家长求助，家长再去帮助孩子。举例来说，2岁大的妞妞和3岁大的表哥争起了玩具手表，外婆冲出来说："妞妞！手表是表哥的，还给他，你不许拿。"妞妞妈妈让外婆别出声，两个孩子僵持1分钟后，妞妞看着妈妈眼泪就要掉下来了，这时妈妈提议："妞妞，你让哥哥教你看时间好吗？"妞妞想了想，把手表教给了表哥，两个孩子马上又玩了起来。通过这个例子，我们可以看到，有时候孩子间并没有太大的矛盾，家长过多的介入，有时反而会将矛盾升级，最好是找一个折中的办法，让双方都满意，高兴地化解矛盾。

第四节 爱劳动从教孩子系纽扣开始

当父母在扫地、做饭、收拾房间的时候，宝宝其实也在模仿大人的各种动作，不要以为孩子总是在添乱，就像宝宝学习自己吃饭一样，总是有一个过程。父母应该多给予孩子自己动手的机会，否则，宝宝永远也不可能学会劳动。让宝宝在自己动手的同时养成爱劳动的好习惯吧。

让孩子在游戏中愉快地劳动

☆ 游戏一 穿衣服 ☆

 **游戏玩法**

1. 将孩子要穿的衣服按照穿的先后顺序排好，放在孩子面前，如先是内衣、裤子，再穿外套、袜子和鞋子，让孩子牢记这个顺序；
2. 打乱衣服的顺序，让宝宝重新排好，并且一件一件地穿上。
3. 之后持续一段时间经常变换衣服的摆放顺序，直到他都能正确地排序。

小贴士

一开始妈妈可以不要求宝宝穿上衣服，经过变换衣服的顺序，直到他能每次都正确地排序，然后再要求他尝试自己穿上，这时孩子就会发现新的困难——如裤子穿反了，袜子套不进等，妈妈需要耐心地指导和让他每天反复练习，直到指导孩子完全学会自己穿衣。

宝宝学到了什么？

孩子应该从他每天都接触的小事开始学，不要指望孩子能一下子帮上你大忙，穿衣服的小事，他也许要花上几周的时间才能学会，但是通过有趣的游戏，让孩子不会感觉学穿衣服是件枯燥的事。家长还可以采取换位的办法，比如孩子自己练习了几次之后，让他来给大人穿衣服，他会觉得是非常开心的事，会按照你教的办法一件一件给你穿好，这个过程同时也增强了孩子的自信心。

游戏二 小小魔术师

游戏玩法

① 随意乱放的玩具、书本等，一块小手帕；

② 爸爸、妈妈来当魔术师，用小手帕把宝宝眼睛蒙上，然后说："看我把玩具变整齐！"

③ 爸爸妈妈飞快地收拾好玩具，然后把小手帕扯开让孩子看到整齐的玩具；

④ 换宝宝当魔术师，爸爸妈妈要求魔术师把书本变整齐；

⑤ 等待宝宝收拾玩具，让孩子替你解开手帕，用夸张的表情称赞孩子的能干。

小贴士

不管孩子将玩具收拾得怎么样，都应该表扬孩子为家里的清洁作出了贡献；随着孩子对各种技能的熟练，可以加大游戏难度，如把小手帕变干净、把扫把放回厨房里、把饭菜变到肚子里等。

宝宝学到了什么？

经过反复的练习，宝宝好不容易学会了一项劳动技能，却需要父母再三催促才愿意动手，但是通过游戏的方式，可以轻松地调动孩子劳动的积极性，还能引导孩子去学习更多新的劳动技能。

游戏三 帮娃娃系纽扣

游戏玩法

1. 准备一个大的布娃娃，几件需要系纽扣的宝宝的小衣服；
2. 妈妈对宝宝说："布娃娃说他冷了，宝宝替布娃娃穿衣服好吗？"
3. 拿出宝宝的小衣服教宝宝如何套到布娃娃身上，再系纽扣。告诉孩子系纽扣的技巧：首先应该注意扣眼和扣子的搭配是否正确，然后两手同时拿着扣子和扣眼，先把扣子的一部分推进扣眼里，不要着急把全部的扣子都推进去，等扣子进去了一部分，再用拿扣子的手顺势把剩下的扣子全部推进去；
4. 当宝宝为布娃娃穿好衣服后，妈妈模仿布娃娃说话："谢谢你，我感觉暖和多了。"

小贴士

除了玩"帮娃娃系纽扣"外，还可以设计游戏"小鸭子洗澡"、"喂娃娃吃饭"等。类似扣纽扣这样需要一点技巧的劳动，父母要让孩子反复练习，当孩子学会后，应该每次都让他自己扣，养成自己动手的好习惯。

宝宝学到了什么？

很多妈妈都有教宝宝扣纽扣、系鞋带的烦恼，经过反复练习宝宝还是不能掌握时，有的妈妈干脆买套头衫和粘贴式的鞋子给孩子穿，认为这样方便又省时间。其实，有时候把劳动技能当成一件必须完成的任务让孩子去做的时候，很容易让孩子反感，如果转换一下孩子的角色，可能会有意外的效果，使他由被动变主动，自觉地去学习技能不是更好吗？

游戏四 垃圾清理员

游戏玩法

1. 把游戏场景设在家里，或者是例如厨房这种面积较小、但是最容易产生垃圾的地方；
2. 妈妈和宝宝比赛捡垃圾，把捡到的垃圾放在塑料袋里；
3. 妈妈和宝宝一起在客厅、厨房着急地捡起地上的垃圾；
4. 比赛结束，妈妈和宝宝一起清点捡到的垃圾，有废纸、青菜叶、果皮等；
5. 妈妈假装输给宝宝，然后说："家里变得真干净啊！"

小贴士

为游戏需要，可以乘宝宝不注意往家里扔一些干燥的垃圾，方便宝宝捡起，注意游戏结束时提醒宝宝记得洗手。另外，打扫卫生对宝宝来说，还属于比较繁重的劳动，最好不要一次让他干太多活，以免孩子对劳动产生负担沉重的消极情绪。

宝宝学到了什么？

将繁重的劳动变成轻松的游戏，孩子大部分的精力还是用在玩上，对劳动没有太大的兴趣，为了激起他的兴趣，最好就是采用比赛的形式，在游戏中让他知道，干净的环境需要经常地打扫，并通过劳动明白妈妈做家务是多么的辛苦，应该珍惜劳动的成果。

游戏五 折手帕

游戏玩法

1. 准备一块小手帕；
2. 妈妈教孩子如何折手帕，首先是两个角对折，中间压出一条线，然后再两个角对折，中间再压出一条线。
3. 家长和孩子比比看，谁折的手帕又快又整齐。

小贴士

可以先告诉孩子手帕的用处和好处，比如可以用来擦手、擦汗等，让孩子了解携带手帕的必要性。除了折成方形外，家长还可以发挥想象力，教孩子折各种手帕娃娃，增加游戏的趣味性。

宝宝学到了什么？

这个年龄段的孩子可以从事的家务劳动还非常少，但是家长也应该从孩子力所能及的小事开始培养他们爱劳动的好习惯。折手帕既简单又容易学，孩子很快就能学会，极大地带动了孩子劳动的积极性，还可以训练孩子的一双巧手。

听故事培养孩子勤劳的品质

故事一 偷懒的小猪

春天来了，又到了播种的季节，猪妈妈对猪宝宝们说："天气暖和了，该去地里种庄稼了，这样秋天才会有收成，冬天才不会挨饿。"小黑猪和小白猪点点头，拿起锄头就出门了，只有小花猪还在睡懒觉，猪妈妈催了好几次他才起来，拖着锄头也出门了。

过了一个月，猪妈妈来到小黑猪的地里，看到小黑猪种上了萝卜，已经冒出了小芽，她满意地点点头走了。

又过了一个月，猪妈妈来到了小白猪的地里，看到小白猪在地里种上了甜玉米，已经长到手臂这么高了，猪妈妈看着正在锄地的小白猪高兴地走了。

又一个月过去了，猪妈妈来到了小花猪的地里，哎呀！猪妈妈一看，小花猪的地里长

满了杂草，偷懒的小花猪正在树荫底下睡觉呢。猪妈妈拍醒小花猪说："小花猪，你怎么什么也没种啊？"小花猪说："地里的草那么多，泥巴那么硬，还要去那么远的地方挑水、施肥，等我睡一觉再说吧。"说完又躺下了，猪妈妈摇摇头走了。

日子一天天的过去了，秋天终于来了，小黑猪从地里收获了一大筐萝卜，他心里美滋滋的：冬天可以吃到香甜的萝卜了。小白猪也从地里收获了新鲜的甜玉米，他想：甜玉米可真美味。只有小花猪什么也没收到。

天气越来越冷了，小黑猪、小花猪带上蔬菜到猪妈妈家过冬，这时响起了敲门声，呀，原来是小花猪，他又冷又饿，哆嗦说："给我点吃的吧。"大家异口同声地说："这就是不劳动的后果！"小花猪惭愧地低下头说："我以后再也不偷懒了。"

宝宝学到了什么？

为什么小花猪什么也没收到？勤劳是一种美德，通过劳动才能有收获。告诉孩子不能像小花猪那样懒惰，到头来什么也没收获。

故事二 勤劳的蜜蜂

蜜蜂一家子有很多很多成员，大家每天都过着忙碌的生活，天一亮就飞出蜂巢采蜜去了，然后一趟一趟地往家里运，不管多远的路，只要是开满花朵的地方，它们都要去采蜜，就这样，家里一点一点地积满了沉甸甸的香甜、美味的蜂蜜。

一天，一只小熊路过树下，它闻到了树上蜂巢里浓浓的蜂蜜味，"啊，可真香啊，要是偷回去，就不用再去找吃的了。"它想着想着口水都流下来了。

于是，它悄悄地往树上爬，突然，小蜜蜂的邻居小黄莺发现了小熊，叽叽喳喳地叫起来："小熊小熊真可恶，不爱劳动偷蜂蜜。"小熊蛮横地说："走开！走开！不要你管。"继续朝蜂巢爬，眼看小熊就要爬到蜂窝边了，蜜蜂守卫发现了小熊，立即对小熊发起了攻击，哎呀！小熊被蜜蜂守卫尖尖的刺扎了一下，它疼得直摇脑袋，还想伸手去掏蜂蜜。

这时，越来越多的蜜蜂守卫冲了出来，一眨眼的工夫，小熊已经被扎得全身肿起了大包，它赶紧跳下树往森林里逃，一边喊着："我再也不偷懒了，我再也不敢了。"

勤劳的小蜜蜂成功地守护了自己的家。

宝宝学到了什么？

生活中的一切都是通过辛勤的劳动换来的，像小熊那样想不劳而获是不会有好下场的。

故事三 妞妞好宝宝

今天是星期天，爸爸、妈妈、爷爷、奶奶都上街去了，妞妞一个人在家等大家回来。妞妞想：不如今天我把家里打扫干净，给大家一个惊喜吧。

于是妞妞跑到厨房里，把奶奶买回来的白菜一棵一棵、一片一片叶子清洗干净，放到盘子里；妞妞又跑到花园里，把小水壶装满水，给爷爷的花浇水；然后她洗了块干净的小抹布，到爸爸的书房，把桌子擦得亮亮的；妞妞又来到阳台上，把洗衣机里的衣服一件一件晾到了竹竿上；最后，把地板里里外外扫了一遍。看着整洁、干净的房子，妞妞忍不住笑了起来，她在想："大家一定会吓一跳。"

不一会，爸爸、妈妈、爷爷、奶奶都回来了，奶奶走进厨房，发现洗干净的白菜说："哎呀！谁帮我把白菜洗干净了？"爷爷来到小花园也说："哎呀！谁帮我把花浇了？"爸爸看着光亮亮的桌子满意地笑了，妈妈看着晾在阳台的衣服也高兴得拍起手来。

妞妞从房间里走出来，笑眯眯的，大家都知道是妞妞做的好事，都伸出了大拇指说："妞妞是爱劳动的好宝宝，大家都喜欢。"

宝宝学到了什么？

大家都喜欢爱劳动的孩子，告诉宝宝也要像妞妞那样成为爱劳动的乖宝宝。

故事四 小熊请客

有一只又懒又馋的狐狸，整天吃完了就睡，睡醒了就去偷东西吃，大家都不喜欢他。

这一天，狐狸睡醒觉已经傍晚了，狐狸肚子也饿了，眼珠咕噜噜地转，又在想上哪去偷东西吃，突然它看见小花猫提着小鱼从小路上走来，狐狸忙喊："小花猫，你去哪里？"小花猫说："今天小熊请客，我到它家做客去。"小狐狸说："带上我一起去吧，我和你们一起玩。"小花猫说："狐狸狐狸，你不劳动还想白白吃东西，我才不带你去。"说着就走了。

狐狸叹口气又躺了下去，突然狐狸看见小公鸡提着一袋小虫子，狐狸问到："小公鸡，你今天真美丽，你要上哪去？"小公鸡说："今天小熊请客，我到它家去做客。"狐狸说："带我一起去吧，我和你们一起吃。"小公鸡说："狐狸狐狸，你不爱劳动，老偷东西，我才不带你去。"说着也走了。

狐狸很生气，这时他又看到小花狗拎着肉骨头走来了，狐狸对小花狗说："小花狗，你上哪去？"小花狗说："今天小熊请客，我到它家做客去。"狐狸说："哎呀！多好呀，你带我一起去吧。"小花狗说："狐狸狐狸，你不爱劳动，就知道偷懒睡觉，我才不带你去。"说完走掉了。

狐狸生气极了，他想："你们不让我去，我偏要去，看我把好吃的东西一口气吃到肚子里。"

大家在小熊家里玩得正高兴，这时狐狸来敲门了，他大喊："快把好吃的东西都拿出来。"大家商量了一下，捡起了房里的石块，打开门把石块扔了出去，"给你！给你！"狐狸灰溜溜地夹着尾巴逃走了。

平时不爱劳动只会偷懒的狐狸，成了一个没有朋友，也没有食物的可怜虫。

宝宝学到了什么？

通过故事告诉孩子，不爱劳动的人走到哪里都不会受到大家的欢迎，到头来只会落到狐狸那样没有朋友、也没有食物的境地。

故事五 猴子的葡萄

从前有一对猴子兄弟，猴哥哥非常的勤劳，每天从天刚亮一直劳动到天黑才回家，而猴弟弟是一个大懒虫，每天就知道偷懒睡觉，什么活都不爱干。

一天，猴爸爸召开家庭会议，他说："我要出门旅行去了，不知道什么时候回来，家里的两棵葡萄树下埋了很多好吃的，只要你们认真去挖就能挖到。"第二天，猴爸爸就出门了。

猴哥哥听了猴爸爸的话，每天一早就去挖葡萄树下的土，可是他挖了很久，什么好吃的也没有看到。猴弟弟也去挖葡萄树下的土，他想："要是能挖出许多好吃的，那么我就不用再干活了。"他挖了几下，什么也没挖到，于是他又开始偷懒了，他嘀嘀咕咕地说："根本就没有好吃的，我再也不挖了。"

只有猴哥哥没有放弃，他还是每天准时到葡萄树下挖土，还会为葡萄树浇水，抓虫子。就这样一天一天过去了，猴哥哥的葡萄树每天都在长高，猴弟弟的地里却长出了高高的杂草。

秋天来了，猴哥哥惊喜地发现，葡萄树上结满了大颗大颗紫色的葡萄，每一颗都紫得闪闪发亮，看着直让人掉口水，一定非常甜美，猴哥哥认真一想："哦！原来我每天挖泥，就是在给葡萄树松土，爸爸说的好吃的就是这些又圆又大的葡萄啊！"猴哥哥高兴极了，他摘下葡萄美美的饱餐了一顿，而猴弟弟的那棵葡萄树什么也没结，还变得又干又瘦，因为他太懒了，土也没松，水也不浇，葡萄树是什么也不会结出来的。

宝宝学到了什么？

询问宝宝为什么猴弟弟的葡萄树什么也没结出来呢？这就是勤劳和懒惰的区别，如果不想当那只懒惰、饿肚子的猴弟弟，就让孩子从小养成爱劳动的好习惯吧。

测一测：你的孩子是个爱劳动的宝宝吗

① 宝宝平时很喜欢模仿大人劳动的动作。　　　　　　　　　　　Yes（　）No（　）

② 对扣纽扣、系鞋带这类技能上手得比较快。　　　　　　　　　Yes（　）No（　）

③ 学会的劳动技能，一般都不会忘记。　　　　　　　　　　　　Yes（　）No（　）

④ 只要大人耐心地教，宝宝都能很配合地学习劳动技能。　　　　Yes（　）No（　）

⑤ 就算大人会嫌孩子碍手碍脚，但是孩子还是很乐意帮忙。　　　Yes（　）No（　）

⑥ 有时候会照顾比自己小的小朋友。　　　　　　　　　　　　　Yes（　）No（　）

⑦ 已经掌握了2～3种劳动技能。　　　　　　　　　　　　　　　Yes（　）No（　）

⑧ 已经学会的技能，如系鞋带，很少会赖着让妈妈帮系。　　　　Yes（　）No（　）

⑨ 看到长辈提重物、扫地会主动要求帮忙。　　　　　　　　　　Yes（　）No（　）

⑩ 劳动的兴致总是非常高。　　　　　　　　　　　　　　　　　Yes（　）No（　）

注意 如果选Yes超过了一半，说明你的宝宝将来可能是个勤劳的人哦。

专家指点

孩子勤劳自律，将来才能自力更生

　　爱劳动的好习惯不是天生就有的，而是经过后天的培养才能获得。在孩子成长的过程中，应该及早培养孩子爱劳动的好习惯，如1岁时可以学习自己拿勺子吃饭，2岁时可以让孩子练习把玩具收拾好，3岁时教孩子自己穿衣、刷牙，4岁时学会整理自己的房间等，让孩子从力所能及的小事做起，让劳动成为生活的一部分。

　　要想让孩子从小爱上劳动，家长还是需要一些策略。

　　首先，要抓住孩子学习动机最强烈的时机。

　　不管是多小的孩子，都有"争强好胜"的心理和强烈的模仿欲望，如刚学走路时他们不要大人抱，吃饭的时候不要大人喂，看见大人扫地也拿起扫把挥动等，这些都是孩子学习动力最强的时候，家长应该抓住这些极好的机会，耐心地指导孩子，不要认为孩子是在胡闹或是添乱而阻止他们，让他们错过学习的好时机。

　　其次，鼓励孩子，逐渐提高技能要求。

　　孩子刚开始学习一项劳动技能可能需要花较长的时间，或者总是做不好。这时，家长不要因此就放弃让孩子继续努力，或者认为孩子也就只能做到这一步，而应该鼓励他："让妈妈看看你扫的地，嗯，很干净了，要是把墙脚也扫一扫就更好了。"表扬孩子的同时再提出更高的要求，让孩子体验成功的愉快，从而坚定他劳动的兴趣和信心。

　　第三，在游戏中劳动，在劳动中获得快乐。

　　采用游戏的方式教孩子劳动，比单纯的交给他一项劳动任务，更容易让孩子接受。特别是对年龄小的孩子，父母可以事先创造需要劳动的场景，如父母交谈："哎呀，家里的地板是不是脏了，要是擦干净就更舒服了。"通过这样的鼓舞让孩子主动参与到劳动中。还可以采用比赛的形式、表演技能等多种方式，总之根据孩子的能力循序渐进地学习各种技能，不要超过孩子能力范围，使他产生挫折感而产生抗拒劳动的心理。

第五章

3~4岁性格培养多花心思
为孩子纠正坏习惯和巩固好习惯

　　孩子终于脱离了父母照料，他们开始上幼儿园了，与各种人、事物接触的机会更多，范围更广，同时，受到外部世界的影响也越来越大。比如，孩子更活泼了，但是精力过于旺盛；孩子更自信，但是有点骄傲；孩子更独立，但是有时会撒谎……这些真是让父母伤透了脑筋。不过，爸爸妈妈们可千万不能对孩子失去耐心，多花点心思，分析、弄清孩子不良行为的原因，帮助孩子纠正坏习惯和巩固好习惯。

第一节 及时阻止孩子不良习惯的形成

4岁的孩子已经不是那个时刻需要父母盯牢的小宝宝了，他们活泼好动、能说会唱，而且身体强壮，不需要事事都让父母包办，并学会了关心父母；但是他们也开始调皮捣蛋起来，比如给别人起外号、把沙子撒到小朋友身上等。制止孩子的不良行为，父母要赶紧行动起来。

父母不可不知——
3～4岁孩子身心发育状况

3～4岁的孩子非常活泼好动，他们长得更高了，小手臂更有力量了，喜欢一刻不停地打闹、玩耍，特别是男孩子，还经常因为调皮捣蛋给家长惹来不少麻烦。

这个年龄段的孩子自理能力也更强，他们会自己穿衣、收拾玩具、系鞋带、帮妈妈做简单的家务活。在智力水平方面也表现突出，他们会讲故事，并且用生动有趣的语言复述故事细节，还会告诉爸爸妈妈在幼儿园发生的趣事，有时还能加上一点自己的评论；在认知能力上，他喜欢观察身边的一切事物，对世界充满好奇心，还能发现事物的异同点，掌握一定的抽象概念如长短、圆形、三角形的不同，有的孩子甚至能掌握1～10的数字加减法。

但是，父母有时也会弄不懂这个越来越聪明的孩子到底在想什么。有时他会很听大人的话，吩咐的事情都能很好地完成，有时又会比较情绪化，遇事非常执著，喜欢向别人发起挑战，假如父母说"我不信你真的会做"他就会真的去做，他学会了用自己的行动去抗议父母的要求，但是他们还不清楚自己行为带来的后果。

除此之外，孩子进入幼儿园后，接触的人越来越多、社会环境也更复杂，由此衍生出更多复杂的情绪，其中不免有骄傲、霸道、自私、不耐烦等负面情绪，不过也因此将对父母的依恋转化为对老师、小伙伴的依恋，当幼儿园放学接他回家时，他会对老师、某个小伙伴恋恋不舍地道别。

需要提醒的是——孩子学会撒谎了。比如打翻了水杯，他会摇摇头表示不是自己干的，为了不去幼儿园假装肚子疼等，这可不是什么好迹象，父母应该多加注意，并采取纠正坏习惯的措施。

2 非要和妈妈对着干。

这与孩子思维能力的发展和接触的外部环境都有关系。此时，孩子的个人意识已经非常强烈，很多事情他都会在心里形成一套主观的看法，这些看法在矛盾没发生前，父母并不容易察觉，所以，当孩子和父母对着干的时候，父母会诧异地看着他，想不通他为什么会这样。孩子这种主观意识的形成，离不开外部因素的影响，平时通过看电视、看书或是观察大人的行为都会影响他的判断，形成执拗的看法，并且敢于提出。一场"家庭大战"可能就这样爆发了。

3 孩子什么时候学会了撒谎？

其实孩子撒谎的原因有很多，如做错了事害怕被父母责骂，不愿意做某件事又找不到更好的理由时，又或者是想得到大人的夸奖说了假话等等。家长应该警惕孩子的这个坏习惯，不要以为撒个小谎可以轻易被原谅，一旦这种恶习成为习惯，有可能对孩子一生产生恶劣影响。

❀ 父母的困惑——
3～4岁情商培养常见问题

孩子长大了，但是好像问题却越来越多起来，他不像以前那么听话了，脾气还很古怪，到底该拿他怎么办？对于这个年龄段的孩子，父母应该注意以下几个问题。

1 过度的精力旺盛。

强壮的身体加上强烈的好奇心，让孩子每时每刻都处在探索世界的冒险中。一会儿发现了躲在树叶下的小毛虫，一会儿和小伙伴捉迷藏、骑脚踏车、荡秋千，开始满世界乱跑了，而且总是有问不完的问题"这是什么？"、"那是什么？"、"他们为什么是这样？"对于孩子旺盛的精力，父母常感觉会吃不消。但是，这是每个孩子都会经历的过程，对于4岁的孩子来说，世界还是太陌生了，为了去了解，他们会不厌其烦地去找到真相，父母不必为此担心，只需要和他一起订下休息、睡觉、吃饭的时间，其他的时间，就让他尽情发挥吧。

掌握批评的艺术，安抚家里的"小·怪物"

家里的"小怪物"真是让人又爱又恨，要安抚并纠正他的坏毛病，让他乖乖听话，父母一定要掌握一些批评的艺术。

1 应该给犯错的孩子更多的爱。

孩子调皮捣蛋、甚至撒谎，可能与平时父母对他不够关爱有关，或者是亲子间缺乏良好的沟通，他们只能通过捣蛋和胡闹来吸引父母注意。这类孩子往往自尊心、逆反心理更强，此时如果父母对着大哭的孩子歇斯底里地吼叫，孩子只会哭得更凶，甚至认为父母已经不再爱他。而换一种方式，给孩子一个微笑，冷静地询问他为什么要这么做，让他明白自己的错误，除了能让孩子冷静下来，他也会从父母表情中体会到，父母为自己的错误也非常难受，自己应该听父母的话。

2 其次，注意批评的场合。

批评孩子不能当着别人的面，尤其要避开客人和小伙伴。不要认为3～4岁的孩子还不懂自尊心是什么，当着众人的面批评孩子，会严重伤害他的自尊心和自信心，让他在这些人面前抬不起头，这种惨痛的经历甚至会影响孩子一生。父母可以把孩子单独喊到房间里，然后再严肃地指出他的不对。

3 将孩子放到和自己同等的位置。

我们的家长总是高高在上地俯视犯错的孩子，这已经让孩子感觉和你产生了很大的距离，不妨试着蹲下来，和孩子的眼睛在同一水平线上，这不仅缩短了身高上的差距，也缩短了心灵的距离，这时父母与孩子成为一种对话姿势，而不是训话，孩子会更容易接受父母的意见。

第二节 教孩子远离谎言，培养诚实的品质

　　撒谎是欺骗在语言上的表现，这是孩子最不可取的坏毛病。一个谎言，小则使个人诚信破产，大则毁家害国。学会抓住每一个孩子撒谎的时机进行教育和纠正，让孩子认识到谎言的危害性。

 ## 在游戏中训练孩子诚实的品质

 游戏一 摸小手

1. 准备一块不透明的布，游戏前和宝宝讲好游戏规则，不许耍赖；
2. 妈妈和宝宝把右手伸到布里面，爸爸闭上眼睛，从布的另一边伸手进去摸妈妈或宝宝的手；
3. 一共摸3次，爸爸问："谁的手被摸到了两次啊？"；
4. 手被摸到两次的人主动承认，并给大家表演一个节目。

小贴士

　　一开始爸爸可以先摸妈妈的手，让妈妈出来表演一个节目，妈妈承认自己被摸到时可运用丰富的表情说："哎呀，是妈妈的手被捉住了，宝宝想让妈妈表演什么节目啊？；如果是宝宝的手被摸到，妈妈问："是谁的手被摸到呢？"引导宝宝自己承认。

宝宝学到了什么？

　　通过游戏引导孩子主动承认是自己输了。父母首先承认是自己被摸到，并且根据游戏规则表演节目，成为孩子的榜样，同时，也让孩子认识到：说好的规则无论谁都要遵守。游戏还可以让孩子和小伙伴一起玩，当众表演节目也可以锻炼孩子的胆量。

游戏二 神奇的纸片

游戏玩法

1. 准备几张彩色的小纸片和一个小口袋，在小纸片上写下一些小任务，如打扫地板、收拾玩具等，然后放到小口袋里；
2. 爸爸、妈妈、宝宝三人分别从口袋里摸出一张小纸片；
3. 按照纸片上的指示完成各自的任务。

小贴士

为了提高宝宝参与游戏的积极性，还可以在纸条上写"可以吃糖果"、"可以看电视半小时"等，否则总是抽到去劳动，宝宝将失去玩游戏的积极性，或者有可能抽到纸片后耍赖。

宝宝学到了什么？

游戏不仅考验宝宝的诚信也考验大人的诚信，如果纸片上写着"可以吃糖果"，大人就应该兑现承诺，可以通过这个例子向宝宝说明：如果抽到打扫地板，那他也应该完成任务，但是爸爸、妈妈可以帮他的忙，这样孩子会欣然接受，既实现了让孩子遵守约定的目的，还可以让孩子参加劳动。

游戏三 撒谎的小娃娃

游戏玩法

1. 准备一个布娃娃，设计游戏场景：小娃娃把书本丢得到处都是，但是她不承认是她丢的；
2. 妈妈模仿布娃娃说话："这些书不是我丢的。"
3. 爸爸问宝宝："布娃娃说得对吗？"、"布娃娃撒谎了吗？"、"那她应该怎么说啊？"
4. 引导孩子正确地回答完后，妈妈继续模仿布娃娃很诚恳地承认错误并道歉，让宝宝原谅布娃娃。

小贴士

还可以让宝宝装成妈妈的样子批评布娃娃，让布娃娃道歉，这样孩子会觉得更有趣。

宝宝学到了什么？

角色扮演游戏依然是孩子的最爱，孩子可以在游戏中成为主导者，从而获得一种全新的身份体验，让孩子扮演妈妈的角色，可以帮助孩子体验撒谎之后身边人的感受，并且学会如果撒谎该怎样向大家承认和道歉，这样就还是好孩子。

游戏四 丢手绢

游戏玩法

1 准备一条小手绢，全家人或一群小朋友围坐成一个圈；

2 第一个出来丢手绢的人围着大家转圈，大家一边唱："丢手绢，丢手绢。轻轻地放在小朋友的后面，大家不要告诉他。快点快点告诉他，快点快点告诉他！"；

3 当唱到最后一句"告诉他"时，其他人告诉背后有手绢的小朋友，然后这个小朋友出来表演一个节目。

4 表演结束后开始下一轮游戏，由上一轮中拿到手绢的小朋友来丢手绢。

小贴士

出来表演的小朋友也可以邀请一位家长或小伙伴一起表演，以增加孩子的表演信心。

宝宝学到了什么？

这是一个经典又刺激的游戏，拿到手绢的孩子将无条件地为大家表演，让孩子遵守游戏规则的同时，还能锻炼孩子的胆量。

⭐ 游戏五 分水果 ⭐

 **游戏玩法**

1 准备一堆水果或是孩子喜欢的小彩珠等；

2 将水果分成大、中、小三份，用透明的小袋子装起来；

3 先装到塑料袋里，由妈妈、爸爸、宝宝一人摸出一份（可以动下手脚，让宝宝摸到最小的那份），大家展示出自己摸到的水果，让宝宝记住自己摸到的是哪一份；

4 三人围坐成一圈，其中一个人打小鼓，一个人围着另外两人转圈，当鼓声停止时，转圈的人走到谁身后就丢下一包水果，另外两人不许偷看掉下来的是大水果还是小水果；

5 如果不是自己的水果就还回来，继续游戏；

6 如果刚好捡到自己的水果，就拿在手中。

小贴士

注意，不要让宝宝发现是家长故意让他摸到最小那一份。如果宝宝拿到大份的水果不还回来，就说明宝宝为了得到更多的糖果撒了谎，家长要提出善意的批评。

宝宝学到了什么？

游戏非常有趣，能充分调动孩子的兴趣。还能训练孩子不受诱惑，不贪大份，诚实、本分的品质。

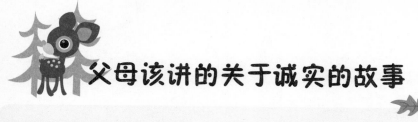

父母该讲的关于诚实的故事

故事一 国王的种子

从前有一位国王，他已经很老，他决定从全国挑选一名诚实的孩子来继承他的王位。于是国王让大臣发给每一个孩子一颗种子，他宣布："谁养出的花最美丽，谁就是未来的国王。"

有一个小男孩精心培育他的种子，每天浇水，可是种子一直没有发芽。不久，规定的日子到了，国王今天要全国的孩子带着他们的花到宫殿里让他挑选，小男孩没有办法，他捧着空花盆来到了王宫。

啊！王宫里有成千上万的孩子，全都捧着各种漂亮的花来了，有牡丹花、玫瑰花、百合花……多得数不完，他们都认为自己的花是最漂亮的。但是国王看着他们的花，却只是一个劲地摇头。

突然，国王发现了捧着空花盆的小男孩，国王来到小男孩面前问他："你为什么没把花带来啊？"小男孩难过地低下头说："因为不管我怎么浇水，我的种子都没有发芽。"这时，其他的孩子都笑了。

国王看了看小男孩却开心地笑了，他大声地宣布："这就是我要挑选的诚实的孩子，他才是未来的国王。"原来，国王发给孩子们的都是煮熟了的种子，是根本不可能发芽的，其他的孩子悄悄换上了别的种子，只有诚实的小男孩没有换。

诚实的小男孩后来当上了国王。

宝宝学到了什么？

为什么只有小男孩的花盆没有长出花朵呢？诚实不是每个人都能具备的品质，但是诚实是一个好孩子最应该做到的。

故事二 狡猾的狐狸

森林农场发生了一起偷盗事件，仓库里储存的小鱼被偷吃了，还扔了一地的鱼骨头。这到底是谁做的坏事呢？

小猴侦探来到现场检查仓库，它发现仓库后面被挖了一个大洞，小偷就是从这个洞钻进仓库偷鱼吃的。小猴探长召集了所有的小动物，仔细观察它们的脚，突然，它发现狐狸的脚上沾了一片鱼鳞，小猴侦厉声说："狐狸，是你偷吃了鱼吧。"狐狸却一脸怪笑地说："哎呀！我没有偷吃，我每天只吃白菜，别的什么也不吃。"小猴侦探暗自想，一定要让它自投罗网。

于是，这天晚上，小猴探长让大伙再放一些鱼到仓库里，看看今天晚上是谁来偷吃。小猴侦探悄悄地躲在仓库后面的草丛里，它等啊等，突然有个黑影闪了出来，飞快地钻进了洞里，过了好久，黑影终于吃饱了，从洞里慢慢地钻了出来，可是黑影钻啊钻就是钻不出来，小猴侦探终于看清了小偷的样子。

这时，大家提着手电筒都来了，灯光照亮了这个黑影，原来就是撒谎的狐狸。小猴探长说："狡猾的狐狸，这回你还有什么好说的？"狐狸被卡在洞里哎哟哎哟地叫唤。原来，猴探长把大洞填成了小洞，贪吃的狐狸吃得肚子鼓鼓的，再也没办法从小洞里钻出来了。

宝宝学到了什么？

通过故事告诉孩子，谎言总有被识破的一天，犯了错误要勇于承认，像小狐狸那样，只会遭到大家的厌恶。

故事三 装病的小猪

小猪生病了，好心的邻居们都送来了好吃的水果和点心，还帮小猪把家里也打扫干净了。小猪躺在床上吃着小猴送来的香蕉想：生病可真不错，有水果吃还不用干活。从此，小猪就开始经常装病了。每隔几天就装病一次，不是腰疼就是感冒，大家都深信不疑，经常帮他干活，还送给小猪好吃的东西。

对门的小熊早就发现小猪在装病，他心里想，一定要找个机会揭发小猪。有一天，小猪家里的水喝完了，它来到小熊家说："小熊，我生病了，你能帮我去挑点水吗？"小熊说："哎呀，我今天要到隔壁村的西瓜地里摘西瓜，那里的西瓜真是又大又好吃啊。"小猪一听有西瓜吃，口水都流下来了，于是他对小熊说："那我就不麻烦你了，我去找小狗帮忙吧。"小猪让小狗帮它挑水后，马上拎起大口袋悄悄地摘西瓜去了。

可是它跑了好远的路来到西瓜地里时，发现一个西瓜也没有，他只能又走了很远的路回家了，这时，它发现大家都站在他家门口看着它，小熊说："小猪，西瓜早让我摘光了。"原来，小熊已经把小猪装病的事告诉了大家。

这回小猪真的生病了，可是谁也不来送好吃的，也没人来帮它干活了。

宝宝学到了什么？

通过故事告诉孩子，对待朋友一定要真诚，撒谎只会破坏珍贵的友谊。

故事四 狼来了

从前有个小牧童每天都要到山上放羊，有一天，他感觉太无聊了，就想戏弄大家一下，于是他大声喊起来："狼来了！狼来了！"在山下干活的人一听说狼来了，都放下了手里的活儿，提着镰刀、锄头飞快地赶来救小牧童，可是来到跟前一看，咦？羊在吃草，根本没有狼啊，小牧童哈哈大笑起来："我和你们开个玩笑，根本没有狼。"大家都生气了，告诉他不要再撒谎了。

过了几天，大家正在忙碌地干活，又听见小牧童的叫声"狼来了！狼来了！"大家又放下手里的活儿，提着镰刀、锄头赶去救小牧童，谁知道，这回大家又上当了，还是小牧童在闹着玩，大家生气地问他为什么又撒谎，小牧童哈哈大笑说："你们这么多人被我一个人骗，我多有本事啊。"

不幸的事情终于发生了。又过了几天，小牧童又大喊："狼来了！狼来了！狼真的来了！"但是大家谁也没理他，继续干着手里的活儿，大家都认为这次小牧童肯定又是在撒谎。这次，狼真的来了，可是谁也没有来救小牧童，狼把小牧童的羊都咬死了，又要来咬小牧童了，小牧童一边喊："狼来了！狼来了！快来打狼啊！"一边往山下跑，大家终于看到了追赶着小牧童的狼，挥起锄头把狼赶走了，大伙说："你差点也让狼吃了，以后还撒谎吗？"

小牧童摇摇头，他以后再也不敢撒谎了。

宝宝学到了什么？

狼真的来了，为什么大家却不来救小牧童了呢？告诉孩子撒谎太多，大家都不会再相信他讲的话，就像小牧童那样，失去大家的信任。

狼来了！
狼来了！

故事五 谁碰碎了花瓶

兰兰、妞妞和球球是三个好朋友，这个星期天，他们约好一起到兰兰家做客。

兰兰家可真漂亮、真整齐，特别是放在客厅中间的大花瓶，是兰兰妈妈最喜欢的装饰，总是插满了各种鲜艳的鲜花，而且总是擦得发亮。兰兰说："大家可要小心，千万不能碰坏了妈妈的大花瓶。"大家点点头，就开始玩游戏了。

三个小伙伴玩得可开心了，在客厅里跑啊闹啊，突然听到"哐当！"一声，大家吓了一跳，低头一看，哎呀！糟糕！这下可坏了，不知道谁把大花瓶撞翻了，花瓶摔在地上摔成了一堆碎片。"哎呀！花瓶摔碎了，这可怎么办啊？妈妈一定会生气的。"兰兰说着哭了起来。妞妞和球球你看看我，我看看你，不知该怎么办。忽然妞妞想出了一个好主意说："我们把碎片粘起来吧！"大家眼睛一亮，都同意妞妞的办法。于是大家捡起碎片，一片一片认真拼起来，再用胶水把碎片全部粘起来，一个打碎的花瓶又被重新粘好了。可是看上去还是有点奇怪。

"叮咚！"妈妈回来了，大家赶紧把花瓶放回原处。三个小家伙笑嘻嘻地看着兰兰的妈妈，兰兰妈妈一眼就看出了心爱的花瓶发生了变化。她走过去轻轻碰了一下花瓶，"叮当！哗啦！"粘起来的花瓶马上又变成了一堆碎片。兰兰、妞妞和球球又是你看看我，我看看你，都低下了头。兰兰说："妈妈，对不起，是我把花瓶摔碎了。"这时，妞妞和球球也抢着说："阿姨，对不起，其实是我打碎了花瓶，请你不要责怪兰兰。"

兰兰妈妈却笑了，她说："你们都是诚实的好孩子，不管是谁打碎了花瓶，你们都勇于承认错误，我一点也不生气。"说着，大家都高兴地笑了。

宝宝学到了什么？

不管犯了什么错误，都不能撒谎，要勇于承认自己的错误，这样才能真正得到大家的原谅。

测一测：你的孩子诚实可靠吗

① 当他不小心弄坏东西时，能勇于承认错误。 Yes（　　）No（　　）

② 认为诚实是美德，撒谎、欺骗是不可取的行为。 Yes（　　）No（　　）

③ 当别人为过错道歉时，能原谅别人的过错。 Yes（　　）No（　　）

④ 按事实说话，很少会无中生有。 Yes（　　）No（　　）

⑤ 认为承认错误是很正常的事，不会为此感到难堪。 Yes（　　）No（　　）

⑥ 对于别人的撒谎行为嗤之以鼻。 Yes（　　）No（　　）

⑦ 做错事时，想得最多的是如何弥补，而不是隐瞒。 Yes（　　）No（　　）

⑧ 说话做事，很少夸大其词。 Yes（　　）No（　　）

⑨ 答应别人的事，一定做到，不会耍赖。 Yes（　　）No（　　）

⑩ 明白了《狼来了》故事中那个小牧童是因为撒谎，所以大家都不救他。Yes（　　）No（　　）

注意 如果选Yes超过了一半，说明你的宝宝是个诚实的乖宝宝。

专家指点

培养一个诚实孩子的几个步骤

诚实和守信，是所有的父母都希望孩子具备的品质，作为一项最基本的品质，只有具备了这两点，孩子将来才会成为一个正直的人。

对于孩子来说，诚实、守信又分为两个部分，一是答应的事情一定要做到，另一个是不撒谎、如果犯错要勇于承认。前者可以培养出孩子坚持不懈的毅力，后者可以让孩子懂得做错事就要承担责任。不管是哪一方面，都是为了孩子成为一个高尚的人做准备。

父母想把孩子培养为诚实的孩子，需要注意以下几个步骤：

第一，先给孩子立规矩。

大多数孩子都还不能分辨好坏，他们的好坏标准有时来自参看父母的行为，有时来自电视、书籍上的知识，父母需要明确告诉孩子：哪些是应该做的事，哪些事情不应该做，比如"上课开小差是不对的"、"不能抢别的小朋友的东西"、"未经允许不能拿别人的东西"等，让孩子根据这些规矩，自觉遵守并严格要求自己。

第二，做孩子的榜样，鼓励孩子说实话。

诚实是每个人都应该具备的品德，父母的身教要重于言教，当父母犯错的时候，如说话不算话时，父母应该向孩子道歉、解释，并获取孩子的原谅。当孩子自觉、主动就自己犯的错向父母汇报时，父母的态度应该区别于孩子的谎言被揭穿时的态度。当然，有错误是要批评，但出于孩子能主动认错，应该给予他们表扬，巩固他们"知错能改"的处世态度。

第三，换一种积极的方法惩罚撒谎的孩子。

当孩子撒谎时，传统的批评方法是训斥孩子一通，让他老实交代为什么要撒谎，更有甚者，甚至动不动就拳打脚踢，如此下来，孩子可能会在恐惧和疼痛的逼迫下承认错误，但据调查显示，经常遭遇类似惩罚的孩子，暴力倾向会比没有经常挨打骂的孩子高。家长为什么不能换一种积极的惩罚方法呢？比如让孩子背诵一个诚实的故事，进行一次关于诚实的讨论，取消一个星期看电视的时间等。

第三节 懂得关心别人的孩子更可爱

爱是维系人与人之间亲密关系的基础，孩子应该学会关心他人并设身处地为他人着想，从行动上去帮助他人。从小培养孩子关心他人以及接受他人的关心，对促进孩子今后具有高尚的情操、健全的人格有着不可估量的影响。

 让孩子学会关心人的小游戏

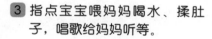 游戏一 妈妈生病了

 游戏玩法

1 妈妈假装肚子疼，在沙发上躺下，并呼唤正在玩耍的宝宝；

2 妈妈问宝宝："妈妈生病了，宝宝能照顾妈妈吗？"

3 指点宝宝喂妈妈喝水、揉肚子，唱歌给妈妈听等。

 小贴士

妈妈可以给宝宝一些提示，比如说"还记得上次宝宝生病，妈妈怎么照顾你的吗？"当宝宝将妈妈照顾得很好的时候，要表扬他"妈妈感觉舒服多了，谢谢宝宝的照顾"，"宝宝懂得关心人了。"让宝宝感觉到他的关心得到了亲人的回应。

宝宝学到了什么？

把孩子换到照顾别人的位置，引导他进行换位思考：当自己生病时，妈妈是怎样照顾自己的。从体会别人的关心，转换为用自己的行动去关心他人，并从中收获亲人间浓浓的爱。

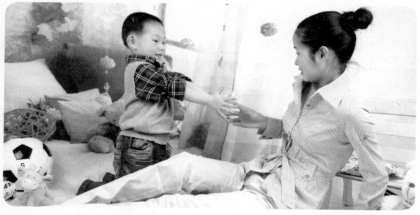

游戏二 爱心礼物

1. 当妈妈的生日快到时，鼓励孩子亲手做一件"爱心小礼物"；
2. 父母提示宝宝：妈妈平时最喜欢什么，或者是宝宝最拿手的是什么；
3. 教会孩子唱生日歌，并将生日礼物亲手送给妈妈。

小贴士

可以教孩子画一幅画、唱一首歌或跳一个舞作为给妈妈的礼物，游戏还不一定固定在特定的日子，如送给第一次见面的小伙伴、到访的客人等。

宝宝学到了什么？

游戏重点在于启发孩子去关注他人，心里要时刻惦记着他人，发自内心地关心他人。让孩子亲手制作礼物，不仅增强孩子的动手能力，也让他懂得：自己亲手做的礼物比什么都能让人开心，这份真爱不是其他物质可以代替的。

游戏三 照顾小娃娃

1. 准备一个小娃娃，告诉宝宝："小娃娃生病了，我们来照顾他好吗？"
2. 妈妈让孩子给娃娃盖上毯子、拍拍娃娃哄她睡觉，还可以让宝宝为娃娃打针等；
3. 妈妈模仿娃娃向宝宝表示感谢。

小贴士

妈妈要告诉孩子应该怎么照顾生病的人，引导孩子通过关怀的动作来表达自己的情感，还可以引导孩子体会娃娃生病的心情，让宝宝通过语言或其他方法安慰、减少娃娃的痛苦。

宝宝学到了什么？

年纪稍大一点的孩子看到比自己小的孩子大哭时，会走过去摸摸他们的头，当这也不能安抚时，他们也会跟着大哭起来，这表明孩子已经具备了同情、关心他人的品质，只是他还不懂得用什么办法才能做得更好，角色游戏让孩子有机会学习、尝试去照顾别人，下次，当他再看到别人生病时，自然而然地就懂得怎样去照顾别人。

游戏四 看表情

游戏玩法

1 在纸上画上喜、怒、哀、乐四种表情，并准备一个有指针的小转盘；

2 爸爸、妈妈、宝宝围坐成一圈，拿出一张指定的表情，说："这个是什么表情啊？宝宝能对他说一句话吗？"转动转盘，看指针指向谁；

3 指针指到的人对这个表情说一句安慰的话；

4 换下一个表情继续游戏。

小贴士

大人还可以把图画设计成父母的脸，宝宝会觉得更有趣和亲切。如果宝宝一时说不出或感到害羞，大人要引导宝宝，鼓励他大胆地说出来。

宝宝学到了什么？

教会宝宝运用语言来表达对他人的关心，让他明白，很多时候可能只是一句轻声的问候，就能让别人感到温暖，不要吝啬自己的爱，学会去爱别人的同时，也能得到他人的爱。

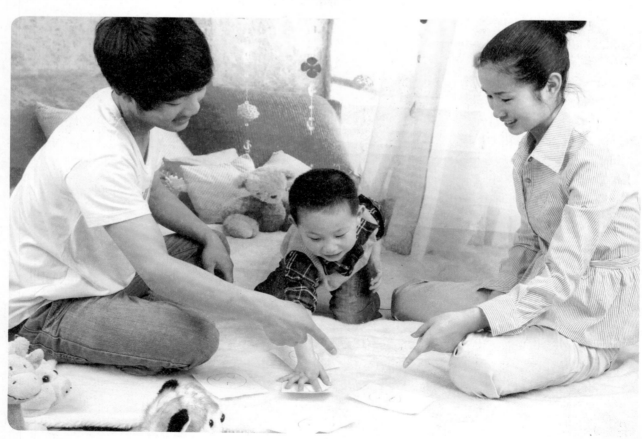

⬠ 游戏五 看图说话 ⬠

1 准备白纸和彩色笔，画出各种需要孩子应对的情况；

2 如画"爸爸在睡觉"，出示图画问宝宝这时他应该怎么做；

3 画"妈妈去上班"，出示图画问宝宝应该对妈妈说什么；

4 画"奶奶生病了"，出示图画问宝宝应该怎样照顾奶奶等。

小贴士

家长可以和孩子一起画画，让孩子发挥想象力，画出各种人物和场景，也可以在画的过程中告诉孩子遇到这些情况他应该怎么做，等家里来客人或亲人时，再拿出图画，让孩子告诉其他人这时他应该怎么做，此时，应该及时给予孩子表扬。

宝宝学到了什么？

如果没有事先向孩子讲解，可能孩子在遇到以上情况时根本不知道应该怎么做。除了用图片来讲解外，当实际情况发生时，家长可以用孩子学过的知识提醒他，这时他就会知道怎样做，才会让别人感到贴心和温暖。

听故事学会关心·身边的人和物

故事一 三只快活的小花猫

今天猫妈妈出门去了，小花猫、小白猫、小黑猫在家里玩。

小白猫提议大家玩吹泡泡的游戏，小花猫和小黑猫高兴地跳起来。小白猫说："看我表演个杂技。"说着小白猫拿出了一个空箱子，在上面盖了块布，只听见小白猫说："变！"把布掀了起来，哎呀，箱子里多了三个装满泡泡水的小瓶子。小花猫笑眯眯地说："我要绿色的瓶子。"小黑猫说："那我要红色的瓶子。"小白猫拿了最后一个蓝色的瓶子。

三个小家伙来到山坡上吹起了泡泡，"大泡泡！大泡泡！五光十色真漂亮！"大家一边吹一边快活地唱起歌来。这时，小花猫发现山坡上盛开了一大片漂亮的野花，它赶紧拉住小黑猫和小花猫："哎呀，多漂亮的野花啊，我们来编花篮吧。"于是，三个小家伙编起花篮来。过了一会，小白猫说："看！我编了花帽子，我要送给你们俩！"然后帮小黑猫、小花猫戴上了花帽子，小黑猫、小花猫摇着尾巴说："真漂亮，谢谢你，小白猫。"这时，小花猫也拿出两条花裙子说："我也有礼物送给你们，我编了两条花裙子。"小黑猫、小白猫穿上花裙子笑得真开心，都说："谢谢你！小花猫！"小黑猫害羞地说："我……也有礼物送给你们，这是我编的围巾，希望你们喜欢。"小白猫和小花猫接过花围巾抱着小黑猫说："谢谢你，围巾真漂亮，我们很喜欢！"三个小伙伴高兴地笑成一团。

宝宝学到了什么？

通过故事告诉孩子小伙伴之间要懂得互相关爱，可以通过自己制作小礼物、一句亲切的问候来表达自己对他人的关心。

故事二 神秘的礼物

这天早上，猴奶奶很早就起来了，她着急地在门口张望，像在等着谁，可是过了很久，谁也没有来，她失望地关上了门。

森林里这时候也很繁忙，大家都在忙碌着什么。小刺猬背上驮满了刚采的蘑菇，正在往小鹿的大篮子里运；小奶牛送来了新鲜的牛奶；小兔子摘了很多野花，正在编美丽的花；小熊则拿起了小喇叭吹得起劲呢……大家都怎么了？

很快，天渐渐地黑了，森林里安静极了，只有猫头鹰弟弟发出"咕——咕——咕——"的叫声。这时，出现了一只奇怪的队伍，每个人身上都扛着一大堆东西，它们要去哪里呢？

猴奶奶一个人待在家里，它边打瞌睡边织毛衣，眼看就要睡着了。这时，有人来敲门了，猴奶奶问："谁啊？""猴奶奶，我是小白兔，请您开开门。""噢，是小白兔啊，请等一等。"猴奶奶放下老花眼镜打开了门，突然门外响起了"砰！"的一声，一个火光窜上了天空，"啪！"散开了，哎呀！多么美的焰火啊，还没等猴奶奶反应过来，乐曲奏响了，灯光亮了起来，大家一起喊："猴奶奶，祝你生日快乐！"原来，今天是猴奶奶的生日，大家为了给猴奶奶一个惊喜，白天的时候谁也没来祝寿，大家都约好了晚上一起来给猴奶奶祝寿！

猴奶奶看着大家给焰火照得红彤彤的脸笑了，她高兴极了："好孩子们！谢谢你们，这是我收到的最好的生日礼物。"说完，大家把用蘑菇、牛奶还有水果做的大蛋糕推了出来，围着蛋糕高兴地跳起舞来。

故事三 贝贝的星期天

贝贝虽然个子小，可他是个懂事的乖孩子。今天是星期天，贝贝却忙碌了一天，他心里高兴极了。

贝贝一早起来，就跟着奶奶买菜去了，小菜篮可真沉啊，奶奶提得直喘气，贝贝赶紧跑上去，拎起了篮子的另一边说："奶奶，我来帮你提。"奶奶笑眯眯地说："贝贝可真乖啊。"

从菜市回来，贝贝又忙起来了，他要和爷爷去花园里抓小虫子，小虫子可真肥啊，把嫩绿的叶子都吃光了，爷爷弯着腰，不一会儿被太阳晒得直流汗，贝贝说："爷爷，让我来帮你抓虫子吧。"不一会就把花枝上的害虫都抓了起来，爷爷乐呵呵地说："贝贝帮了爷爷大忙啊。"

这时，爸爸在院子里叮叮当当地修起了自行车，贝贝左看看右看看，可是他根本不会修，帮不了爸爸的忙，看着爸爸满头大汗的样子，贝贝想：有了！贝贝跑到家里，踮起脚尖给爸爸倒了一杯水，小心翼翼地端到爸爸面前，爸爸咕噜咕噜一会儿就把水喝完了，摸摸贝贝的头说："真是爸爸的好宝宝。"

妈妈也拿着洗好的衣服走了出来，洗干净的衣服散发着清香味。贝贝端来小板凳，让妈妈坐下，给妈妈捶起了背，一下、两下、三下……妈妈舒服极了。

贝贝还做了什么事？他还替奶奶卷了毛线球、帮爷爷找到了眼睛、和爸爸一起清洗了自行车……贝贝的星期天，多么忙碌又多么快乐啊。

故事四 两只小绵羊

天气越来越冷了，北风呼呼地吹，森林里的小动物都躲到了家里。过了没多久，雪花悄悄地落了下来，森林变得白茫茫一片，树枝上都结起了冰。

不过，小绵羊球球一点都不觉得冷，因为它有一身又长又软的绒毛，就像穿了一件厚厚的棉袄。它跑到外面堆起了雪人，突然，它想起了住在森林另一头的好朋友绵羊团团："这么冷的天气，不知道团团是不是给冻坏了？"晚上，小绵羊球球翻来翻去睡不着，他一直在担心团团会挨冻。"不如我给团团做一件大棉袄吧，可是用什么做呢？"想来想去，球球觉得自己身上的绒毛

最暖和了，于是，它想："我的绒毛明年还会长出来，我就先剪下来给团团做一件暖和的棉袄吧。"

打定了主意，球球很快剪下了自己身上的绒毛，一夜没合眼，给团团做了一件羊毛大衣。第二天一早，球球出门了，它要给团团送毛衣去。他走在路上，一下子感觉天气变冷了许多，冻得它直打哆嗦，因为球球身上的绒毛只剩下短短一层了。不过，它还是坚持走到了团团家。

团团打开门下来一跳，这是谁啊？球球也给吓了一跳，它也在想，这是谁啊？突然，它们俩都哈哈大笑起来，原来团团的绒毛也变成了

薄薄一层，差点认不出来。球球说："为什么你的毛变得这么短啊？"团团拿出一件漂亮的大衣说："天气冷了，这是我给你做的大棉袄！"球球一听，感动得不知道说什么才好，它也拿出了给团团做的棉袄，原来两只小绵羊都为对方着想，都剪掉了自己的绒毛。

最后，团团穿上了球球做的大衣，球球穿上了团团做的大衣，它们看着对方欣慰地笑了，这个冬天他们觉得暖暖的。

宝宝学到了什么？

告诉宝宝当他在关心别人的时候，别人也一样在关心他，人与人之间的关爱都是相互的。

故事五 大西瓜和小西瓜

熊妈妈有两个听话的熊宝宝，大熊和小熊。大熊个子高，力气大，小熊个子小，力气小。

一天，熊妈妈带回来两个西瓜给兄弟俩吃，可是一个西瓜有皮球这么大，另一个苹果却只有拳头这么小，熊妈妈犯难了，到底应该给谁大的给谁小的呢？

于是，熊妈妈问大熊和小熊："孩子们，妈妈带回来两个西瓜，可是一个大一个小，你们谁要大的谁要小的呢？"

大熊说："妈妈，把大西瓜给小熊吧，它个子小，力气小，要多吃点才能更强壮。"

可是小熊摆摆手说：

"不，妈妈，应该把大西瓜给大熊，它个子大，力气大，要大西瓜才能填饱肚子，我个子小，吃小西瓜就够了。"

熊妈妈这下可真为难了，大熊和小熊你推我，我推你。熊妈妈最后决定把大西瓜给小熊，小西瓜分给大熊。

这天晚上，等熊妈妈睡着了，小熊悄悄拿出大西瓜，把大熊的小西瓜换了回来。

可是第二天一早，大熊和小熊却发现它们的碗里都放着整整齐齐的十片西瓜，这是怎么回事呢？

熊妈妈笑了说："大熊把大西瓜留给弟弟，小熊又悄悄地把大西瓜换给了哥哥，你们都是好孩子。我把西瓜分成

了大小一样的二十片，每人一半，这样你们就不会再争着吃小西瓜了。"

"妈妈真聪明！"大熊和小熊一起说，全家人一起吃起了美味的西瓜。

宝宝学到了什么？

虽然分西瓜是一件很小的事，但是熊宝宝兄弟却都能为对方着想。这个故事告诉我们，关心别人并不总是从大事着手，有时一件小事也能让人感受到你的关心。告诉孩子应该从身边的小事做起，帮妈妈打扫，帮爸爸捶捶背，都能让身边的人都能感受他的爱。

测一测：你的孩子懂得关心·别人吗

① 当看到别的小朋友在哭时，他会主动过去安慰对方。　　　　　Yes （　　） No （　　）

② 看到大人做家务时，他会主动上前帮忙。　　　　　　　　　Yes （　　） No （　　）

③ 孩子有时会说一些关心人的话。　　　　　　　　　　　　　Yes （　　） No （　　）

④ 对孩子说过的话，他会牢记在心，有时会突然冒出来。　　　　Yes （　　） No （　　）

⑤ 懂得尊重长辈，在父母的指点下会帮老人做一些家务活。　　　Yes （　　） No （　　）

⑥ 和小伙伴一起玩时，大部分时间可以和睦相处，交换各自的玩具。Yes （　　） No （　　）

⑦ 如果家里有宠物，能在父母的帮助下照顾小动物。　　　　　Yes （　　） No （　　）

⑧ 已经懂得合作的重要性，经常能和其他孩子合作达到共同的目标。Yes （　　） No （　　）

⑨ 当别人对他表示关心时，他会回以微笑或说"谢谢"来感谢对方。Yes （　　） No （　　）

⑩ 有时候，孩子会静静地听大人说话。　　　　　　　　　　　Yes （　　） No （　　）

注意 如果选Yes超过了一半，说明你的宝宝是个善解人意、懂得关心人的宝宝。

专家指点

关心他人，从关心身边的人开始

很多父母把对孩子注入关爱当成了一种习惯，久而久之，却养成了孩子"一切以自我为中心"的习惯，变得自私自利，更不要说懂得去关心别人。特别是独生子女，他们往往是"四二一"式家庭的中心，缺少与人分享、合作、互助的机会，只知道自己接受爱和关心的需要，而不知道别人也有被爱和被关心的需要。

其实，关心他人并不是一件很难的事，日常生活中就有很多教育孩子关心、照顾人的机会，教育孩子关心他人，应该从教他关心身边的人开始。

首先，应该让孩子体验到父母、亲人对自己的关怀，进而激发出孩子关心他人的意愿。

如经常和孩子说他小时候的故事，如妈妈经常半夜要起来喂奶，爸爸总是把最好吃的东西留给宝宝吃，幼儿园的阿姨总是教宝宝玩各种游戏等，让孩子体会到，在他的成长过程中充满了许多人的爱，唤起他们感激、尊敬他们的感情。

其次，父母做好孩子的榜样。

这个年龄段的孩子模仿能力更强了，如果长辈病时父母尽心尽力地照顾，会在孩子心里留下一个深刻的印象——原来老人生病的时候应该这样做，同时，孩子也记下了父母照顾老人的方法。等到下次再发生类似的事情时，孩子已经懂得在一旁帮你的忙了。同样，如果是自私的父母，家里的小孩则难以有太好的行为习惯。

第三，从爸爸、妈妈开始，关心周围的一切。

平时与宝宝接触最多的就是父母，有了以上两个前提后，孩子已经懂得你们就是他要去关心的人，只是他还缺少一些机会。因此，当孩子找到机会对你表示关心时，一定要认真地接受，然后感谢他。再逐渐引导他发现身边关爱他的人，激起他也去爱别人的愿望。

第四节 培养孩子勇敢的性格

父母都希望孩子拥有勇敢的品质，但是有些孩子天生比较胆小，怕黑，怕鬼怪、怕独处等，这会影响到孩子将来个性的发展，甚至会造成某些心理疾病的发生。因此，平时父母应该仔细观察并找出孩子恐惧的根源，帮助他们消除恐惧，从而培养孩子勇敢的品质。

 ## 让孩子更勇敢的游戏

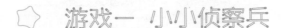 游戏一 小小侦察兵

 **游戏玩法**

1. 在晚上进行，准备手电筒、小玩具等，爸爸和孩子轮流当"侦察兵"；
2. 爸爸事先进入房间，把娃娃、小手枪、皮球等小玩具藏在房间的各处；
3. 爸爸关上灯，叫当侦察兵的宝宝进来打开手电筒，寻找被藏起来的小玩具；
4. 宝宝找到小玩具后，轮到宝宝来藏玩具，爸爸当侦察兵。

小贴士

如果是白天玩这个游戏，可以将窗帘拉上，使房间黑下来。如果孩子不愿意玩，可以和孩子讲一些关于侦察兵的故事，激起孩子的兴趣，当孩子熟悉游戏后，增加点难度，把玩具藏到更难找到的地方。

宝宝学到了什么？

很多小孩子都怕黑，这个游戏能消除孩子对黑暗的恐惧，增加孩子的胆量。起初，孩子很怕黑，家长可以陪着孩子一起找玩具，或让房间里有微弱的灯光，等孩子慢慢适应黑暗的环境后，可将灯全部关掉，让他在黑暗中独自寻找，这样做既能帮助孩子战胜黑暗，也能发展孩子的机敏能力。

游戏二 摘星星

游戏玩法

1. 将纸剪成星星的样子，贴在门上；
2. 从宝宝站立就可以摘到星星的高度开始，逐渐提升高度；
3. 宝宝可以站在凳子上摘到星星，或是踩着手扶梯一步一步往上爬。

小贴士

为了鼓励宝宝摘更高的星星，妈妈可以告诉他摘够一定数量的星星就有奖励。注意随时保护孩子的安全，如果孩子害怕，可以扶着他的手，告诉他身体保持平稳的技巧，然后慢慢放手，让孩子自己去摘星星。

宝宝学到了什么？

孩子除了怕黑，还会怕高，游戏可以在一定程度上帮孩子克服对高度的恐惧。一点一点上升的高度，让孩子对高度的变化有一个适应的过程，再加上父母的鼓励和保护，能让他逐渐放松，完成任务后会获得一种从未有过的自豪感。

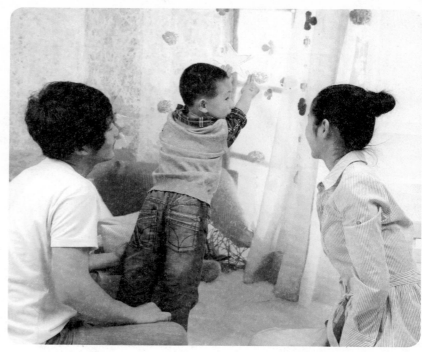

游戏三 过独木桥

游戏玩法

1. 准备四五张凳子并搭建成一座独木桥，还可以在桥上放一些布玩具增加游戏的难度；
2. 妈妈示范从小桥上走过，边走边念："独木桥，摇啊摇，勇敢的宝宝不害怕，大摇大摆走过桥！"
3. 轮到宝宝自己过桥，教孩子张开双臂保持平衡，跨过布玩具等障碍物，成功通过独木桥。

小贴士

家长可以根据孩子的能力设计搭桥的难度，除了放置障碍物外，用高的凳子和木板搭建独木桥，父母还可以用身体搭一个桥洞，让孩子穿过，增加游戏的趣味性。如果孩子胆小不敢走，或是掉到桥下，就先扶着他走一遍，然后改成在旁边保护，鼓励他自己完成任务。

宝宝学到了什么？

高高的独木桥，两边还没有扶手，对宝宝来说这真是个刺激又有挑战性的游戏。多数孩子会经历犹豫、害怕，再到下定决心，勇敢地走上独木桥来这样一个过程，这也是一个磨炼意志的过程。玩游戏时，宝宝可能会不小心掉到桥下，这时要鼓励他再来一次，直到成功过桥，体验到战胜困难后的喜悦。

游戏四 跨越障碍物

1 在地上放一些障碍物，如高凳子、小玩具、大箱子等；

2 让宝宝从上面跨过，或者一连跨过多个障碍物。

小贴士

和孩子玩这个游戏时一定要有耐心，因为孩子对障碍物的恐惧不是一下子就能克服的，当孩子没有胆量连续跨越障碍物时，家长要及时给予鼓励"宝宝勇敢些，加油"或是指点一些技巧，千万不可因为孩子胆小而失去耐心，说些伤害孩子自尊的话。

宝宝学到了什么？

孩子总是害怕自己跨过障碍物然后会摔跤，这是一种对未知事物的恐惧，要让孩子排除这种不良预测，最好的办法就是让他自己去尝试。当孩子发现其实自己勇敢一点可以做到时，那么他便会有信心跨越接下来的障碍。

游戏五 抽纸条

游戏玩法

1 准备一个小口袋和一些小纸条；

2 纸条的一面写"跳一个舞"等，背面画上4颗糖果或2个苹果；

3 让孩子伸手进口袋摸出一张纸条，孩子要想得到纸条上的糖果就必须完成上面写的任务；

4 当孩子表演完时，要表扬孩子并兑现给孩子的奖励。

小贴士

纸条上的任务最好根据孩子的实际能力来写，如唱歌、念童谣、表演算数等，还可以让孩子邀请一个家庭成员和他一起表演，但是要告诉他，这样他的奖励就要分一半给别人，以此鼓励他尽量能一个人完成。

宝宝学到了什么？

孩子总是在大人面前表现得不够勇敢，特别是让他们表演节目时总是显得很害羞，即使是他已经非常拿手的节目。通过游戏可以锻炼孩子的胆量，经常在亲朋好友来访时进行这个游戏，孩子的胆量将得到大步提升。

帮孩子克服恐惧的故事

故事一 勇敢的小刺猬

小猴、小兔、小松鼠在玩捉迷藏，这时小刺猬也来了，小刺猬说："让我也参加吧。"可是小猴不高兴了，他骄傲地仰着头说："走开！走开！你的个子这么小，什么也干不好。"小兔和小松鼠一听，跑过来为小刺猬打抱不平，小兔说："小猴你说这话太不公平了，小刺猬个子虽小，它上次可帮我搬了好多萝卜回家，可能干了。"小松鼠也说："上次小刺猬还帮我把掉下山谷的松果捡回来了呢。"小猴不屑地说："搬萝卜和捡松果有什么了不起，它有我跑得快吗？它能像我一样爬到树上吗？"小刺猬一声不吭，悄悄爬进了草丛里。

突然，小兔惊叫了一声："有蛇！"小伙伴们赶紧躲起来，警惕地看着四周，只听到"嘶嘶"两声响，蛇吐着信子从草丛里钻了出来，已经爬到了大家面前，它又粗又长，露出两颗尖尖的毒牙。

小猴第一个喊"快跑！"说完，第一个蹿到了树上，小兔、小松鼠跟在后面，小松鼠也爬到了树上。可是小兔不会爬树！眼看蛇就要冲过来了，在这紧急关头，草丛里突然蹿出来一个东西，一口咬住了蛇的尾巴！大家定睛一看，是小刺猬！只见它紧紧地咬住蛇尾巴，把头缩进肚子底下，背拱起来，成了一个尖利的刺球！蛇开始疯狂地扭动身体，想把小刺猬甩开，可是却被小刺猬身上的尖刺刺了无数个小洞，最后蛇挣扎了几下就不动了。

大伙围着小刺猬，看到小刺猬把毒蛇制服了，都说："多亏你救了我们，谢谢你！"这时，小猴红着脸说："小刺猬，你真勇敢，我太小看你了，请你原谅我。"

宝宝学到了什么?

勇敢不勇敢不是停留在嘴巴上，关键时刻能挺身而出，依靠智慧取得胜利才是真正勇敢的人。

故事二 巨人的头发

大山上住着一个巨人，他长着长长的头发，可是他的头发总是乱蓬蓬的，因为他不会梳头。巨人有一把大梳子，最喜欢躲在上山的路上，抓住来砍柴的小姑娘来给他梳头。他凶狠狠地说："快给我梳头，不然我就吃了你。"这下，所有的小姑娘都不敢上山去砍柴了。

只有一个小姑娘又聪明又勇敢，她一定要上山，爸爸妈妈拦不住，村里的姑娘也劝不住，她带上她的篓子和银梳子就上山去了。

她走在上山的路上，等待着巨人的出现。正想着，巨人突然跳了出来，他大吼一声："哈哈！终于抓到给我梳头的人啦！"小姑娘镇定地拿出那把银梳子说："巨人，你别着急，我就是来给你梳头的，我还带了银梳子。"巨人一听高兴极了，他说："那快给我梳头吧！"小姑娘说："不行，头发拖到地上就弄脏了。"巨人又说："那我们到那边的石头上梳头吧。"小姑娘说："大石头太滑了，站不稳。"巨人生气了，瞪着眼说说："那你说到哪里梳？"小姑娘还是不慌不忙地说："到那边的大树下吧。"

于是，巨人站在低一点的树枝上，小姑娘站在高一点的树枝上，她每梳一缕头发，就往树枝上打一个结，等梳到最后一缕头发时，巨人全部的头发都已经紧紧地缠在大树上了。

这时，小姑娘爬下了树对巨人说："巨人，我要走了，还要去砍柴呢。"巨人一听说："不行！我要你永远给我梳头，不然我就吃了你！"小姑娘笑了笑说："你已经没有长头发了。"巨人一惊，发狂一样朝小姑娘跳了过去，谁知道，一阵钻心的疼，疼得巨人哇哇大叫，他才发现，他所有的头发都缠在了树上。

从此，巨人永远地被固定在大树上了，大家又可以上山砍柴了。

宝宝学到了什么？

勇敢不是每一个人都能具备的品质，但是一定要有不向坏人低头的勇气。小姑娘的勇敢和机智值得孩子去学习。

故事三 爱哭的小兔不哭了

小狗和小花猪是好朋友，他们一起去找小兔参加森林联欢会。

小狗说："我和小花猪都有节目要表演，你和我们一起去吧。"小花猪说："你也去表演一个节目吧。"小兔摇摇头，红着脸说："我……我……不想去。"但是两个好朋友还是拉着小兔，一起朝广场走去。

联欢会开始了，大家鼓掌欢迎小狗表演高空跳，小狗站在高高的台子上，一个360°的旋转跳了下来，然后又稳稳地站在了舞台的中央，大家鼓起热烈的掌声，大声喊道："小狗好样的！真精彩！"

大家欢迎小花猪表演节目，小花猪摇摇摆摆地上来，他要给大家表演舞蹈。只见小花猪摇头晃脑，扭扭屁股跳得真起劲，台下响起了热烈的掌声，大伙喊："真精彩！小花猪真棒！"

小狗和小花猪来到舞台后面拉拉小兔说："来吧，你也表演一个节目吧。"小兔还是摇摇头，说着就哭了起来："那么多人，我怕……"这时，两只调皮的小猴发现了小兔，他们把小兔推到了舞台中间，看到舞台下那么多人，小兔站在台上吓得大哭起来。

小狗灵机一动，跳到舞台上对大家说："大家欢迎小兔表演'哇啦哇啦大哭'的节目。"台下响起了一片掌声，这时，小兔听到大家鼓励的掌声反而不害怕了，它打算为大家唱一首歌《勇敢的小兔不害怕》。说着，小兔开心地唱了起来，大家的掌声越来越响，都在欢呼"太棒了！小兔唱得真好！"

从此，勇敢的小兔再也不怕在大家面前表演节目了。

宝宝学到了什么？

勇敢体现在生活的各个方面，比如登台表演。通过这个故事可以鼓励害羞的孩子大胆地走上台，向大家展示他的才能。

故事四 机智的卡卡

小屋里住着三个好朋友，小兔、小公鸡还有机智的小羊卡卡。

一天，小兔和小公鸡出去找食物了，家里就剩下小羊卡卡在家里准备午饭，它烧热炉子，放下胡萝卜和大白菜，不一会就煮熟了，可是小兔和小公鸡还没有回来。它又给大家准备餐巾，嘴里说着："小方格餐巾是小兔的，圆点餐巾是小公鸡的，这块绣满了小花的餐巾是妈妈送给我的，我谁也不给。"躲在屋外的狐狸听到了卡卡的话。

突然，卡卡听到了"笃笃笃"的声音，哎呀，不好了，狐狸来了。卡卡吓坏了，他跳下凳子，躲到了灶台后面。原来，狡猾的狐狸知道今天只有小羊独自在家，就想来抓小羊回去当晚餐。狐狸进了房子，东看看西看看，就是找不到小羊，这时它看来看小花餐巾说："多好看的餐巾啊，我要拿走了。"卡卡在炉台后面大喊："不许拿，那是妈妈送给我的。"狐狸一把抓住卡卡说："这下抓到你了！"狐狸用大布袋把卡卡装在里面，朝森林里走去。

小兔、小公鸡回来，看到乱糟糟的屋子，在哪都找不到卡卡。

狐狸烧红了炉子，让卡卡站到大勺子里，要把它扔到炉子里。可是机智、勇敢的卡卡张开手脚，卡在炉口外面就是进不去，狐狸说："真笨！"于是卡卡请狐狸来示范，狐狸跳到大勺子里卷成了一个团，说："看，应该是这样。"还没等它说完，卡卡立即扛起大勺子把狐狸扔到了炉子里，合上炉子门，逃出了小屋回了家。

小兔和小公鸡看到卡卡平安回到家，一点也没受伤，高兴极了，从此，它们又开开心心地住在小屋里。

宝宝学到了什么？

卡卡在面对凶恶的狐狸时没有慌乱，而是冷静、勇敢地用智慧逃跑了。告诉孩子在遇到危险时，也要冷静下来沉着地应对。

故事五 胆小的兔子

有一只小兔子，它非常的胆小，特别害怕夜晚。它总是太阳高高挂在天上了才从家里出来，晚上天还没黑就已经躲到了床上，谁来敲门也不开。

这天晚上，森林里刮起了大风。大风吹得可真厉害啊，树木都被吹得摇头晃脑的，当风刮过小兔子的窗户时，发出了"呜呜呜……"的声音，小兔子从来没听到过这么大的风声，它吓得赶紧从床上跳到了床下面，身子还直打抖。这时，它看到窗户上印出了黑色的影子，那些影子一直在摇啊晃啊，好像就要敲开窗户跑进来了一样。小兔子吓得闭上眼睛，一动不动地在床底下躲了一个晚上。

第二天，天亮了，小兔子赶忙从屋子跑出来，它跑啊跑。找到了小猴子，它说："小猴子，昨天晚上实在是太可怕了，有一个怪物在我窗外'呜呜'得叫。"小猴子摇摇头说："没有呀，昨天晚上只有风一直在吹。"小兔子看到小猴子不相信它的话，又跑去找小刺猬。它说："小刺猬，昨天晚上实在是太可怕了，有

很多黑色的怪物在敲我的窗户。"小刺猬也摇摇头说："没有呀，昨天晚上只有风一直在吹。"小兔子看小刺猬也不听它的话，就又跑开了。

树上的猫头鹰爷爷听到了小兔子的话，他邀请小兔子今天晚上一起到森林里转转，弄清到底有没有怪物。

天又黑了，小兔子又躲到了床上，这时传来了"咚！咚！咚！"的敲门声，猫头鹰爷爷说："小兔子，我是猫头鹰爷爷，我们一起到森林里去吧。"

小兔子慢慢地打开门，哎呀！一片月光洒在外面的院

子里，漂亮极了。它跟着猫头鹰爷爷慢慢地走出院子，来到草地上，原来晚上的森林是这么安静。突然一阵风吹了过来，刮过树木响起了"呜呜呜……"的声音，小兔子连忙躲到猫头鹰爷爷身后，可是哪里也没有它说的黑色的怪物。这可奇怪了。

猫头鹰爷爷大笑起来："小兔子，这是风刮过森林的声音，哪里也没有怪物，晚上的森林多么美丽。"小兔子这才慢慢地从猫头鹰爷爷身后出来，它想："是呀，晚上的森林真美丽、真安静，我真是个稀里糊涂的胆小兔。"

宝宝学到了什么？

做任何事情都不能凭空想象，特别是害怕想象出来的事物是很可笑的，告诉孩子不要像小兔子那样，连事情都没弄清，就自己吓自己。

测一测：你的孩子是个小·勇士吗

① 来到陌生的环境，一刻也不远离开父母。　　　　　　　Yes（　　）No（　　）

② 对黑暗有莫名的恐惧。　　　　　　　　　　　　　　　Yes（　　）No（　　）

③ 参加集体活动，要表演节目时经常怯场，表现得坐立不安，有时会哭起来。

　　　　　　　　　　　　　　　　　　　　　　　　　　Yes（　　）No（　　）

④ 在集体活动时，总是默默无闻的那一个。　　　　　　　Yes（　　）No（　　）

⑤ 一些体育活动，如踩高跷、游泳、滑滑板等，总是不敢参加。　Yes（　　）No（　　）

⑥ 遇到打雷、闪电的晚上，会粘在妈妈身上，哪也不敢去。　Yes（　　）No（　　）

⑦ 看到邻居家的宠物小狗、小猫会吓得往后退，有时会哭起来。　Yes（　　）No（　　）

⑧ 外出时，妈妈让他对售货员说要买什么，会一个劲地往后退。　Yes（　　）No（　　）

⑨ 晚上还是不敢独自一人睡觉。　　　　　　　　　　　　Yes（　　）No（　　）

⑩ 来到陌生的环境，看到同龄的小伙伴也不敢和他们一起玩。　Yes（　　）No（　　）

注意 如果选Yes超过了一半，说明你的宝宝还应该更大胆一些哦。

专家指点

帮助孩子摆脱莫名的恐惧

　　2～4岁的儿童总是有一些莫名的恐惧感存在。胆小、易受惊已经成了困扰孩子和父母的隐患。但是父母们是否知道，这些恐惧感，是随着孩子的年龄增长和阅历的丰富而产生的，有些甚至是家长的过失造成的。

　　孩子害怕的类型主要有三种，一是害怕自然的物体，如怕黑、怕打雷、怕噪音、怕小动物等；二是来自社会的恐惧，如怕和亲人分离、怕独自睡觉、怕挨批评；第三就是社交方面你的恐惧，如不敢和陌生人说话，不敢与小伙伴争吵等。

　　那么，这些恐惧是怎么造成的呢？简单来说，分为内部和外部原因，内部原因是因为孩子内心还不成熟，在探索世界的过程中受到惊吓后留下创伤，这一部分随着年龄增长会慢慢消失；外部原因则多数来自成人世界，如家长过度保护，平时言辞不当，经常用恐怖的东西如"狼来了"，"有鬼"、"捡破烂的把你抓走"等，或是电视中也会出现让他恐惧的东西，这种外部因素造成的恐惧，有可能会伴随孩子一生。如果不及时干预，有可能会发展为儿童恐惧症。

　　帮助孩子摆脱恐惧，家长应该做到三点：

1. 耐心地听孩子讲述令他恐惧的事物，家长再通过简单讲述，消除孩子的恐惧。

孩子害怕某些事物，通常是因为对它们不了解，一旦了解真相，恐惧心理就会自然解除，如害怕打雷，家长可以告诉孩子，说打雷是因为空气间的摩擦产生的，是一种自然现象，不需要害怕，同时还表现出无所畏惧的神态，让孩子精神放松下来。

2. 讲科学，引导孩子正确的认识世界。

家长的行为会对孩子产生潜移默化的影响，如果大人整天疑神疑鬼，孩子也会跟着莫名地害怕起来，有些家长还喜欢用语言来刺激孩子，用老虎、妖怪来吓唬孩子，这只能一时制住调皮的孩子，但在孩子的心里却种下了恐惧的种子。

3. 多给孩子冒险的机会。

在保证孩子安全的前提下，家长应该放手让孩子去冒险，并向孩子说明可能遇到的困难，让孩子做好心理准备，并告诉他父母会支持他并为他加油。虽然孩子探险的动作有些"笨拙"，但是这些都没关系，不要嘲笑和吓唬他们，应该表扬孩子的勇敢表现，使他们得到鼓舞，逐渐增加冒险精神。

第六章

4～5岁性格形成关键时期
建立培养孩子健康的世界观

　　世界观的形成不是一天两天的事，是孩子整个成长过程乃至成年之后仍在不断形成或改变。尽管孩子的性格已经慢慢成形，但是对事物的好坏、事物的变化发展等仍不能很好地分辨和理解，如果没有得到父母耐心的指导，孩子光凭着自己的感觉走，任由各种主观意识的发展，很可能误入歧途。所以，了解孩子性格特点，帮助他建立健康的世界观，从这个阶段就应该好好把握。

第一节 孩子初步建立独具特色的个性

孩子在5岁的时候已经形成了较为稳定的性格特点，如活泼外向的孩子和沉默内向的孩子，调皮捣蛋的孩子和乖巧听话的孩子，或者是乐于合作、宽容大度的孩子，害羞、胆小的孩子等，不管是哪种性格特点的孩子，在他们身上总有一个闪光点，家长应该根据孩子独特的个性，抓住性格形成的关键期，帮助孩子建立健康的世界观。

❀ 父母不可不知——4~5岁孩子身心发育状况

4~5岁的孩子已经对世界有了一定的了解，这时他的探索心理更强了，特别是对于一知半解的东西，更是怀着一种探索到底的心理，去解开他心里的疑团。此时孩子的思维能力已经能将虚拟的事物形象化，这是这一时期大脑发育的主要特征。他们将见过的物体特征、变化、事物发展的规律等，在

头脑中进行整合，当需要用到的时候再次从大脑中调出来，帮助他们分析、对比学到的新事物。

在自理能力方面，孩子通过学习，已经掌握了各种日常生活技能，穿衣、扣纽扣、系鞋带都不在话下，还能在幼儿园里按照老师的指挥，和同学一起打扫教室卫生、拧干抹布擦桌子等。

孩子在社交方面也表现出更积极的一面，他开始懂得自己组织游戏，确定游戏主题，制定简单的游戏规则，并要求所有参与游戏的人都遵守。因此，他们在游戏中的合作水平也逐渐提高，孩子的社会性发展跨进了一大步。他们开始有了自己的小圈子，不再是黏着爸爸妈妈的"橡皮糖"，空闲的时间里，他更愿意去找同龄的孩子们玩，并且能更快地和第一次玩的小朋友熟络起来。

在情感方面，他们的情感世界变得更为丰富，并且对他人的情绪非常敏感，通过成人微妙的表情或语气变化，他就能感觉出大人生气了、伤心了、烦恼了以及其他更多的感情。这时，孩子的情绪较前期的变化无常也稳定了许多，表现出对环境、事物更前的适应性，不再因为一些小事情哭闹起来，也变得更有责任心、同情心，做事认真，成功时能感到骄傲等。

这个年龄段的孩子，还有一个最大的特点就是想象力非常丰富，他们喜欢自己编故事，听到了关于森林的故事，就会想象自己是一只生活在森林里的小兔子等，这个阶段，家长要注意重视孩子想象力的培养。

❀ 父母的困惑——
4～5岁情商培养常见问题

5岁左右是孩子人生中了解情感的最佳阶段。他们在这个阶段的感情开始发生变化，开始学会讨论感情的事，因为孩子具备了独立、完整的自我认识，他拥有自己的喜好和日常行为，且自尊心很强，也很敏感，不再像低龄时期那样不在乎别人对自己的看法，他不仅会对自己一些不好的行为感到羞耻，同时也会因为他人对自己的评价而高兴或伤心，甚至别人对他穿着、胖瘦等评价都能引起他的不满。

迅速发展的各种丰富情感有时也非常困扰孩子，我们时常可以看到些奇怪的景象，比如有时孩子愿意和朋友分享一切好的东西，有时又变得一切以自我为中心；如果大人对弟弟、妹妹表现出更多的关爱，他们就会莫名地生气起来，可是他自己却不知道为什么。这些例子说明，孩子在面对新情绪的时候，显得有点无所适从，再加上父母平时的过度保护，孩子将这些都推到别人身上，认为只有自己才是正确的。除此之外，孩子还会发展如尴尬、内疚、笨拙、羡慕以及寂寞等不熟悉的情感，父母有必要再次教给孩子管理自己情绪的办法，让他们举止更得体、克制自己的烦躁情绪。

❀ 让孩子撑起自己的一片天

在现实生活中，任何不健康的情绪都会影响孩子的健康发育。想要教会孩子克制自己的不良情绪，家长不需要再给予过度关心和爱护。孩子此时更需要的是体验各种情感的机会，这样才能有效地帮助孩子树立正确的世界观。

一个人的情感和情绪变化，是受他的人生观、世界观的影响，帮助孩子早日建立健康、美好的人生观和世界观，更有利于各种情感的发展，将不良的情绪转化为积极的情感，将积极的情感升华为一种利己利人的品质，再把这种精神带到学习和与人的交往中来，最终建立起孩子自己的一片天地。

但这不是一个简单的过程，家长要明确自己的任务。首先还是应该保持和谐、温馨的家庭氛围，使孩子心情舒畅、情绪高涨，这样能使他们把积极的情绪转化为探索世界的动力。试想一个整天争吵的家庭，将这种负面的压力传递给幼儿，孩子也将变得急躁、或是自卑起来，变得无心向学。其次，教会孩子正面认识不良情绪，并努力地克服。只有这样，下次孩子再遇到类似的情况时，才能清楚地知道自己的情绪正在失控，懂得及时的克制。第三，对孩子有适当合理的期望，家长的关心不能继续停留在照顾孩子的吃穿住行上，帮助孩子制定他的学习计划、目标，和他一起畅想美好的未来，使孩子感到精神上的富足，这会促使他们向更好方向发展。

第二节 善解人意，创建与人为善的世界观

孩子的成长是一个从幼稚到成熟的过程，要教会孩子善解人意，需要孩子设身处地地为他人着想。父母此时要引导孩子从多方面去思考问题，唤起孩子心底深处的善良，最终宽容地原谅别人，升华自己。

在游戏中带孩子进入丰富的情感世界

☆ 游戏一 今天我来当妈妈 ☆

 **游戏玩法**

1 让孩子当一天的妈妈，体验当妈妈的感觉；

2 孩子要负责帮妈妈穿衣服，帮妈妈倒牛奶，打扫卫生，整理房间等；

3 妈妈可以出难题给孩子，如吃饭的时候什么也不爱吃，把玩具丢得到处都是等。

小贴士

为了让游戏更逼真，让孩子更真实地体会到当妈妈的感觉，妈妈应该态度认真，不能笑场。给孩子出难题时，挑选平时孩子经常犯的错误来再演示一遍。

宝宝学到了什么？

宝宝这时最喜欢玩的就是角色扮演游戏，除了和布娃娃玩过家家外，还喜欢和现实中的亲人交换角色，父母不要错过这个机会，让孩子通过扮演各种角色来体验不同的感受，知道当父母有多么不容易。以后再撒娇、犯错时就能理解爸爸、妈妈教育自己的苦心了。

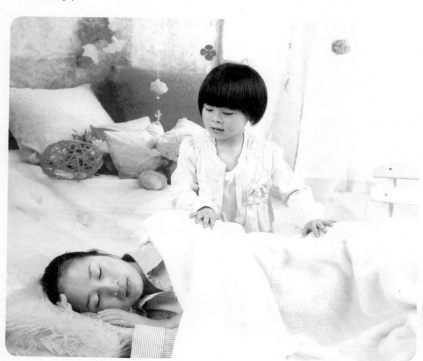

游戏二 小法官

游戏玩法

1. 准备几张硬纸板，画上微笑和生气的表情。还准备一个小娃娃，让小娃娃当犯错的人，将错误用纸写下来；

2. 妈妈宣布小娃娃的第一个错误，如：今天在家里玩球打坏了杯子；

3. 大家拿起手中的纸板出示表情，微笑表示可以原谅，生气表示不能原谅，按照少数服从多数的规则，决定小娃娃该不该受罚；

4. 不管是哪一种结果，都让孩子说出他的看法和原因。

小贴士

游戏玩法十分的灵活，可以设计让娃娃犯不同的错误，也不一定总是挑选宝宝经常犯的错，也可以挑选大人犯的错，如爸爸在家里抽烟、妈妈忘了关水龙头等。妈妈和爸爸也要发表自己的看法，这个游戏还可以用来解决家庭小矛盾。

宝宝学到了什么？

通过"小法官"的游戏，让宝宝体会到自己犯错时会给周围的人带来什么样的困扰，以及父母对自己的良苦用心。另外，游戏还让孩子学会分析错误的原因，间接给孩子解释自己平时犯下这些错误的原因，有利于创建父母与孩子之间的良好沟通。

游戏三 照顾小熊

游戏玩法

1. 让宝宝给玩具小熊当一天保姆；

2. 要求宝宝不管去哪里都要照顾好小熊，比如给小熊念儿歌，和小熊玩游戏，背小熊上街等；

3. 父母可以模仿小熊向宝宝提出各种要求；

4. 一天游戏结束时，让孩子总结今天照顾小熊的感想。

小贴士

尽量在游戏里还原生活中的各种场景，如让宝宝背上小熊外出游玩，劝小熊吃饭，帮小熊穿衣服等，提醒宝宝回忆平时父母是怎么照顾和哄劝自己的，激发出孩子对照顾好小熊的责任心。

宝宝学到了什么？

通过这个小游戏，让孩子体会到平时父母照顾自己是一件不容易的事，还原生活中的各种场景，旨在让孩子有换位思考的机会，懂得将心比心地去为父母着想。同时，还可以让宝宝投入到各种劳动中去，体验劳动的乐趣。

☆ 游戏四 谁得第一名 ☆

游戏玩法

1. 妈妈和孩子比赛画画，爸爸当裁判；

2. 爸爸先出一个主题，如画妈妈的样子；

3. 在规定时间里妈妈和孩子各自画画，时间到展示给爸爸看；

4. 爸爸决定谁赢得比赛，让妈妈和孩子互相评价对方的作品，说说哪里好，哪里不足。

小贴士

妈妈可以先假装画不好，输给孩子，增加孩子玩游戏的自信心；当妈妈获胜时，要求孩子说一说妈妈哪里画得比自己好，妈妈也说一说宝宝画中的可取之处。最后，爸爸手画一幅奖状发给最后的获胜者。

宝宝学到了什么？

这个小游戏鼓励孩子发挥想象力，锻炼绘画的才能。善解人意的宝宝，不仅仅是懂得体谅人、关心人，还应该懂得发现他人的优点。通过游戏，让孩子去主动发现别人做得比自己好的地方，同时也说出自己做得好的地方，学会正确地看待自己和他人的优缺点，正确对待比赛结果。

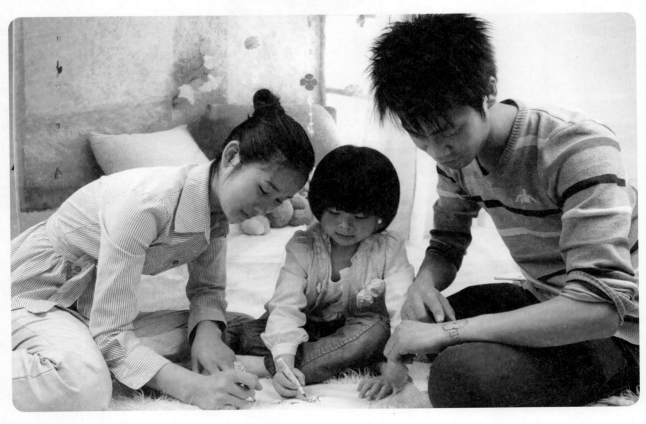

游戏五 抢答游戏

游戏玩法

1 进行家庭知识抢答竞赛，准备四个硬纸壳剪成圆形，两个上面画叉，两个上面画钩；

2 将画好的硬纸壳分给孩子和妈妈，爸爸当裁判；

3 爸爸问："宝宝喜欢吃青菜吗？"妈妈和孩子各举起代表错误的"大叉"或是代表正确的"大钩"；

4 爸爸记录下谁答对的多。

小贴士

尽量选择孩子熟悉的身边的问题，还可以问"妈妈每天都上班"、"爸爸经常流鼻涕"、"宝宝乱丢玩具"等。当孩子的判断和家长的判断出现矛盾时，可以让孩子进行解释，这样可以加深孩子对自己行为影响的认识。

宝宝学到了什么？

善解人意不是一件容易培养的品质，也不是人人都可以拥有。如果想要孩子拥有这项品质，就该从身边的小事情开始，让他认识到不管是自己还是他人，所做的事情都会对周围的人产生影响，进而引导他去判断自己行为的好坏。

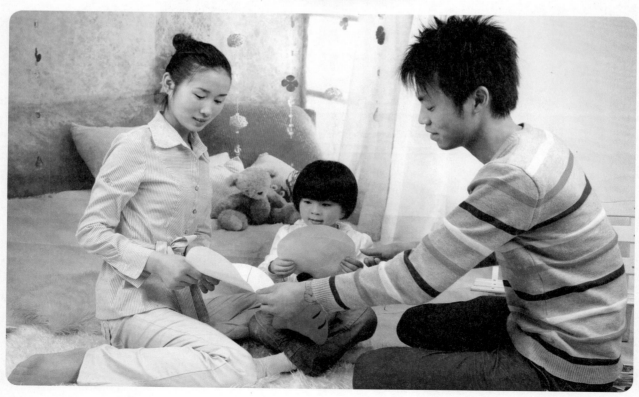

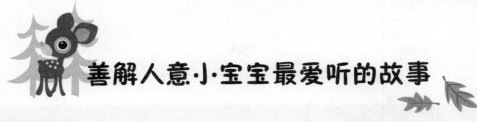

善解人意·小·宝宝最爱听的故事

故事一 乖乖猴摘草莓

森林里的草莓地迎来了大丰收，小动物们高兴极了。大家都要去摘草莓，乖乖猴也不例外，他和妈妈最喜欢吃草莓了。

乖乖猴这天一大早就起床了，背上大篓子和妈妈道别后，它就向森林里的草莓地出发了。一路上，它遇到了很多去摘草莓的小动物，有乌龟大婶、小猪、小松鼠……大家都乐呵呵的。

哎呀，乖乖猴终于走到了草莓地，又红又大的草莓长了一大片，乖乖猴想：这下好了，可以摘很多回去吃个够。乖乖猴的动作很灵巧，一会就摘了半篓子的草莓，这时，乖乖猴发现小松鼠在一旁叹气，乖乖猴连忙问："小松鼠，你怎么了，为什么在叹气啊？"

小松鼠说："我力气小，一次只能搬一点回家，妈妈在生病，我多想多摘一点回家呀。"乖乖猴想了想对小松鼠说："小松鼠，没关系，我力气大，跑得快，我帮你把草莓搬回家吧。"小松鼠高兴地说："乖乖猴，谢谢你！"说完，乖乖猴把小松鼠摘的草莓往自己的篓子里一倒，扛着小松鼠飞快地跑了起来，不一会就把小松鼠送到了家。可是自己摘的草莓全给了小松鼠，这可怎么办呢？乖乖猴看了看天上的太阳，才中午呢，还来得及再去摘一趟。他飞快地向草莓地跑去。

来到草莓地，乖乖猴不一会又摘满了一大篓草莓，可以回家了。乖乖猴正要往回走，突然看到乌龟大婶背上扛了一个小竹筐，才慢吞吞地爬到草莓地，乌龟大婶说："等我摘完，再爬回家都已经半夜了，家里的孩子还等着我呢。"乖乖猴想了想说："乌龟大婶，我的草莓送给你吧，我跑得快，一会再来摘。"说完背上乌龟大婶往她家里跑去了。

等乖乖猴送完乌龟大婶回家，天已经黑了，今天不能去摘草莓了，它只好背着空空的篓子回家。可是，猴妈妈听完乖乖猴的解释后，却开心地笑了，它摸摸孩子的头说："你能处处为别人着想，这是好事，妈妈应该表扬你，草莓明天再去摘也不迟。"说完两人都呵呵地笑了。

宝宝学到了什么？

为什么乖乖猴没有采到草莓呢？告诉孩子虽然乖乖猴没有采到草莓，但是他的妈妈还是表扬了他，因为他乐于助人，处处为他人着想，这是值得孩子学习的品质。

故事二 爸爸下班了

爸爸忙碌了一天，就要回家了。妈妈今天不在家，妞妞想给爸爸一个大惊喜。

妞妞围起围裙，学起了妈妈的样子，往水壶里加满了水，烧了一壶热开水；把蔬菜放到水池里清洗干净；拿起扫把把房间和客厅扫了个干干净净；用抹布将桌子擦得一尘不染。这时，小花猫来捣乱，跳到桌子上踩出了几个梅花印，妞妞抱起小花猫说："小猫小猫，你别捣乱，爸爸最喜欢干净的桌子。"

叮咚！叮咚！门铃响起，是爸爸回来了。妞妞赶紧打开门："爸爸，我来帮你拿背包。"妞妞爸爸还没反应过来，公文包已经被妞妞挂到了门后，一双拖鞋整整齐齐地摆在了面前。

妞妞把爸爸拉到沙发上，一杯热气腾腾的茶已经泡好端到了爸爸面前，爸爸说："妞妞学会烧水泡茶了，真能干！爸爸一会就去做饭。"妞妞说："爸爸，您工作辛苦了，今天我做饭。"说完一溜烟跑进了厨房。妞妞在厨房里忙碌极了，一会往锅里放蔬菜，一会加点盐，一会放点醋，不一会儿，香喷喷的饭菜就做好了。

这时，小花猫闻到了饭菜的香味又想来捣乱，在桌子下面转圈圈，妞妞抱起小花猫说："小猫小猫，你别捣乱，要等爸爸一起吃。"

饭菜终于做好了，吃着香喷喷的饭菜，爸爸直夸妞妞是个懂事的好娃娃。天黑了，爸爸累得在沙发上睡着了，小花猫跑来"喵喵"叫，妞妞说："嘘！小猫小猫请安静，爸爸已经睡着了。"说着拿出毯子盖在了爸爸的身上。

今天虽然很忙碌，可是妞妞心里美滋滋的，她感觉自己像个小大人了。

宝宝学到了什么？

通过故事教孩子从妞妞身上学会体谅人、关心人的品质，处处为他人着想，做一个善解人意的孩子。

故事三 糊涂的小猪

小猪觉得自己长大了，他要离开妈妈独立去生活，可是他平时又太懒，什么也不会做。

一天早上，小猪背上行李，对妈妈说要自己盖房子、自己采野果、自己挑水独立生活去，说完头也不回地走了，猪妈妈看着他直摇头。

小猪来到了一块空地上，他想："这块地真平坦，刚好可以盖房子。"说着它拿着树枝在地上比划来比划去，想好了房子的样子。它兴冲冲地跑去找木头，来到森林里却一下傻眼了：这么高的树，怎么才能搬得动呢？这时，它看到树底下放着一把斧头和绳子，于是想：太好了，哪个糊涂鬼丢下的，正好我拿来用。于是，又是砍又是扛，终于把木头运到了空地上。等小猪盖好了房子，天已经黑了。可是，妈妈以前盖房子的时候，小猪从来都没有过忙，所以现在它自己盖的房子看上去歪歪斜斜的，随时要塌的样子。这时，小猪肚子"咕噜、咕噜"地叫起来，上哪去找吃的呢？

小猪来到池塘边，灵机一动：不如抓几条小鱼当晚饭吧。小猪跳到水里，又是跳又是扑，但一条鱼也没抓到。眼看天越来越黑了，这可怎么办呢？突然，不远处有个东西闪了一闪，小猪一看：哈哈，又是哪个糊涂鬼忘掉的鱼篓子，里面还有好几条鱼，我就拿回家当晚饭吧。

小猪提着鱼篓往家里走，它被眼前的景象吓了一跳，歪歪斜斜的房子变得又结实又整齐，房子里还堆满了柔软的稻草。小猪得意极了，它想：肯定是哪个糊涂鬼，认错了门，帮我把房子整理好了。

这时，小喜鹊飞来了，它唱了起来："糊涂小猪，不会盖房子、不会抓小鱼，全是妈妈来帮忙。"小猪生气极了，对着小喜鹊说："这都是我自己做的！"小喜鹊又说："请你回家看看妈妈吧。"

小猪跑回家，发现家里的斧头和鱼篓都不见了，妈妈正在屋子后面整理晒干的稻草。他一下子全明白了，对妈妈说："好妈妈，谢谢你，我才是那个糊涂鬼。"猪妈妈说："傻孩子，妈妈只在你最困难的时候帮助你，以后你要靠自己努力了。"小猪点点头，下定决心一定要成为一个独立的人。

宝宝学到了什么？

接受别人的帮助不是一件难堪的事，懂得承认自己的不足，努力改正，继续积极地向目标前进才是最重要的事。

故事四 善解人意的小八哥

很久很久以前，世界上没有鸟类，是百鸟之王创造了现在所有的鸟类。

可是，百鸟之王发现大家都长得一样，而且都只会同样的本领。一天，它把所有的鸟儿叫到面前说："孩子们，你们都长大了，现在你们可以从我这里学到一样本领或者领取一个宝物。"

鸟儿们都兴奋极了，他们依次来到百鸟之王面前，或者学习一样本领，或者领取一件宝物。老鹰得到了锋利的爪子，猫头鹰得到了明亮的眼睛，还有黄莺得到了一副会唱歌的好嗓子……

最后，只剩下一件宝物和一样本领了。那是一件宝石般的羽毛衣服，百鸟之王说："谁穿上了宝石羽毛衣服，谁就是新的百鸟之王了。"而最后一样本领是善讲人言的绝技，但是学会这样本领的鸟儿，必须穿上一件黑色的衣服，那件黑色的衣服看上去太难看了。

这时，还有小八哥和孔雀妹妹没有领。小八哥和孔雀妹妹平时是一对好朋友，他们都觉得不该为了这样的事情争吵。

小八哥说："孔雀妹妹你先选吧！"

孔雀妹妹也说："小八哥你先选吧！"

宝宝学到了什么？

小八哥将宝石衣服让给了孔雀，但是他也学到了技能，得到大家的尊重。告诉孩子应该学习小八哥和孔雀相互尊敬、谦让的品质，这是与人相处的一个必备原则。

小八哥想来想去，绕过了宝石般的羽毛衣服，挑选了善讲人言的绝技，于是他的羽毛立刻变成了黑色。

所有的鸟儿都惊呆了，孔雀妹妹冲过去抓住小八哥的手说："小八哥，这件宝石羽毛衣服你为什么不选呢？"

小八哥说："小孔雀你比我聪明，本领比我大，你应该成为百鸟之王。"

小孔雀当上了新的百鸟之王。人们都夸孔雀的羽毛漂亮，但是人们也很喜欢善解人意的小八哥，因为他虽然长得不漂亮，但是却能言善道，是鸟类和人类交往的使者。

故事五 是谁帮助了熊猫奶奶

森林的最里面住着熊猫奶奶，熊猫奶奶已经很老很老了，它会讲许多关于森林的故事，可是眼睛却越来越模糊；熊猫奶奶会做许多好吃的点心，可是手却抖得厉害，连勺子都拿不稳了。熊猫奶奶伤心极了，她觉得自己实在是太老了。

可是，森林里的小动物们都非常喜欢熊猫奶奶，大家都听过熊猫奶奶讲的故事，吃过她做的美味的点心。于是大家商量，一定要让熊猫奶奶重新打起精神来。

小猴子是个机灵鬼，它到商场里买了一副老花镜。它悄悄来到熊猫奶奶家里，看到熊猫奶奶打着呼噜正在睡午觉，悄悄地把老花眼镜架到了她的鼻子上，哎呀！眼镜不大不小，刚好合适。等到熊猫奶奶一觉醒来，它发现真是太奇怪了，看什么东西都那么清楚，连树上结了几个果子都能数出来，熊猫奶奶太高兴了，她完全没有发现戴在鼻子上的眼镜。

小蜘蛛是个编织能手，大家都请它为熊猫奶奶编一副手套。小蜘蛛织啊织，织了一天一夜，终于把手套织好了，这是一副神奇的手套，不重不轻，不硬不软，戴上去舒服极了。趁着熊猫奶奶又在午睡，大家悄悄地把手套给熊猫奶奶戴了上去，不大不小也刚好合适。

等熊猫奶奶一觉醒来，它发现手一下子变得灵巧起来，不但能拿稳了勺子，还能织毛衣了。它一点也没有发现戴在手上这幅神奇的手套。

星期天，大家一起来到熊猫奶奶家，请它给大家讲故事做好吃的点心。熊猫奶奶像变了个人一样，精神好极了，一口气给大家讲了好几个故事，听得大家都忘了时间，等到肚子咕咕响时，才知道已经到了午饭时间。于是熊猫奶奶做了许多可口的点心，和大家一起吃起来，就这样，每个星期天熊猫奶奶又能给大家讲故事，做点心了，从此，大家快乐地生活在森林里。

宝宝学到了什么？

虽然熊猫奶奶不知道是谁帮助了它，但是它又能开心地生活了。其实，关心、爱护别人不一定要让他知道，能够帮助需要帮助的人，才是最大的快乐。

测一测：你的孩子善解人意吗

① 不管大人是不是在忙碌，都闹着要大人陪着玩。 Yes（　　）No（　　）

② 看到喜欢的东西就非要得到，怎么劝也不听。 Yes（　　）No（　　）

③ 总是认为自己是对的，非常执拗，不听大人劝说。 Yes（　　）No（　　）

④ 不会检讨自己的错误，把错误归咎到他人头上。 Yes（　　）No（　　）

⑤ 当大人由于突发事件不能实现承诺时，表现得非常激烈，不听大人劝解。

Yes（　　）No（　　）

⑥ 大人生病时，还是闹着要大人陪玩。 Yes（　　）No（　　）

⑦ 每天妈妈去上班时，都哭鼻子不让妈妈走。 Yes（　　）No（　　）

⑧ 就算大人警告过很多次，还是喜欢玩有危险性的游戏。 Yes（　　）No（　　）

⑨ 很少会主动帮大人干活。 Yes（　　）No（　　）

⑩ 当和小伙伴发生矛盾时，很少会主动退让。 Yes（　　）No（　　）

 注意 如果选Yes超过了一半，说明你的宝宝有点任性哦。

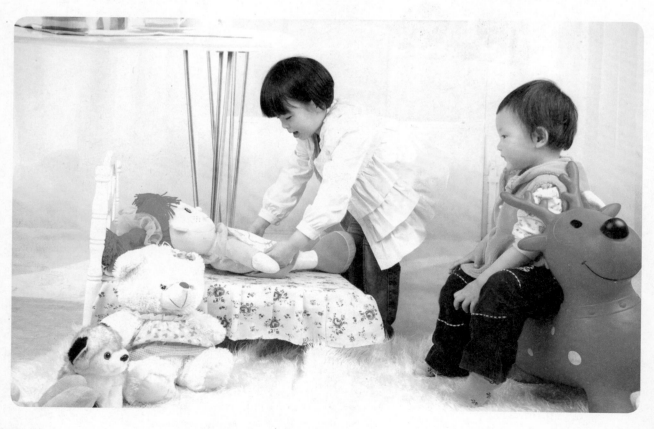

专家指点

如何教会孩子善解人意

教会孩子善解人意，不仅仅是让孩子体谅别人，更重要的是让孩子在与人交往中懂得善待他人，与人和睦相处，创建人与人之间和谐、友好、充满关爱的关系，从而为将来的生活、事业打下坚实的人际基础。

但是，学龄前的孩子往往很难做到善解人意，这和家长平时的抚养方式有很大的关系，如果家长过度娇惯、迁就孩子，就会让孩子总是从自己的喜好和需要出发或是考虑问题，常常不会体谅他人的需要，表现得非常任性。

怎样才能让孩子学会体谅、善待他人呢？父母可以从以下几方面入手。

首先，正确认识孩子的任性。

孩子从"自私"到"无私"，需要一个缓慢改变的过程，学龄前的孩子，还不懂得如何与人和谐相处，比如孩子非要买一个已经有了的玩具、离开妈妈会哭闹、不听大人劝解等，这些"自私"的行为，往往会随着孩子情感、阅历的发展逐渐得到改善，家长不应该简单地否定和指责孩子，而是要给予充分的理解和尊重。

其次，教孩子懂事理、明是非。

我们要纠正一个观点——以为孩子小，什么都不懂。这是非常错误的，其实，4～5岁的孩子已经能听懂各种道理，当孩子任性时，家长应该耐心地向孩子讲解他的行为会给旁人带来的困扰，让孩子尝试站在他人的立场上来看待事情。比如，大人有非常重要的事情需要去完成，而这些事又与孩子的意愿产生了冲突，这时要向孩子解释清楚，他的愿望不能实现的原因，让孩子学会谅解。

最后，教会孩子体贴和关心他人。

人与人都需要相互理解、关心和体贴，告诉孩子：父母、家人对他付出爱的同时，也希望得到他的爱和关心，让他理解，自己一次善解人意的行为，会让家人感到无比的欣慰，以此来激发孩子体贴、关心他人的愿望。

第三节 为孩子插上梦想的翅膀

想象力是孩子梦想的开始，长大后成功的人大多数都是幼年时期想象力、创造力很强的人。绝大多数人会随着年龄的增长失去了想象和创造的能力，为了保持住孩子的想象力，使他们成为有梦想的人，父母一定要保护并且尽最大的能力，让孩子尽情地发挥想象力。

 发挥孩子想象力的小·游戏

☆ 游戏一 家庭商场 ☆

 游戏玩法

1 让孩子在家里收集材料，当成商店里的"商品"；
2 指导孩子在床上、沙发上或者是桌子下面，搭建起他想象中商店的样子，可以用小布帘、小挂饰、雨伞等来搭建；
3 父母装成顾客，向孩子购买"商品"，或者是用别的东西和孩子交换"商品"。

小贴士

家长无须为孩子做过多的准备，孩子平时外出购物的经历，已经在他脑中形成了商店的样子，孩子需要的只是材料和父母的配合。因此，不要规定孩子"商店不能开在桌子下面、杯子应该摆放在左边"等等，任由孩子想象吧。

宝宝学到了什么?

5岁左右的孩子，已经能对大人提出的游戏主题通过想象加以充实，还能主动地提出游戏规则、角色分配、游戏情节等。角色游戏能让孩子对既定的生活经验进行再次处理，创造出自己想象中的场景，扮演自己想象中的角色，并且赋予角色更多的特色，这些对培养孩子的想象力和创造力非常有利。

游戏二
看图讲故事

游戏玩法

1️⃣ 准备好白纸和彩色笔，妈妈和宝宝各画一幅画；

2️⃣ 妈妈请宝宝指着他自己画的画，编一个故事讲给大家听；

3️⃣ 妈妈讲解自己的画，讲到一半时请宝宝接着讲下去。

小贴士

妈妈还可以假装只画了一半，请宝宝借助想象力补画其余的部分，然后向大人讲解画里的故事。有条件的家庭，还可以用录音机等录上宝宝的故事，留下美好的记忆。

宝宝学到了什么？

想象绘画没有任何限制，可以任由孩子发挥自己的想象力，然后再通过语言表达能力进行故事讲述，不仅培养了孩子的绘画能力、想象力，还培养了孩子的口头表达能力。

游戏三 蛋壳画

游戏玩法

1️⃣ 制作蛋壳小人。煮鸡蛋前，先用小铁锥将鸡蛋上下两端穿两个小孔，用嘴对着一个小孔吹气，将蛋黄和蛋清"吹"出来，然后将蛋壳清洗干净；

2️⃣ 准备彩色笔，妈妈先示范在蛋壳上画一个笑脸；

3️⃣ 让宝宝在蛋壳上画画，可以画上表情、小娃娃、花草等。

小贴士

在大人的指导下，让孩子自己尝试制作空蛋壳。鼓励孩子通过自己的想象，画出不一样的物品，还可以在蛋壳上贴各种小纸片进行装饰，如画一只小狗的脸，在蛋壳上贴上四只脚，做成一只蛋壳小狗等。除了教孩子用彩色笔外，还可以用棉签蘸墨水、蜡笔等给蛋壳上色。

宝宝学到了什么？

通过这个小游戏，可以培养孩子的动手能力，引导孩子利用废旧物品进行重新设计、装饰，创造出新的作品。一开始，孩子可能只是模仿大人的范例，大人可以通过提出一个主题来启发孩子，如蛋壳水果、蛋壳娃娃、蛋壳动物等，让孩子通过想象来画画，进而表达出内心的情感，获得审美、自信和独立等综合能力的发展。

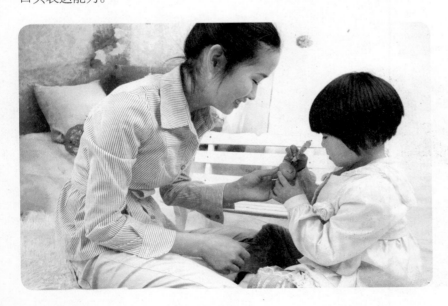

游戏四 揉面团

游戏玩法

1. 准备已经和好的面团；
2. 妈妈示范将面团压扁、揉成圆形，或是捏出一个小人；
3. 宝宝自己用面团捏出各种各样的物品。
4. 让宝宝给面团上色。

小贴士

注意玩游戏前一定让宝宝把手洗干净。可以在面团里加一点油和蜂蜜，让面团保持湿润不干裂，当孩子给面团上完色后，可将面团放到冰箱里保存，作为孩子制作的一件艺术品保存起来。

宝宝学到了什么？

面团非常柔软且没有固定的样子，可以让孩子根据自己的想象捏出各种有趣的样子，同时还能锻炼孩子手的灵巧性。

游戏五 画脸谱

游戏玩法

1. 准备一些硬纸壳和彩色笔；
2. 家长示范在硬纸壳上画出各种人脸，有大笑的脸、哭着的脸、生气的脸等；
3. 用剪刀将各种人脸剪下来，在眼睛上挖个洞，耳朵旁边穿两个小孔，系上两条线；
4. 妈妈给自己和宝宝戴上喜欢的脸谱。

小贴士

除了画人脸，还可以让孩子发挥想象力，画各种动物的脸。邀请小伙伴到家里戴上面具进行角色扮演游戏，孩子一定会玩得非常开心。

宝宝学到了什么？

通过游戏能激发孩子的想象力和创造力，不仅能培养孩子的绘画能力，还能让孩子随心所欲地运用绚丽的色彩构成千变万化的图案。

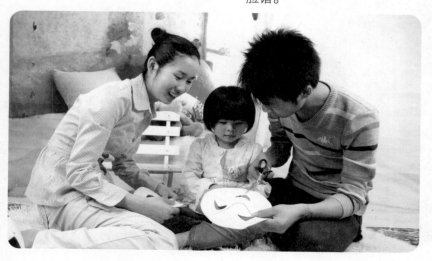

帮助孩子放飞梦想的美妙故事

故事一 我是一条鱼

星期天，我和爸爸一起去钓鱼。可是当我跳到水里游泳时，突然发现自己变成了一条鱼。

一条小黄鱼游过来用尾巴撞了我一下："快去开会吧！"我问小黄鱼："我也可以去参加吗？"小黄鱼说："当然，只要是鱼都可以参加，快走吧。"

我跟着小黄鱼来到了水底岩石的会场上，鲶鱼头领站在岩石上威武地说："鱼儿们，岸上的人想把我们钓上去，我们来和他开个玩笑怎么样啊？"小螃蟹说："我用夹子夹断他的鱼线！"小花鱼说："我们还可以和他来一次拔河比赛，一起咬住鱼线，把那个人拉到水里来！"鲶鱼头领说："好，就这么干！谁来参加啊，快报名吧！"小黄鱼又撞了我一下，说："快报名吧，把人拉到水里来多有趣啊！"

我心里别提多着急了，心想一定要给爸爸通风报信，于是我一口咬住了鱼钩，爸爸把我钓了起来，他哈哈大笑："我总算钓到鱼了，不过就是小了一点。"我落在草地上打了个滚，又变回了原来的样子，爸爸吓了一跳："你为什么变成了鱼啊？"我一口气把鱼儿大会的情况全部告诉了爸爸，鱼儿们如果把爸爸拉到水里，那就太糟糕了。

爸爸叹口气说："看来我以后不能再钓鱼了。"

宝宝学到了什么？

人真的可以变成鱼吗？鱼儿真的在开会吗？鱼儿除了开会还会做其他的什么事情吗？通过故事让孩子发挥自己的想象力，让幻想天马行空。

故事二 神奇的口袋

小娃娃有一个神奇的口袋，可以从里面变出各种各样的东西。口袋总是在小娃娃遇到困难的时候，能帮上大忙。

这天，小娃娃要给外婆送面包。他提着面包篮子，高高兴兴地出门了。妈妈在后面喊："带把雨伞吧，天马上就要下雨啦！"小娃娃头也不回："不用，不用，太阳公公还高高地挂在天上呢。"他一蹦一跳地走远了。可是过了没多久，刚才还阳光明媚的天，突然变得乌云密布起来，不一会儿，大颗大颗的雨点落了下来，哎呀，这可怎么办？雨水会把面包淋湿的！

这时，小娃娃拿出神奇的口袋，对口袋说："口袋呀口袋，请你帮帮我的忙吧。"当他从口袋里伸出手时，手里多了一把大雨伞，足够遮住五个小娃娃。小娃娃高兴极了，这下不会打湿外婆的面包了。他又蹦蹦跳跳地哼着歌在雨里走着，路边的小蚂蚁看到小娃娃说："小娃娃，我的家里进了很多水，你能帮帮我吗？"

小娃娃点点头，对着神奇的口袋说："口袋呀口袋，请你帮帮小蚂蚁吧。"小娃娃从口袋里拿出了一瓶肥皂泡，咦！要我吹泡泡吗？小娃娃心里很疑惑地吹起了泡泡，泡泡越吹越大，把整个蚂蚁窝罩了起来，原来是这样！雨水都顺着大泡泡流到了别的地方，还可以在泡泡里观赏雨景，小蚂蚁们高兴极了。

小娃娃继续向前走，路过小熊家，看到小熊在地上打滚，小娃娃敲敲门问："小熊你怎么啦？"小熊边掉眼泪边说："我吃了很多蜂蜜，现在牙齿可真疼，你能帮帮我吗？"小娃娃点点头，对着神奇的口袋说："口袋呀口袋，请你帮帮小熊吧。"说完从口袋里拿出了一把大牙刷，小娃娃把牙刷送给小熊说："请你以后要记得刷牙。"说完，继续往前走。

小娃娃又路过小兔的家，看到小兔坐在镜子前发愁，他敲敲门说："小兔，你为什么发愁啊？"小兔说："我要去参加晚会，可我不知道用什么

打扮自己，你能帮帮我吗？"小娃娃点点头，对着神奇的口袋说："口袋呀口袋，请你帮帮小兔吧。"说完，从口袋里拿出了一束美丽的鲜花，小兔高兴极了，用鲜花做了一个花环戴在头上，美丽极了。

这时候雨停了，小娃娃来到了外婆家。外婆拿着面包非常高兴。小娃娃拿出口袋说谢谢，不知道下次小口袋又会变出什么神奇的东西来呢？

宝宝学到了什么？

询问孩子是不是也想拥有一个这样神奇的口袋啊？如果有，最想口袋变出什么东西呢？为什么要变出这件东西呢？让孩子发挥想象力。

故事三 蘑菇风扇

夏天到了，天空中没有一丝云彩，太阳公公放射出它全部的光和热，森林里又闷又热，小动物们都热坏了。有一天，森林里电闪雷鸣，但是就是不下雨，天气更热了。

小白兔虽然也热得直冒

汗，但是它还是决定到山谷里去摘蘑菇。突然，山谷里吹出了一阵阵凉风，这是怎么回事啊？原来打过雷后，山里的蘑菇都变成了风扇。小白兔对伙伴们大喊："大家快来啊，山谷里有许多小风扇，好凉快！"小伙伴们来到了山谷里，看到蘑菇风扇非常好

奇，小白兔对小伙伴说："大家自己动手，把蘑菇风扇搬回家吧。"大家一起动手，小熊捧着一只最大的蘑菇走了，狗妈妈和小狗采了一大一小两只蘑菇也走了，大犀牛采了很多只大蘑菇捧回家去，蚂蚁们也不甘落后，他们排着队采走了一只只很小的蘑

菇。小熊把蘑菇摆在床边，变成了一台落地风扇；狗妈妈把蘑菇挂在屋顶上，变成了两台吊扇；大犀牛把蘑菇围成一圈，躺在中间真舒服；小蚂蚁们把蘑菇放在家里的各个角落，家里到处都是阵阵凉风。

山谷里的蘑菇都被小伙伴采光了，小白兔只好每天吃萝卜。夏天很快过去了，凉爽的秋天来了，大家都出来愉快地玩耍。大家商量，夏天的时候小白兔为了给我们吹风扇，吃了很久的萝卜，我们把蘑菇都送去给小白兔吧。大家捧着蘑菇风扇朝小白兔家走去，大家齐声说："谢谢你，我们把蘑菇还给你。"

小白兔家里堆满了吹干的蘑菇，到了冬天，他再也不愁没有东西吃了。

宝宝学到了什么？

　　真的有蘑菇风扇吗？家长可以启发孩子想象，和他一起画出蘑菇风扇的样子。

故事四 不负责任的巨人

丛林里住着一个有魔法的巨人，他每天到瀑布里喝水，靠着高山睡觉，他实在是太无聊了，总想着找点乐趣。

于是，他打算让丛林里的动物重新搭配。他把兔子的头装到了狮子的身上；把长颈鹿的脖子装到了猴子身上；把大象的粗腿装到乌龟身上；还把孔雀的尾巴装到了松鼠的身上。等巨人把所有的动物重新搭配好，他又高兴又累，不一会儿，就靠着高山睡着了。

可是这下，动物们都乱套了。狮子变成了兔子的脑袋，想吃肉也吃不成，因为兔子的两颗长门牙怎么也咬不断骨头，只能吃萝卜和白菜，狮子变得越来越瘦；猴子身上装了长颈鹿的脖子，每次他爬树的时候，脖子总是被树枝刮到，刮出了一条条伤痕，小猴痛苦极了；乌龟更糟糕，装了大象的粗腿，原本还以为能走得快一些，谁知道，要移动两条粗腿要费更大的力气，爬得更慢了，而且一游泳就沉到了水底；松鼠身上长了孔雀的尾巴，漂亮是漂亮了，但是爬树的时候太不方便了，拖着重重的尾巴，很艰难才能爬到树上，而且长尾巴只能放在树洞外。

小动物们都觉得还是原来的搭配最好，一起跑去找巨人，要求他换回原来的身体。巨人还在打着呼噜睡觉，小松鼠用尾巴挠了挠巨人的鼻子，巨人打了个喷嚏，震得地动山摇，他终于醒了，听了动物们的哭诉后，他觉得是很不方便，于是又一样一样地把小动物的搭配换了回来。

小动物们终于又恢复了往日愉快的生活，可是谁知道，巨人下一次又想出什么点子来打发时间呢？

宝宝学到了什么？

　　胡闹的巨人把世界弄乱了套，询问孩子，如果他是巨人，他想把小动物怎么搭配呢？

故事五 神奇的彩色笔

通通的爸爸是个伟大的科学家，经常发明很多神奇又古怪的东西，一天，他给了通通一支神奇的彩色笔，爸爸告诉通通要好好地使用这支彩色笔。

通通接过爸爸的彩色笔一看，这支彩色笔和普通的笔没什么区别啊，既不会发光也不会自己画画。通通感到很奇怪，但是他还是点点头，答应爸爸会好好使用这支笔。

这天，隔壁家的小妞妞哭着喊着要找妈妈，通通来到妞妞家哄了好久，妞妞还是"哇哇"地大哭。通通灵机一动："对了，用画笔给妞妞画一个洋娃娃吧！"通通很快在白纸上画了一个又可爱又漂亮的洋娃娃，神奇的事情发生了，洋娃娃竟然自己蹦出了白纸，一摇一摆地跑到妞妞的怀里，还给妞妞唱了一首好听的歌，妞妞捧着心爱的洋娃娃哈哈大笑起来。

通通又来到街上，这时他看到一个着急的阿姨牵着小宝宝往前跑，他叫住阿姨说："阿姨，您是不是有急事啊？"阿姨擦了擦脸上的汗说："再不快点，宝宝上学就要迟到了！"通通赶忙拿出彩色笔在地上画了一辆自行车，还没等阿姨反应过来，自行车就自己站了起来，小铃铛还一直"叮当！叮当！"的响，就像在招呼快来骑它一样。"阿姨，自行车送给你，快带宝宝去上学吧！"这个带孩子的阿姨听了通通的话才醒过来，连

忙说："谢谢你！"骑上自行车走了。

通通觉得帮助别人可真是件高兴的事。他又一想，自己一直想要一把玩具小手枪，为什么不给自己画一把呢？于是，他在石头上画了一把又大又威武的机关枪，刚一画完机关枪就跳了出来，通通挎在肩上别提多威风了。这时，小伙伴都来让通通画画，有的要小飞机，有的要小坦克，还有的要大皮球。这下通通可忙坏了，等到把所有的玩具都画好，太阳都下山了。

可是，半夜里通通和爸爸却被一阵吵闹声惊醒了。原来啊，小伙伴们开着小飞机和小坦克正在广场上打仗呢！"哐当！"一声，谁家的玻璃给打碎了；"轰隆！"一声，谁家的门又给炸开了。这下可好了，大家都来找通通让他赔砸坏的门和窗。

通通惭愧极了，他躲在爸爸身后想："唉，我没能好好使用这支彩色笔，这可怎么办呢？"

宝宝学到了什么？

询问宝宝要是他也有一支神奇的彩色笔，他想要画什么东西？故事里的小通通的做法对吗？

测一测：你知道怎样启动孩子的梦想吗

① 听完故事后，喜欢把自己想象成故事中的一个角色。　　　Yes （　　） No （　　）

② 和小伙伴一起玩游戏的时候，经常冒出好主意。　　　　　Yes （　　） No （　　）

③ 经常夸大其词地讲述某件事或某个经历。　　　　　　　　Yes （　　） No （　　）

④ 喜欢自己编故事。　　　　　　　　　　　　　　　　　　Yes （　　） No （　　）

⑤ 每当看到新事物时，总能联想到一些已经知道的东西的相似之处。Yes （　　） No （　　）

⑥ 非常喜欢玩角色扮演游戏。　　　　　　　　　　　　　　Yes （　　） No （　　）

⑦ 经常有好主意，得到老师的夸奖。　　　　　　　　　　　Yes （　　） No （　　）

⑧ 更喜欢玩有创造性的玩具。　　　　　　　　　　　　　　Yes （　　） No （　　）

⑨ 遇到问题总是喜欢刨根问底。　　　　　　　　　　　　　Yes （　　） No （　　）

⑩ 经常做出一些新颖的举动，吸引小伙伴的注意。　　　　　Yes （　　） No （　　）

 注意 如果选Yes超过了一半，说明你的宝宝很容易进入想象的世界。

专家指点

不要让条条框框拴住孩子梦想的翅膀

想象是没有边界的，孩子进入想象的世界里就可以天马行空，让思维自由的翔翔。孩子想象和创造力的潜能，是超出成人意料的，如果在幼年时期得到正确的挖掘，可能你的孩子就是天才。但是，实际生活中我们却常常看到，孩子被条条框框以及多重定向的思维模式所禁锢，想象力最终被扼杀在摇篮里。

不管任何时间、任何一次考试，孩子做任何一件事，家长都不要轻易打上固定的框架，以至孩子的创造力停滞不前。下面的各种错误，如果家长还在犯，请尽快改正吧，从现在开始，放弃这些扼杀孩子创造力的做法。

1. 给孩子固定的等级评定。

很多家长为了培养孩子的兴趣，让孩子参加各种培训班，出发点是好的，但是，这些技能在成年后，只有极少的孩子还能继续保持。造成这种结果最重要的原因是，孩子在学习一些艺术知识后，就要不停去参加各种等级考试，孩子的乐趣变成了一个任务，当孩子拿到等级证书后，感觉已经完成了任务，就不再去深挖艺术的潜能，失去了继续创造的动力。

还有一种情况，家长要求孩子达到同龄孩子的水平。每个孩子在身体、情感、智力发育上都不一样，有的孩子可能身体素质好，适合学习舞蹈、体操类课程，而不善于学习音乐、绘画，如果家长盲目忽视孩子的特长，要求孩子各方面的发展都符合同龄人全部水准，那么当孩子真的达到时，他的创造力就被抑制了。

2. 定向思维是孩子想象力最大的杀手。

这些错误体现在家庭教育的诸多方面，如孩子画画时，家长要求孩子一定要画得像，天空就必须是蓝色的，苹果就一定是红色的……最终孩子会变得非常沮丧，绘画变成了单纯的拷贝，孩子只是简单地模仿各种物体的特点，再重复到自己的作品里，想象力被严重束缚。

又如家长还喜欢为孩子的工作下定论，当孩子将他的绘画、捏泥作品展示给父母时，如果父母说："这是一只小狗。"但其实孩子心里想的是"这是一只狮子。"那么，孩子得到成人传达的信息——你错了。进而孩子将不再乐意向成人展示他的其他作品。

3. 帮助孩子做所有的选择。

孩子选择做任何一件事情，其实都有他自己的想法，不管在成人看来是荒唐的还是不切实际的，家长都应该给孩子充分的选择权。一些父母在孩子玩游戏时，为他挑选好玩具，以及玩具摆放的位置等，其实，你只需要为孩子提供足够多的原材料来创意，让孩子做出选择，他将摆弄出各种你意想不到的新花样。

第四节 让孩子明白知足才是快乐的源泉

很多家长都会遇到孩子"无限索取"的情况，一旦家长满足不了"贪心"宝宝的需要，他就会大哭大闹。贪婪是一种害人害己的品质，没有限度的索求，只会让周围的人远离自己，而且物质的丰盛也不能决定一个人的能力和在人们心中的地位，家长应该从小让孩子知道这些道理，帮助他们正确地认识世界，懂得知足才是快乐的源泉。

 训练孩子不贪心的小游戏

☆ 游戏一 运水工人 ☆

1 妈妈和宝宝各自准备好两个运水的小工具，其中一个装满水，一个是空的。准备好两个纸袋当运送工具；

2 在规定的时间内，将小桶里的水用纸袋运送到终点处的小桶里，谁运的水多就是谁赢；

3 谁的纸袋先破掉，谁就算输。

小贴士

用纸袋装水一次不能装太多，而且拿纸袋的方法也很有讲究，但是孩子事先不会懂得这些技巧。第一次玩时，可以任由孩子发挥，如果纸袋破了，再告诉孩子游戏技巧，并假装让孩子赢得比赛。另外，比赛还可以改成用纸勺子舀水等，可以让孩子来定规则。

宝宝学到了什么？

通过这个小游戏，可以让孩子懂得急于求成、贪心地往纸袋里加太多的水是不行的。很多事物都讲究"过犹不及"的道理，就算是玩游戏，也不能贪多、贪快，只有稳扎稳打才能赢得游戏的胜利。

游戏二 装字母玩具

游戏玩法

1 准备两个盘子，一些小字母玩具（或者其他形状的小物品），两个小勺子；

2 妈妈和宝宝比赛装字母玩具，妈妈示范用勺子将字母玩具舀到盘子里，看谁盘子里装得多；

3 如果字母玩具堆得太多撒了出来，就算输。

小贴士

为了达到教育孩子不贪心的目的，家长也可以假装往盘子里装了太多字母玩具，以至于字母玩具全部滚落出来，故意输给宝宝。

宝宝学到了什么？

孩子通常都有争强好胜的心理，喜欢一个劲地往盘子里装字母玩具，最后玩具全撒了，也输了比赛。游戏通过这样一个场景来教育孩子，就像装字母玩具一样，做事情不能太贪心，很多东西并非越多越好，要懂得知足。

游戏三 选玩具

游戏玩法

1 准备几张白纸，让宝宝在纸上写下想买的玩具，如果宝宝不会写，就让宝宝简单画出来；

2 将宝宝画的玩具一个一个立在他面前，引导宝宝说出为什么要买这些玩具；

3 告诉宝宝只能在这些玩具中挑一个。

小贴士

家长询问宝宝时，不能用"质问"的语气，应该耐心地对待宝宝的需求，比如引导宝宝："你觉得这个玩具好在哪里？""它是用来干什么的？""你需不需要这件玩具呢？"诸如此类的问题，将孩子对物品形式的关注，转移到对物品用途的认识上来。

宝宝学到了什么？

孩子有时候想拥有一件玩具，可能仅仅是因为玩具颜色好看，或者是因为别的孩子都有，这时要让孩子明白，要注重物品的使用价值，如果玩具买回来没有用，或者只是为了攀比，这是不可取的。让孩子从喜欢的玩具中挑出一件，并且认真考虑过这件玩具的价值，孩子才会对这来之不易的玩具更加珍惜。

游戏四 抓弹珠

1 在规定时间内，爸爸和宝宝比赛抓弹珠，看谁抓得多；

2 先准备两个开了洞的小盒子，每个洞口的大小只够爸爸或宝宝一只手放进去，在盒子里放满弹珠；

3 比赛开始，爸爸和宝宝分别从对应的盒子里往外抓弹珠；

4 因为洞口的大小只够一只手通过，所以如果抓得太多，手就会卡住。时间到，看谁抓到的弹珠多。

小贴士

宝宝可能一开始不懂得游戏技巧，爸爸可以先赢一轮比赛，然后再向孩子讲解，一次拿太多，手会卡住，还不如一次少拿点，速度快点才有机会赢得比赛。这个游戏还可以让宝宝邀请小伙伴来家里一起玩。

宝宝学到了什么？

就像在生活中，一次想要做好全部的事情是很难的，不可能既抓了很多弹珠又顺利地通过洞口，必须要懂得取舍，要知足不贪心，这才是学习、工作、做人的智慧。

游戏五 捞玻璃球

游戏玩法

1. 准备两张白纸，一个小盆子，里面装着大小不一的玻璃球；

3. 孩子和妈妈比赛，在规定时间内，看谁用纸勺子舀出来的玻璃球最多，谁就是胜利者。

2. 将白纸折成两个小勺子，孩子一个，妈妈一个；

小贴士

纸勺子非常柔软，舀玻璃球的时候，一次不能太多，否则勺柄就会弯曲，承担不了玻璃球的重要，要想要游戏中获胜，不能总是舀太多的玻璃球，应该用最快的速度舀玻璃球，才能较长时间保持勺子不变形。

宝宝学到了什么？

在游戏中，孩子为了获胜，总喜欢舀太多的玻璃球，正是因为想走捷径却不管纸勺子能否承受这么大的重量，最后勺子弯曲，连玻璃球也舀不起来。因此，通过游戏可以教育孩子凡事都不能太贪心。

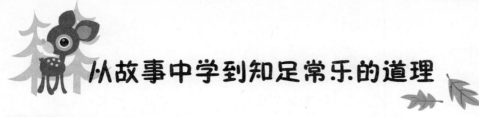

从故事中学到知足常乐的道理

故事一 贪心的狗

有一只出门旅行的小花狗，它已经走了很多天的路，它饿极了，但就是找不到吃的。

终于，小花狗在草地上发现了一块肉，它高兴坏了，心想："一定是猎人不小心掉在这里的，那块肉看起来可真好吃。"于是，它飞快地朝肉跑过去，咬住那块肉，可是它舍不得马上吃，它心里想着："这块肉可真香啊，我可不能马上吃掉它，我要把它带在身上慢慢地享用。"

小花狗慢慢地继续往前走，当它路过一座小桥时，它听到了桥下"哗啦啦"的河水声，听起来真好听，它忍不住停下来往桥下看。哎呀！小花狗看到河里有一只狗，那只狗也叼着一块大肥肉，"为什么那块肉好像比我的还要大？"于是，小花狗决定要把那块肉给抢过来。

可是小花狗犯了个错误，当他一开口对着桥下的狗"汪！汪！汪！"大叫时，它嘴上咬着的那块美味的肉掉到了小河里，被哗哗的河水飞快地冲走了。这只贪心的小花狗终于发现：河下的那只狗是它自己倒映在河里的影子。小花狗懊恼地说："哎呀，都怪我太贪心了，不仅没有得到更大的肉，连自己好不容易找到的肉也没有了。"

贪心的小花狗只好饿着肚子继续往前走。

宝宝学到了什么？

为什么小花狗的肉会掉到水里呢？通过故事告诉宝宝不要像贪心的小花狗那样，最后连一块肉也没吃到。

故事二 空手而归的猴子

有一只小猴子在森林里游玩，突然它发现了一片结满了玉米的玉米地，它高兴极了，跳起来说："哇！好多的玉米啊，吃起来一定很甜，先让我来尝尝。"于是，小猴子跳到玉米地里摘起玉米就吃，味道好极了，小猴子决定摘一些玉米回家吃。

小猴子抱着玉米往家里走，它路过了一片桃子园，所有的桃树上都结满了又大又红的桃子，小猴子又跳起来说："哇！又大又红的桃子一定很好吃，我要摘一个尝尝！"小猴子飞快地爬到桃树上，摘起桃子就吃，一个、两个、三个、四个……小猴子吃得肚子撑了起来。它终于吃饱了，但

是它想：这么好吃的桃子，一定要摘回家，明天接着吃。于是，它丢掉了手里的玉米，捧起了桃子继续往前走。

小猴子路过了一片西瓜地，哎呀！好多又大又圆的西瓜啊！有些西瓜熟透了，还露出了红红的瓜瓤，看起来甜极了。小猴子忍不住留下了口水，虽然小猴子已经吃得很饱了，但它还是忍不住抱起一个西瓜吃了起来，它的肚皮变得更大了。吃完西瓜的小猴子，看了看手里的桃子想：桃子和西瓜比起来，还是西瓜更大更甜，于是它丢掉了桃子，摘了西瓜继续往前走。

突然，一只小白兔从草丛中跳了出来，又蹦又跳真

可爱。小猴子心想：小白兔真可爱，要是捉回家，大家一起玩，那该多好啊！于是小猴子向小白兔跑去，可是它吃得饱饱的肚子太大了，他根本追不上小白兔，一转眼，小白兔跳到草丛里不见了。

小猴子气喘吁吁地坐在大树下，哎呀！手中的西瓜早就不见了，它心里后悔极了，要是不这么贪心就好了，现在什么都没有，只好空手而归了。

宝宝学到了什么？

贪心的小猴子捡了桃子丢玉米，捡了西瓜丢桃子……最后什么也没得到，这都是贪心的结果，告诉孩子千万不能学小猴子，要懂得知足。

故事三 渔夫和大鱼

从前有一个渔夫，他每天驾着小船到海上捕鱼。有一天，他把撒下的网拉起来时，发现网里有一只五彩斑斓的小鱼。渔夫抓住小鱼，打算用小鱼来当午饭吃。这时，小鱼开口了："求求你，不要吃了我，我带你到可以捕到大鱼的地方。"

渔夫相信了小鱼的话，把小鱼放回了海里，小鱼把渔夫带到了一片陌生的海面上，渔夫一撒网，果然捕到了一条山羊那么大的鱼。渔夫回到岸上，他把这条鱼献给国王，国王非常高兴，赏给了农夫一个金币。

第二天，渔夫又来到了那片能捕到大鱼的海面，第一网撒下去，他捕到了一条毛驴那么大的鱼，渔夫眨眨眼，他想：一定还有更大的鱼。于是他把毛驴那么大的鱼丢回海里。

第二次撒网，渔夫捕到一条黄牛那么大的鱼，渔夫高兴极了，他大喊："一定还有更大的鱼！"说完，他又把黄牛那么大的鱼丢回了海里。

第三次撒网，他费尽了力气拉上来一条大象那

么大的鱼，他惊呆了，大喊："国王一定会赏我更多的金币。"他拼命收紧渔网想要捉住这条大鱼。可是大鱼只要轻轻地一挣扎，小船就剧烈地摇晃起来。

这时候，那条五彩斑斓的小鱼出现了，它游向渔夫喊道："快放手！船就要翻啦！"

可是渔夫根本不听小鱼的话，反而更加用力地抓住渔网，大鱼开始疯狂地扭动身体，想要摆脱渔网的束缚，小船跟着它左摇右晃，突然，大鱼尾巴打到小船上，小船终于翻了。

贪心的渔夫掉到大海里，再也没有回来。

故事四 馋嘴的猴子

秋天来了，农民伯伯辛苦种下的水稻终于到了收获的时候，看着金灿灿的稻穗，农民伯伯心里乐开了花。

可是，每年这个时候，山里的猴子就会来偷吃，不仅偷吃，猴子们还把成熟的稻穗踩得稀烂。农民伯伯看着被糟蹋的稻穗，又气又急，可是猴子太机灵了，谁也抓不住这群可恶的坏蛋。于是，大家聚在一起开会，商量怎么才能让猴子自投罗网。

住在村子东边的花匠想出了一个好办法，大家听完他的主意，都佩服地点点头，决定就按花匠的办法对付馋嘴的猴子。大家回到家里，把家里用来装水的葫芦拿了出来，拔下葫芦盖子，往里面装了猴子最喜欢吃的大米，把葫芦挂在树上，然后都回家去了。

到了晚上，偷吃的猴子又来了。它们远远地就闻到了葫芦里大米的香味，于是纷纷爬到树上，把手伸进葫芦里偷大米。但是，葫芦口仅仅够猴子的手伸进去，如果抓了一把大米握成拳头时，猴子的手却怎么也拉不出来了。猴子看来看去，实在舍不得把到手的大米放回葫芦里，它们想尽了办法，却始终没能把手从葫芦里拿出来。

第二天早晨，农民们来到大树下，看到猴子们还是紧紧抓住大米不肯放手，大家拿来了网子，一口气把所有的猴子都抓了起来。

原来，花匠根据猴子好吃、贪心的特性，想出了这个抓猴子的好办法，让它们自投罗网。

故事五 老虎的牙齿

森林里有一只可怕的大老虎，它长着又长又锋利的牙齿，还有一张锣鼓那么大的嘴巴，谁看到它的尖牙齿和大嘴巴都要赶紧逃走，不然就会成为老虎的美餐。

森林里所有的小动物一提起老虎的牙齿就吓得直发抖，可是有一只小猴子它不害怕，小猴子说："老虎的牙齿有什么可怕的，我能把老虎的牙齿全拔下来！"大家都不相信猴子的话，都摇摇头说猴子是吹牛大王，小猴子神气地说："你们不相信？那就等着瞧吧！过不了多久，老虎就会变成一只没牙的老虎！"

大胆的小猴子跑到老虎跟前说："大老虎，这是什么你见过吗？"大老虎一看，来了个不怕死的小猴子，生气地说："好你个小猴子，竟敢跑到我面前来威风，看我不吃了你！"小猴子不慌不忙地说："我有什么好吃的，糖果你吃过吗？那是世界上最好吃的东西！"大老虎一听，就问："哼！你吃过糖果吗？"猴子说："当然吃过，我还要送最好吃的糖果给您吃呢！"老虎一听可高兴了，接过猴子给的糖果放在嘴里，哎呀！这就是糖果啊！真甜真香啊！大老虎好高兴，它命令猴子给它弄来更多的糖果。

于是猴子每天都用大卡车运来许多的糖果，有棉花糖、水果糖还有巧克力，大老虎连睡觉的时候嘴里都含着糖果。忽然有一天，大老虎牙疼了起来。

"哎哟哟！哎哟哟！"它不停地叫唤。这时，猴子来了，大老虎说："猴子兄弟，你对我最好，你帮帮我吧。"猴子让老虎张开嘴看了看，"哎呀！老虎大王，你的牙齿全坏了，要全部拔掉才不疼。"老虎哪里还管得了这么多，同意了猴子的主意。

于是猴子找来一根结实的绳子，一头把老虎的牙齿全部拴好，一头拴在大水牛的尾巴上，它又找来一串鞭炮，点着了火，只听"啪！啪……"吓了一跳的大水牛冲了出去，这一跑把老虎的牙齿全拔下来了。

过了几天，老虎的牙齿不疼了，它又要吃糖。但是猴子说："没有糖果了。"老虎生气地说："快去给我弄来，不然我吃了你！"可是猴子还是不紧不慢地说："你现在是没牙的老虎，谁也吃不了了。哈哈哈！"老虎一听，生气极了，张开大嘴一扑，咬在猴子身上，可是猴子一转身就爬到了树上，老虎什么也没咬住。

贪吃的老虎终于发现自己上了猴子的当，可是有什么办法呢。它已经再也没有牙齿，也不能欺负小动物了。

> **宝宝学到了什么？**
>
> 故事中的大老虎本来有一口锋利的牙齿，可是却因为贪吃，吃了许多糖果，结果被猴子拔掉了全部的牙齿。这个故事告诉孩子，不能像老虎那样，光顾着贪吃，结果牙齿全都掉光了。

测一测：你的孩子懂得知足吗

① 看到喜欢的东西，总是哭着闹着要买，不管是不是已经有了好几个。 Yes（　　　） No（　　　）

② 看到小伙伴有一个新款的玩具，也闹着要买。 Yes（　　　） No（　　　）

③ 和小伙伴玩游戏时，总喜欢把最好、最大的玩具霸占在手里。 Yes（　　　） No（　　　）

④ 就算已经吃饱了，还是会把自己喜欢吃的东西拿在手里，不会分给其他人。

Yes（　　　） No（　　　）

⑤ 认为父母给自己买玩具、买零食是应该的，偶尔有一次遭到拒绝就会发脾气。

Yes（　　　） No（　　　）

⑥ 经常说话不算话，如，说好了只吃三颗糖，吃完了又闹着要吃。 Yes（　　　） No（　　　）

⑦ 不懂得节制，喜欢吃的东西就吃个不停，不喜欢吃的东西看也不看一眼。

Yes（　　　） No（　　　）

⑧ 不愿意分享，认为拥有最多玩具的人，就是伙伴中最厉害的人。 Yes（　　　） No（　　　）

⑨ 很想要小伙伴手里的玩具，可是又不愿意放弃自己手里的玩具。 Yes（　　　） No（　　　）

⑩ 最喜欢听老师、大人的称赞，当老师称赞别的小朋友时，会很不高兴。

Yes（　　　） No（　　　）

注意 如果选Yes超过了一半，说明你的宝宝有点贪心哦。

专家指点

如何对待"贪得无厌"的宝宝

处在形成是非观年龄段的孩子，很容易受家长一言一行的影响，如果有一对贪心的父母，孩子也必定会将全部的东西都占为己有，不会与人分享，甚至还会强占别人的东西，无节制地向他人索取。父母不要认为大事上教育孩子分辨是非就足够，其实，培养孩子知足、不贪心的品质，必须要从小事做起，父母应该在小事上当好孩子的榜样。

场景一：诚诚在玩具店里大喊，为什么妈妈想买什么就买什么，为什么我不可以买？

看到这样的场景，可能大多数父母都不知道怎么回答孩子。孩子会这样发问，说明父母平时的消费习惯已经慢慢地影响了孩子。孩子是通过观察成人的言行而产生物质化的欲望，一旦他发现父母喜欢购物，总是从商店里搬回大大小小的物品，他就会觉得父母也一定可以满足自己的愿望。这时父母不能粗暴地回答孩子："你就是不可以！"这样孩子会觉得很委屈。家长应该尽量向孩子解释大人买的东西有哪些用处，如果不是特别需要的物品，我们就下次再买。

场景二：5岁的甜甜喜欢吃巧克力，说好了只吃两块，妈妈说："这是最后一块了"，甜甜点点头，可是吃完了还是对妈妈说："我还要再吃一块！"

这个年龄段的孩子面对自己喜欢的东西，他们的占有欲表现得很强烈，而自我控制能力较差，当愿望得不到满足时，就会通过哭闹来宣泄内心的不满，出现甜甜那样要赖、说话不算数的行为。建议父母不妨在甜甜吃第一块巧克力前，就认真地和她协商好，在吃的过程中不断地强调事先的约定，当孩子能够遵守约定时，及时给予表扬和认可，久而久之，孩子就能逐渐控制好自己对物质的欲望。

场景三：浩浩占着一堆玩具，还跑过去抢弟弟手里的小汽车，抢到小汽车后，也不愿意分给弟弟一个玩具，惹得弟弟大哭起来。但是，浩浩并不珍惜这些玩具，总是到处乱丢。

浩浩对物质占有欲非常强，但是他又不珍惜这些玩具。像浩浩这样的孩子很多，这和父母平时的过度宠爱有关系。平时，父母总是孩子一哭闹就满足他的愿望，使他觉得所有的玩具只要通过哭闹就可以获得，并不懂得珍惜，并且变得很自私，自己不玩也不让给弟弟。要改变孩子贪心的习惯，父母应该及时纠正对孩子的养育方式。还应该告诉孩子，父母赚钱很辛苦，买玩具送给宝宝，是希望宝宝能开开心心，同时，大人也希望孩子能珍惜父母的劳动。孩子理解父母的用心良苦后，会逐渐改变贪心、不懂得珍惜的坏习惯。

第七章

5~6岁情商培养巩固阶段
让孩子学会用智慧解决难题

　　孩子马上就要进入学龄阶段，他将拥有更多的独立空间和更主动的行为能力，他不再是那个遇到问题只懂得哭闹求助父母，不懂得照顾自己的孩子了。这时的孩子像个小大人一样，知道观察、理解大人的情绪变化，懂得关心他人，还能通过开动脑筋解决各种难题，并且自己的行为也更符合社会行为规范。但是，孩子真的拥有足够的独立能力，去应对学龄阶段的各种困难了吗？这时，父母应该教给孩子更多解决实际问题的方法了。

第一节 从生活中培养解决实际问题的情商

5～6岁的孩子已经明显地表现出个人的特长、爱好和性格倾向，并能对自己的行为作出评价，能在成人的指导下逐步掌握各种社会行为规范；与人交往时，懂得一起解决问题，遇到矛盾时，知道选择解决的办法，而不是大声哭闹。同时，孩子辨别是非的能力也逐步提高，孩子到了更进一步走向社会的阶段。在孩子入学前，家长应该注意培养孩子养成爱学习的好习惯，并且传授孩子遇到危险时自我保护的办法，让孩子学会用智慧解决难题。

❀ 父母不可不知——5～6岁孩子身心发育状况

5～6岁的孩子，已经能够完全脱离父母自由自在地活动了，他们的肌肉开始变得发达，手脚合作完善，喜欢跳高、跳远、攀爬等各种运动，尤其喜欢竞争类游戏，并对绘画、音乐表现出很大的兴趣。日常的自理工作，如穿衣、上厕所、系鞋带都能够熟练地完成。

5～6岁的孩子情绪稳定，有良好的适应能力，做事也变得非常认真，有责任感，有同情心，自尊心极强，当事情做得不好的时候，他们会感到沮丧、懊恼，成功时会感到骄傲和自豪。这个年龄段的孩子思想仍然很简单，对一件事情的专注时间维持在25分钟左右，他们很喜欢听故事，并且会对故事的情节产生疑问：为什么?怎么会变成这样?他们的小脑袋里总是塞满了各种问号。思维活跃的同时，孩子还懂得控制自己的情绪，但是喜怒哀乐还是表现无遗。他们还产生了矛盾的心理，遇事不仅仅是"是"和"不是"的区别，如他们会想"去还是不去?""喜欢爸爸、妈妈还是喜欢老师?"，使得孩子的想法变得更难捉摸。

在人际交往方面，孩子认为自己什么都能做，不愿意独自玩耍，更喜欢和一个或更多的孩子一起玩，部分孩子已经能在孩子群中表现出领袖风范。这时，孩子能互相制定角色，设计游戏环节，并在游戏中一起解决问题、化解矛盾。孩子还懂得了通过改变自己的行为，来使周围的人开心，在集体活动中能遵守规则，自制力和忍耐力都有所提高。

❀ 父母的困惑——
5～6岁情商培养常见问题

这个年龄的孩子通常表现得比较矛盾，有时觉得自己已经长大了，有时又觉得自己还是个小孩，因此他们急于独立，但是又经常遇到困难。为此，孩子有时还是会表现出情绪不稳定的情况。

1 易激动。

当孩子有自身的需求时，他喜欢尽快得到满足，但是个人意愿总是和生活实际相冲突，成人不可能满足孩子所有的愿望，如果再加上外部事物和环境的刺激，孩子的情绪就会出现爆发。

2 情绪外露，易受外部因素影响。

孩子的情绪总是在脸上表现无遗，高兴的时候会手舞足蹈，向亲近的人诉说；生气的时候则瞪眼跺脚，不再和任何人说话。而当有拿到新的玩具、穿上新衣服、妈妈离开等外部因素影响时，都可能使孩子的情绪发生变化，从一端迅速发展到情绪的另一端。很多时候孩子情绪出现起伏，并不是由他自身发展出来的，而是周围人情绪变化而引起的。

3 没有形成自觉学习的习惯。

这个阶段中，孩子的学习动机还是停留在好奇心和一时的冲动上，而且持续的时间较短，一旦发现自己解决不了问题，很容易就产生放弃的念头，家长应该认真培养孩子自觉学习的习惯，为即将进入小学做好准备。

❀ 为孩子创设独立发展的空间

孩子有很强的求知欲是件好事，但是孩子还不懂得把握和挖掘自己的潜能，这些需要家长的帮助。这个阶段是孩子入学前的准备时期，如果这时得到正确的教育，对他们将来一生都将产生积极的意义。

1 运用游戏的方式挖掘孩子各方面的潜能。

游戏选材应该符合5～6岁孩子身心发展的特点，如做一些数字卡片，让孩子认识数字；每天定时给孩子讲故事，让孩子重复故事内容等，在游戏中让孩子学到知识，并且不会产生学习的负担。

2 巧妙运用生活中的机会向孩子讲道理。

抓住生活中的一些小事情，来向孩子讲道理，比父母让孩子坐在对面，按照教科书上的材料教他懂道理效果要好得多。另外，不要扼杀孩子提问的积极性，要有意培养孩子爱问问题的好习惯，在回答的过程中，巧妙地穿插入各种人生道理。

3 尽可能提供条件，让孩子做感兴趣、有意义的活动。

当家长发现孩子有某一种兴趣爱好时，应该尽可能提供给孩子发展这种兴趣的条件，如孩子喜欢运动，可以买来球拍和孩子打乒乓球、羽毛球等，如果是不好的兴趣，则应该及时转移他们的注意力，使孩子对这个不良兴趣淡化。有的家长培养孩子的兴趣，只是为了满足自己的虚荣心，这种做法是非常不可取的。

4 家长不要过度保护，应该教孩子懂得自我保护。

5～6岁的孩子喜欢运动，这是让家长头痛的问题，大人总是担心孩子摔了、碰了，衣服脏了；还有些孩子喜欢探索周围的世界，沉浸在自己的"冒险"中，可是危险总是无处不在。家长应该事先告诉孩子，哪些事物存在危险性，教会他们自我保护的技巧，这样才能让孩子更大胆，家长才能更放心地让孩子去独立发展。

第二节 让孩子养成自觉学习的好习惯

家长都不希望孩子在自己的监督、呵斥下才去学习，变成为家长而学习。因此，学龄前儿童培养良好的学习习惯非常重要。培养良好的学习习惯，目的在于提高孩子的学习能力，让孩子在即将到来的小学学习中能胜人一筹。

 爱学习的好习惯在游戏中养成

 游戏一 制订计划

 游戏玩法

1 教会孩子懂得制定每日计划。先从日常生活中的小事开始，如每天按时起床、回到家记得先洗手等；

2 用白纸教孩子制作计划表，如"按时起床"这项完成后，就在后面画一个笑脸；

3 将计划表贴在墙上，每天让孩子自己记录。每周进行一次表扬会。

小贴士

计划表应该从孩子容易完成的目标开始制定，父母稍微提醒让孩子自己来制定，并且孩子可以决定什么时候开始，什么时候终止，但是这些在完成计划表时要和孩子说好，不要中途轻易放弃，家长对孩子的计划进行监督，随时提醒他遵守计划，鼓励他坚持到底。

宝宝学到了什么？

好的学习习惯，来源于良好的生活习惯，一个生活有规律、勤劳的人，更容易养成自觉学习的习惯；而一个懒惰、任性的孩子，很难在学习中发挥主动性。教孩子从简单的生活计划入手，当孩子成功完成后给予表扬，并适时地加入一些新的计划，逐步过渡到孩子心中有计划，达到规律生活、自觉学习的目标。

❖ 游戏二 绘画日记 ❖

1 准备一本图画本，彩色笔，在本子封面上写下"宝宝的日记本"；

3 当孩子完成画作后，让孩子写下日期，并根据图画讲述这件事发生的过程。

2 让孩子在本子上通过想象，画出今天幼儿园或者是家里发生的一件事；

小贴士

学龄前孩子多数只能写出自己的名字，还不会写字，但是孩子最喜欢的就是绘画。家长可以抓住孩子喜欢画画的特点，鼓励他用画画记录每天发生的事情，可以简单，也可以复杂，鼓励孩子每天坚持画一幅画。隔一段时间还可以让孩子根据绘画日记，讲述发生过的事情。

宝宝学到了什么?

最适合孩子年龄特点的学习方式就是玩，把孩子需要学习和掌握的知识融入游戏中，孩子会更感兴趣，并且乐于接受。通过绘画记录发生过的事情，不仅可以发挥孩子的想象力，锻炼他的记忆力，还可以培养绘画能力，让孩子在不知不觉中养成写日记的习惯。

游戏三 每日一课

游戏玩法

1 准备一块小黑板，让孩子自己订下一个固定的时间，给父母上课；

2 父母认真地听孩子讲课，还可以提出一些小问题；

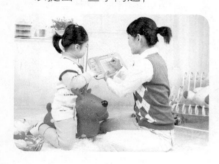

3 讲课结束，让孩子表扬一下认真听课的爸爸妈妈。

小贴士

上课时间可以选择在晚饭后，让全家人积极参与进来，讲课的时间由孩子自己定，但是不宜过长，不要占用孩子自由玩耍的时间。课程内容可以是幼儿园里的新知识，也可以教父母唱一首歌。家长的表情要配合孩子，让孩子获得成就感。

宝宝学到了什么？

很多学过的内容，孩子一转眼就忘记了，每天让孩子给家长上课，可以帮助他复习学过的知识。孩子还会在上课过程中获得成功感、自豪感，从而激发他每天认真学习的激情。

游戏四 一起种蒜苗

游戏玩法

1 准备一些发芽的蒜苗，一个装满土壤的小花盆，和孩子一起把蒜苗种到花盆里；

2 让孩子每天观察蒜苗的成长，比如记录高度，每天按时浇水等；

3 当蒜苗成熟后，让孩子亲手摘下蒜苗给妈妈做菜，可以留下一小片继续种植。

小贴士

父母可以协助孩子做观察日记，把蒜苗的成长过程用图画或文字的形式记录下来。还可以让孩子收集各种种子，观察其他植物的生长过程，在遇到问题时，鼓励他查阅相关的书籍，在书中找到答案，解决问题。

宝宝学到了什么？

观察植物成长，不仅是一个游戏的过程，还是一个动手、观察的过程。在这个过程中，学会发现问题、解决问题，孩子对自然的兴趣和好奇心也得到了培养。亲手种植，看植物一点点长大，然后收获成熟的果实，对孩子来说都是前所未有的体验。

游戏五 每天一个字

1 准备一把小纸片和一个小瓶子，每张纸片都写上一个孩子学会的汉字；

3 根据纸片上的字说一句简短的话，或是告诉妈妈今天有没有发生和这个字相关的事情，或是唱一首有这个字的歌等；

2 每天孩子从幼儿园回来都让他从小瓶子里摸出一张纸片；

4 孩子表演完，纸片重新放回小瓶子里，妈妈给予一定的奖励。

小贴士

不一定是单个的字，也可以是一个词语，尽量选择名词、动词之类孩子生活中经常用到的词语，让他轻松地完成每天这个小任务而不感到负担。还可以换家长来摸纸片，和孩子轮流进行游戏。

宝宝学到了什么？

游戏旨在让孩子在不经意间形成一种学习的习惯。学习不一定就是在教室里、在课堂上，也不一定都由老师来讲解，而应该在游戏中学习，让孩子没有负担、没有压力地去探索，当孩子觉得很好玩时，学习的目的其实就已经达到了，在不知不觉中他慢慢地学到许多知识。

讲给爱学习的孩子听的故事

故事一 爱学习的小老鼠

有一只小老鼠，他非常爱学习，经常游历世界各地，向学问高深的人学习。有时候他会去请教小熊捕鱼的技巧，去请教小猪如何种出又肥又大的西瓜，只要可以增长知识，他一定不会放过任何一个学习的机会。

渐渐的，小老鼠成为了一个知识渊博的学问家。很多小动物遇到了困难，都喜欢去请教小老鼠。有一天，有一只猫也去了，但是他不是去请教问题，原来，他非常讨厌这只知识渊博的小老鼠，一直寻找机会吃掉小老鼠。

等所有的动物都走了，小猫晃晃悠悠地走到小老鼠面前说："小老鼠你真讨厌，不就是一只小老鼠吗？为什么要装作很有学问的样子。"

小老鼠仰起头说："小猫你错了，学习能让我们拥有更多的知识，掌握更多克服困难的办法，还能去帮助有困难的人，如果人人都爱学习，一定会把我们的家园建设得更好。"

谁知道小猫一脸坏笑："我最讨厌学习，所以，我也讨厌你，我一定要把你吃掉！"小老鼠不慌不忙："我个子比你大多了，你吃不了我。"小猫一听，摇摇头不相信眼前这个小不点说的话。小老鼠飞快地跑到桌子后面，小猫刚想追过去，却看到墙上出现了一个黑色的怪物，怪物和小老鼠长得很像，有很长的爪子和粗粗的尾巴，小猫吓得倒退几步。

怪物说话了："我是小老鼠，我会变大，你想吃掉我，没这么容易！"说着就变得更大了！小猫连滚带爬逃出门外，一边逃一边喊："救命！别吃我！"一下子就跑掉了。

小老鼠从桌子后面跳出来哈哈大笑，原来，聪明的小老鼠打开了一个手电筒，手电筒发出的灯光打在小老鼠身上，在后面的墙上形成了一个巨大的影子，把笨小猫吓跑了。

宝宝学到了什么？

小小的老鼠战胜了猫，这是因为小老鼠爱学习，掌握了许多知识，而猫不爱学习，连最简单的常识都不懂。告诉孩子千万不能学小猫，要向努力的小老鼠学习。

故事二 咕咚来了！

秋天来了，森林里的果树上结满了果实，小动物们都在准备过冬的粮食。一天，小猴子来到了小河边，它想把刚摘的桃子放到水里洗一洗。

突然，"咕咚"一声，小猴子吓了一跳，它紧张地看看周围，可是一个人影也没有。突然，又是"咕咚"一声，小猴子吓坏了，它扔掉手里的桃子，转身就跑，嘴里还一边喊着："快逃啊！咕咚来了！"

小兔子正在地里收萝卜，与跑来的小猴子迎面撞了个正着，小猴子坐在地上气喘吁吁地说："快逃啊！咕咚来了！"说完又跑了起来，小兔子一听"咕咚来了！"也紧张起来，跟着小猴子跑起来。

小狐狸正在和小熊在跳舞，看到飞奔的小猴子和小兔，连忙问："出了什么事？为什么你们这么害怕？"小兔子边跑边喊："快逃啊！咕咚来了！它有三个脑袋，八条腿，是个巨大的怪物！"哎呀！真可怕，小狐狸和小熊也没多想，和小兔子他们跑起来。

它们一边跑一边喊："不好啦，咕咚怪物来了！大家快逃啊！"于是，一路上跟着跑的动物越来越多，有野猪、犀牛、大象、河马……

只有一只小蚂蚁感到十分惊奇，它问小兔和小猴子，你们见过怪物的样子吗？小兔和小猴子都摇摇头说没看见，但是声音太吓人了。说完他们又跑了。

小蚂蚁觉得很奇怪，想去看个究竟，于是它来到了小河边。小河水在哗啦啦地流，风吹得柳树轻轻地摇摆，哪里有什么怪物？这时，"咕咚"一声，小蚂蚁顺着声音仔细一看，原来是熟透的木瓜掉到河里发出的声音！他赶忙去拦住被吓坏的伙伴们，大家来到河边一看，不禁大笑起来，都说："以后不管什么事情，都要自己去弄个明白，再也不能这样糊涂了。"

宝宝学到了什么？

这个故事告诉我们光是道听途说，而没有自己亲眼去见证事实，是永远不会知道真相的。学习的过程也是一样，没有自己亲手去做，永远也不会学到真正的知识。

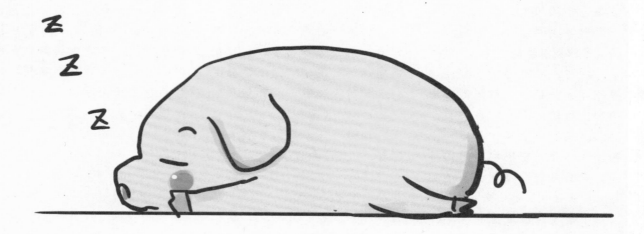

故事三 小猪学本领

小猪、小鸭、小猴和小狗是好朋友，它们一起住在树林里的小屋里。

夏天来了，天气可真热，小猪在屋子里转来转去睡不着。忽然，它看到小鸭在门前的小河里自由自在的游泳，嘴里还时不时叼住鲜美的小鱼。小猪扭着胖胖的身体过去说："小鸭，河里游泳真凉快，还能抓到小鱼，请你教我游泳吧。"小鸭愉快地同意了。第二天小鸭一早把小猪叫起来，小猪懒洋洋地走到小河边，刚把脚伸到河水里就叫了起来："哎呀！水可真凉啊！"脚一滑摔到了小河里，"咕噜、咕噜"连喝了几口水，心想：学游泳可真难啊，还是学别的吧。于是，小猪头也不回地溜回家了。

转眼秋天来了，小猴爬到大树上，望着树上红彤彤的大桃子，高兴得又唱又跳，一下子就摘下了好几个桃子。小猪在树下看得口水直流，心里想：还是小猴了不起，会爬树，还能摘下那么甜的桃子。小猪对小猴说："小猴，请你教我学本领吧，我想学爬树！"小猴也愉快地答应了。第二天，小猴耐心地教小猪爬树，可是小猪爬了很多次，就是爬不上去，还累得满头大汗。小猪喘着粗气生气了，他说："哼！爬树太难了，我还是学别的吧。"

冬天来了，北风呼呼地吹着。大家都躲在家里烤火，只有小狗在外面找食物，它的鼻子最灵，老远就闻到躲在地底下的肥虫子，抓回来给大家分享。小猪又想：还是小狗厉害，这么冷的天也能找到吃的。它对小狗说："小狗，请你教我本领吧。"于是，小猪又开始跟着小狗学本领。小狗带着小猪在雪地里奔跑，小猪在后面越拉越远，还冷得直流鼻涕，不一会儿就闹着要回家了，它心里想：还是等明年天气暖和了再学本领吧。

转眼间，春天来了，大家又出去劳动了，只有懒惰、怕吃苦的小猪，还是躲在房子里，它什么本领也没学到。

宝宝学到了什么？

学习不是停留在嘴巴上，而是要付出努力和克服各种困难，故事中的小猪既懒惰又怕吃苦，结果什么本领也没有学到，告诉宝宝千万不能像小猪这样。

故事四 小青蛙上学

过完这个夏天，小青蛙就该去上小学了，可是他一点也不想去上学。

开学的这天早上，小青蛙赖在床上不愿起来，青蛙妈妈说："乖孩子，该去上学了，不然要迟到了。"小青蛙说："我害怕，我不想去上学。"青蛙妈妈说："到了学校你就会喜欢的，勇敢点。晚上回家我奖励你一颗糖果。"小青蛙勉强地背上小书包出门了。

它慢吞吞地走到学校，差一点就迟到了。教室里闹哄哄的，两个小伙伴在抢一本童话书，还有两个小伙伴在玩积木，真是热闹极了。突然一个清脆的声音响了起来："讲故事的时间到了。"所有的孩子都安静了下来。蜜蜂小姐今天讲的是关于种子的故事，听得所有的小朋友都入了迷，小青蛙也和大家一起安静地听着。它觉得蜜蜂小姐的故事真好听，好像学校也不是这么可怕了。

晚上小青蛙回到家，兴奋地把学校里发生的事情告诉了妈妈，它得意地说："妈妈，我终于知道种子是怎样变成大树的了。"说完，妈妈奖励给小青蛙一颗糖。

第二天早晨，小青蛙的毛病又犯了，它又赖在床上说："妈妈，我不想去学校，在家里玩多好啊。"青蛙妈妈说："学校里有很多小伙伴，大家一起玩才开心呢。晚上回家我奖励你一颗糖果。"小青蛙这才又勉强背上书包上学去了。

今天的课程是学跳舞，孔雀老师拖着五颜六色的尾巴，跳起舞来真好看。孔雀老师让大家各自找到舞伴。小青蛙紧张地躲到角落里，这时，小鸟走了过来，它说："你好，我们来搭档跳舞好吗？"小青蛙害羞地点点头，终于从角落里走了出来。音乐响起，大家跳啊转啊，又拉手又唱歌，小青蛙也跟着大家笑了起来。

晚上小青蛙回到家，把今天学校里发生的事告诉了妈妈，它学会了跳舞，还交到了新朋友。青蛙妈妈奖励给小青蛙一颗糖果。

第三天早上，小青蛙起了个大早，自己穿好衣服，背上小书包要出门了，青蛙妈妈说："乖孩子，妈妈晚上奖励你一颗糖果。"小青蛙摇摇头："谢谢妈妈，不用了。学校真好玩，还能学知识，我喜欢学校，妈妈再见。"说完就一蹦一跳地走了。

宝宝学到了什么？

通过故事让孩子知道学校是一个欢乐的大家庭，不仅能交到朋友还可以学知识，打消孩子对学校的恐慌心理。同时，学习是一件靠自觉的事，是为了学到知识，而不是为了得到奖励。

故事五 穷孩子和巨人

大山里住着一对贫穷的老爷爷和老奶奶，他们只有一个小孙子陪伴，小孙子一天一天长大了，到了该上学的年龄，可是老爷爷和老奶奶实在是太贫穷了，他们连最普通的纸和笔也买不起，更不要说送穷孩子去上学了。

可是，穷孩子很聪明也很好学，他虽然不能坐在教室里和大家一起学写字、学画画，但是每天放牛、砍柴或者是捉鱼的时候，他总能从大自然里学到一些别人没去注意的知识。

一天，这个国家的国王宣布了一个通知，原来啊，国王的女儿被大山深处的巨人抓走了。巨人有两个脑袋，一双巨大的翅膀和四条腿，谁要是能把公主从巨人手中救回来，他可以和公主结婚。一时间，王国里沸腾了起来，那些学识渊博、会射箭、会唱歌的人都想去试一试。

学识最渊博的人出发了，他乘坐着马车，带上了一车又厚又重的书，来到巨人的城堡前，学识渊博的人说："可恶的巨人，抢走国王的女儿是不对的，你将受到惩罚，如果你能将公主还给我们，我们看在老天的分上……"可是他话还没说完，巨人打了一个呵欠，就把他和他的马车、书本全部吹到了很远很远的地方，学识渊博的人没能把公主救回来。

会射箭的人出发了，他戴上了镶着宝石和珍珠的弓箭出发了。他来到巨人的城堡下，二话不说，"嗖！嗖！嗖！"朝巨人射出了三根黄金箭，可

是打在巨人脸上就像被蚊子叮了一下，巨人不耐烦地向他扇了一掌，他一下子从山顶滚到了山下，全身都是伤，他也没能把公主救回来。

这下轮到会唱歌的人了，他带着他用金丝和银丝装成的琴来到巨人的城堡下，他居然唱起了歌，满以为等巨人睡着了就可以把公主救走，可是巨人并不喜欢听歌，他暴躁起来大吼一声，会唱歌的人吓得昏了过去。

穷孩子也要去救公主，老爷爷和老奶奶拦也拦不住，他们只给了他一把干稻草用来赶蚊子。穷孩子出发了，他选了一个又冷又下雨的日子来到巨人的城堡，这时天还一片漆黑。穷孩子悄悄地爬到熟睡的巨人脸上，他取下稻草伸到巨人其中一个脑袋的鼻孔里转了下，这个脑袋打了一个震撼山谷的喷嚏，把另一个脑袋吵醒了，另一个脑袋非常不高兴，但是两个脑袋又很快睡着了。穷孩子又拿出稻草伸进其中一个鼻孔，那个脑袋又打了一个喷嚏，而且他认为是另一个脑袋在和他搞恶作剧，两个脑袋争吵起来，很快他们飞到屋子外面打起架来。

穷孩子趁这个时候跑到城堡里背着公主就往外跑，打累的巨人靠在屋檐下休息，却看到穷孩子背着公主在逃跑，他正要扇动他巨大的翅膀追出去，却发现翅膀怎么也张不开，原来雨打湿了翅膀，水又结成了冰，把翅膀冻在了一起。于是，他用双腿跑起来，可是外面的路都结成了冰，他才踏出一步就摔了一跤并往山下滚去，重重地摔在了结冰的湖上，可是巨人太重了，湖面被撞了一个大洞，巨人又飞不起来，只能慢慢地沉了下去，被永远冰冻了起来。

穷孩子救回了公主，可是他并不想和公主结婚，他只向国王要了许多的纸和笔，还有许多的书，继续在大山里记录下他从大自然中学到的知识。

宝宝学到了什么？

询问宝宝为什么那些很有钱、学识渊博的人都不能救回公主呢？穷孩子虽然没能去上学，但是他坚持在生活中、从大自然中学知识，并且将知识巧妙地运用起来，所以只有他救回了公主。

测一测：你的孩子能自觉学习吗

① 遇到不懂的问题或是看到新的事物，总喜欢不停地向大人发问。　　Yes（　　）No（　　）

② 在幼儿园里，经常能主动举手回答问题。　　Yes（　　）No（　　）

③ 老师布置的作业能自己或在家长的协助下完成。　　Yes（　　）No（　　）

④ 平时看书、画画、玩游戏很认真，很少被外界因素影响。　　Yes（　　）No（　　）

⑤ 不管是画画还是看书，总是认真地完成，如果中途被打断，会一直惦记着这件事。

　　Yes（　　）No（　　）

⑥ 基本上能完成和父母一起订下的每日学习计划。　　Yes（　　）No（　　）

⑦ 喜欢观察大自然，学习新的知识很有耐性。　　Yes（　　）No（　　）

⑧ 每天生活很有规律，早睡早起，该看书的时间看书，该睡觉的时间睡觉。

　　Yes（　　）No（　　）

⑨ 每天有阅读的习惯。　　Yes（　　）No（　　）

⑩ 遇到学习上的困难，会主动向老师提问，不解决问题誓不罢休。　　Yes（　　）No（　　）

注意 如果选Yes超过了一半，说明你的宝宝正在形成自觉学习的好习惯。

专家指点

让孩子爱上学习，家长应该怎么做

学习是一件既枯燥又有趣的事，学龄前儿童遇到感兴趣的事，会投入很大的精力去探索，遇到困难则很容易放弃，这是因为，此阶段的他们对于学习还没有形成自觉、主动的习惯。家长不能帮助孩子读书，但是家长可以教导孩子把学习和良好的情感体验、兴趣爱好、好奇心联系起来，学会从内心寻找主动学习的动机。

第一，指导孩子自己制定学习目标和完成目标的方法。

家长时常急于望子成龙，制定的学习目标往往让孩子很难完成，使他产生抗拒学习的心理，家长应该放手让孩子自己制定目标，让他们规划短期和长期的目标，试着自己定计划，并且每天按时完成。这样孩子就会感到学习的主动权掌握在自己手里，并且有能力和信心完成自己定下的目标，激发出学习的自觉性。

第二，保护孩子的好奇心，培养兴趣。好奇心和兴趣是激发孩子学习最好最持久的动力。

我们经常有这样的体验：废寝忘食地工作，感觉时间过得充实且飞快。如果孩子从小就体会过，为兴趣而付出辛勤劳动和不断探索的滋味，他会尝到快乐和满足感。因此，父母不要忽视和否定孩子的兴趣和好奇心，努力用他们的眼光去观察世界，让他们从爱好出发，激发他们忘我学习的精神。

最后，看到孩子的强项，给予肯定的评价。

家长不能要求孩子达到十项全能的目标，人与人的差异性决定有的人成为医生，有的人成为画家。如果孩子语文成绩不好，但是物理很优秀，家长便不要强求孩子一定把两门功课都学好，应该鼓励孩子继续发展他的强项，使他们感觉到被信赖、被认可，让他对自己充满信心，再引导他正视自己的不足，填补自己的弱项。

第三节 发生意外时，自我保护很重要

在孩子成长的过程中，"让宝宝平安、健康的长大"，是所有父母最大的心愿。孩子即将进入小学、进入社会，家长不可能一直将孩子保护在膝下，教会孩子认识危险，学会保护自己，才是最重要的任务。

 通过游戏学习自我保护的小·技巧

 游戏一 今天我看家

游戏玩法

1. 设置场景，爸爸、妈妈今天去上班，宝宝独自在家；

3. 妈妈扮演送信的邮递员敲门，指导宝宝应该怎么做；

2. 爸爸扮演大灰狼来敲门，观察宝宝的反应和采取的措施；

4. 游戏结束，请宝宝说一说，自己是不是一个能大胆看家的孩子。

小贴士

为了使游戏逼真，家长可以离开家几分钟，然后再来敲门，看宝宝有什么反应。出门前可以告诉宝宝独自一人在家，可以画画、看书、玩玩具，看一会儿电视等，让孩子放松心情。

宝宝学到了什么？

通过游戏培养了孩子勇敢的精神，激发他独处的自信心。设计各种当孩子独自在家时会发生的情况，教会孩子如何应对各种可能发生的情况和危险，提高孩子在危机前的自我保护能力。

游戏二 扫除家里的危险

1 认识"水温"：用两个一模一样的杯子，在杯子里分别倒入不同温度的水。让孩子把手放到杯口上，感受水蒸气，并强调"烫"这个概念；

3 认识"摔跤"：将孩子故意放到桌子上，或者在桌子上再放上椅子，让孩子爬上去。突然轻推孩子，让孩子的身体猛地向前倾，让孩子体验"摔跤"的感觉。

2 认识"扎手"：准备一根削尖的铅笔和没有削过的铅笔。让孩子把手掌放到两个笔头上，当放到尖的笔头上时告诉他"扎手"，同理，可带孩子触碰桌角、墙角、小刀、玻璃等尖利的物品，强调"扎手"和"痛"这个概念。

4 认识"夹手"：妈妈用一个小木夹轻轻夹住宝宝的手指，让他体验被夹住的感觉，然后慢慢加大力度，孩子感觉疼时，结束游戏，告诉他"夹手"的概念。带孩子到门缝、柜子门再次体验被夹的感觉。

小贴士

游戏要在安全、孩子能够承受的限度内进行，如果孩子感觉不适、害怕，应该马上停止，不要勉强他一次全部学会，以免给孩子造成心理阴影。

宝宝学到了什么？

不要以为家里就是最安全的地方，家长除了尽可能改善生活环境的安全性外，还应该告诉孩子家里隐藏的危险因素。结合孩子实际生活环境，通过这种积极的身体体验形式，比单纯的语言讲解更能让孩子记牢。

游戏三 家庭小医生

1 准备家庭保健盒，设计场景，让孩子扮演医生，爸爸装成受伤的病人来找宝宝看病；

2 爸爸假装手被割伤，教宝宝用棉花止血，然后用创可贴包扎伤口；

3 爸爸假装被开水烫，让宝宝找出烫伤油涂到爸爸手上。

小贴士

在游戏过程中，穿插指导孩子如何使用急救物品，当他做得好时，要表扬他，并且告诉他哪些情况下需要用到哪些物品，记得提醒孩子，最重要的是首先告诉大人发生了什么事。

宝宝学到了什么？

5～6岁的孩子好奇心强，自我保护的意识还是较弱。此阶段的孩子身体协调性、反应能力还不是非常强，成人看护一旦有疏忽，就容易发生一些小意外。当发生这些情况时，如果正好碰上大人不在家，或者是没有及时发现，孩子应该懂得基本的急救措施，可能孩子还不能很好地掌握，但是很有必要灌输给他自救的观念。

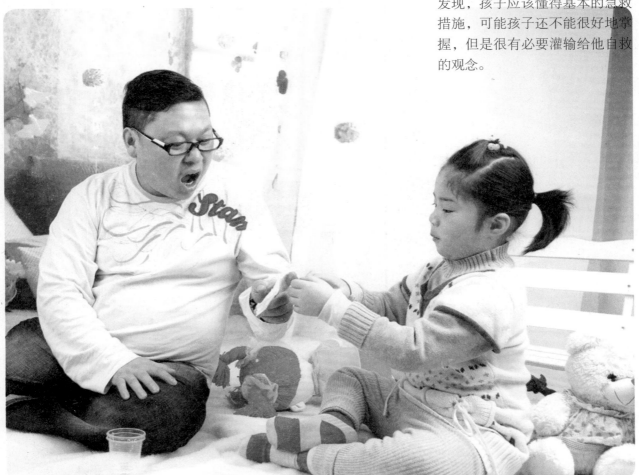

游戏四 遇见陌生人

游戏玩法

1 设计各种情况，教孩子如何应对陌生人，父母可轮流扮演陌生人；

2 场景一：宝宝在外面玩耍，一个由爸爸扮演的陌生人走过来笑眯眯地说："小朋友，我是你爸爸的朋友，今天你爸爸加班，我来接你回家吧。"

宝宝出招：我不认识你，你再说我就喊人了。

3 场景二：爸爸和妈妈突然不见了，宝宝一个人站在广场或是商店里。

宝宝出招：站在原地不动，等妈妈回来找我，或者是看到警察叔叔，向他求助。

4 场景三：爸爸扮演的陌生人走过来说："小朋友，为什么一个人在玩啊，你叫什么名字啊？叔叔和你一起到那边玩好吗？"

宝宝出招：妈妈说，不能跟不认识的人走，我妈妈马上就过来了。

小贴士

尽量想出生活中可能遇到的危险情况，和宝宝一起演习，鼓励孩子勇敢地应对这些情况。向孩子强调，不要逞强，最好的办法就是大声向父母或旁边的大人呼喊求助。

宝宝学到了什么？

实际生活中，孩子会遇到各种各样的诱惑，通过游戏演习各种情况，父母可以潜移默化地将安全处理方法印刻在孩子脑子里，还可以训练孩子的反应能力，帮助他在面临危险情况时，采取最恰当的方法避免伤害。

5 场景四：妈妈拿着宝宝最喜欢吃的苹果走过来说："小宝贝你真可爱，妈妈请你吃苹果吧。"

宝宝出招：谢谢妈妈！我记住了，在外面不能吃不认识的人给的东西！

游戏五 熟记家庭地址和电话

小贴士

家庭住址应尽量简单明了，方便孩子记忆，电话号码最好是父母一方的常用号码，保证能在孩子发声意外时及时与家人取得联系。当孩子已经能熟练地说出自己的住址时，可以尝试让他写在纸上加深记忆。

1 在纸上或小黑板上写下家庭地址和电话号码，让孩子记牢；

2 爸爸说出一个和正确地址稍有差别的地址，让孩子说出哪里不对；

3 妈妈说出一个不对的家庭联系号码，也让孩子进行纠正；

4 妈妈拿出警察、医院、着火的图片，然后就110、120、119三个号码与图片相配对；

5 将图片和写着号码的纸片打乱，让孩子重新配对。

宝宝学到了什么?

孩子在公共场所和家人走散的情况并不少见，如果当时孩子能马上说出自己的家庭住址和联系电话，将极大避免孩子出现意外的情况发生。另外，孩子能熟记自己的联系方式，也能在危机情况发生时，让他自己保持冷静，及时与家人取得联系。

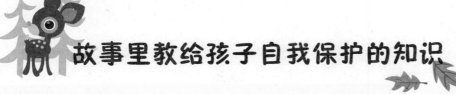

故事里教给孩子自我保护的知识

故事一 着火了

冬天来了，北风呼呼地吹，小鸭子一家围坐在火炉边烤火，火光把大家的脸照得红彤彤的，小鸭子心想：烤火可真暖和啊，一点也不冷了。

这天，鸭妈妈去给住在南边的外婆送东西，把小鸭子一个人留在了家里。鸭妈妈出门前说："小鸭子，要当心火炉，不能随便玩火。"小鸭子点点头。等鸭妈妈一走，它就把小伙伴们都叫到家里玩。

大家搭起了积木，小猴子搭了一栋高楼，小兔子搭了一座大桥，小鸭子搭了一间小房子，大家玩得可高兴了。小猴子不小心碰了一下刚搭好的高楼，哗啦啦积木撒了一地，其中一块滚到了火炉边上，可是谁也没有发现，大家继续高兴地玩闹。

突然，小兔子闻到了一股烧焦的味道，它回头一看，哎呀！不好了，火炉里的火苗蹿了出来，烧着了一旁的稻草！小兔子大喊："不好了！着火了！大家快逃！"小鸭子和小猴吓得瑟瑟发抖，小鸭子情急之下，用翅膀去扑火，谁知道火势更猛了，还烧疼了它的翅膀。眼看火越来越大，小猴子跳起来说："大家不要慌，赶紧去打水！"大伙用水桶提来水，全部浇在棉被上，小猴子把淋湿了的棉被抬起来，盖到火焰上，大家一起把火扑灭了。

原来，积木掉到了火炉边被点着了，积木又点燃了稻草。大家你看看我，我看看你，脸都被烟熏得黑乎乎的，可真危险啊。下次，一定要注意安全，再也不在火炉边打闹了。

宝宝学到了什么？

这个故事告诉孩子火是有用的东西，但是一定要注意用火安全，平时不可以随便玩火，否则很容易造成火灾，导致意想不到的后果。

故事二 危险的小河边

天气真热，小动物们都喜欢到小河边玩耍，凉爽一下。这天，小兔子也来到小河边，小河水哗哗地流着，溅起的水花打在身上凉快极了。

兔妈妈对着兔宝宝们说："孩子们，河水很急，大家要注意安全，不能走到水深的地方玩耍。"大家齐声答应了，可是有一只小兔子却很调皮。小兔子走到河边，用脚沾了沾水，哎呀！真凉快，它坐在石头上用脚踢着水，心里想：要是把脚泡在水里就更凉爽了。于是小兔子向小河中心迈了一步，这时，它的双脚都泡在了水里。太凉快了，河水冲得脚板痒痒的，真好玩。

小兔子又想：要是河水泡到肚子上，我就更凉快了。于是，它又向小河中心迈了几步，这时，河水到了小兔子的肚子，它感觉就像吃了一个雪糕，全身都凉快起来，还有小鱼在水里和小兔子打闹，他高兴极了。

小兔子心想：都泡到肚子上了，我再往前走一点，就能洗个澡了，多舒服啊。小兔子又往河中心移了几步，它已经看不到水底了，水淹到了它的脖子了。忽然，一个水花打了过来，小兔子"哎呀！"叫了一声，失去平衡被河水冲到了河中心！小兔子不会游泳，他用力拍打着水面，大声呼叫："救命啊！救命啊！"大家听到了小兔子的呼救声都赶来了，这可怎么办啊？

小松鼠情急之下"扑通！"跳到了水里，朝小兔子游去，可是它只游了几米就累得游不动了，也被河水冲到了河中心。这时，小鸭子们来了，他们跳到河里，两只脚飞快地划动着，转眼就游到了小松鼠和小兔子身边，终于把它们推到了岸上。

真是太危险了。从此，小河边上立起了一块木牌，上面写着：河水深又急，玩耍要当心！

宝宝学到了什么？

通过故事告诉孩子擅自到河边玩水是很危险的，就算到游泳池游泳也要有大人的陪同，可不能像小兔子一样，差点被河水冲走了。

故事三 小红帽

有一个可爱的小姑娘，她头上戴了一顶外婆送的红帽子，于是大家都叫她"小红帽"。

听说外婆生病了，小红帽带上妈妈准备的蛋糕和葡萄酒要送到外婆家去。出门前妈妈嘱咐她说："在路上要好好走，不要贪玩离开大路走到小路上。"小红帽答应了一声，蹦蹦跳跳地出门了。

小红帽边采野花边往前走，她忘记了妈妈的话，走到了小路上。这时，她碰见了一只狼。狼说："小红帽，你好，你要到哪里去啊？"小红帽不知道狼是个又狡猾又凶恶的坏蛋，她回答说："外婆生病了，我要给她送蛋糕去。"狼又问："你外婆住在哪里啊？"小红帽又说："就在森林里三棵大树下，小屋外面有一圈竹篱笆。"

狼飞快地跑到小红帽的外婆家，冲进屋子里一口吞下了外婆。然后他躺到床上，盖上被子，假装成外婆的样子。

小红帽终于想起了还要赶路，等她赶到外婆家时，已经是傍晚了。她走进屋子里，来到大床边，看到外婆的嘴巴大得吓人，耳朵变得那么长，眼睛变得那么大，还没等她看清，狼跳起来，一口也把小红帽吞到了肚子里。

吃饱后的狼，来到大树下打起盹来。这时，一个猎人碰巧从屋前经过，发现了大树下的狼。聪明的猎人拿来剪刀，剪开了狼了肚皮，小红帽从狼的肚子里跳了出来，外婆也活着。猎人和小红帽赶紧搬来大石头，放到狼的肚子里，外婆缝上了狼的肚皮。

狼醒来后，看到猎人撒腿就跑，可是它肚子里的石头太重了，它歪歪斜斜地跑到河边，"扑通！"掉到了小河里，沉到了水底。

宝宝学到了什么？

通过故事告诉孩子，一个人外出的时候，千万不要随便和陌生人说话，更不要听信陌生人的花言巧语，当遇到危险的时候，要向身边的大人或警察叔叔求助。

故事四 危险的电老虎

每个人家里的墙上都有几个奇怪的小洞，这是怎么回事呢？

这天，小猫和小松鼠一起到小猪家做客，它们又发现了墙上奇怪的小洞。小猫说："小猪，你家的墙上为什么会有奇怪的小洞啊？"小猪也正纳闷，小松鼠跳出来说："一定是小蚂蚁把家安在了你家的墙上！"

"对呀！我们怎么没想到！"小猫和小猪一起回答，它们都觉得一定是小松鼠说的那样。于是，三个小伙伴对着洞口喊起来："小蚂蚁，你在家吗？快出来玩吧！"可是，等了很久，谁也没有回答它们。

小猫说："小蚂蚁最喜欢吃糖果，我去找一个糖果来请它吃。"小猫找来了糖果，用力往小洞里塞，可是糖果太大，洞口太小，怎么也塞不进去。

这时，蜜蜂来了，它看到小猫它们再往洞里塞糖果，大喊一声："哎呀！快别塞了，这些洞里都住着可怕的电老虎，上次小狗把爪子伸进去，被怪物咬了一口，疼得晕倒了。"大家吓得直往后退。

猪妈妈从外面回来，在门口听到了小家伙们的谈话，它赶紧走了进来，对大家说："这个洞里是住着一只电老虎，可是它不会乱咬人，它能让电灯发亮，让电视机说话，让电风扇吹风，还能让录影机唱歌。但是，千万不能用手去碰，不然会像小狗一样被电到的。"

说着，猪妈妈搬出电视机，把插头插到洞里，按下开关，电视机里正在播放唱歌比赛，几个小伙伴快乐地跳起舞来。

宝宝学到了什么？

很多孩子都不知道电器的危险，通过这个故事巧妙地告诉孩子千万不能用手触摸插头等有危险的带电物品，加强孩子的安全用电意识。

故事五 闹闹的自行车

闹闹有一辆崭新的自行车，是今年爸爸送给他的生日礼物，闹闹可喜欢这辆蓝色的自行车了，总是走到哪都把它擦得闪闪发亮，永远都和新买回来的一样。

今天是星期天，爸爸妈妈都到奶奶家去了，闹闹决定自己骑上自行车到公园里玩去。出门前闹闹照平时妈妈嘱咐的那样，戴上太阳帽，把水壶装满了水，把家里的电灯、门窗都锁好，高高兴兴地出发了。

一路上，闹闹骑着自行车别提多高兴了，一蹬一蹬，自行车

比走路快多了；小铃铛"叮当！叮当！"响，多么悦耳，连小鸟都围着闹闹转起圈来。来到公园，闹闹找了个树荫把自行车锁好，挎上水壶朝游乐场走去。游乐场可真热闹，旋转木马、太空飞船、荡秋千……闹闹玩得差点忘了回家。

当闹闹往自行车走去时，他发现有一个鬼鬼祟祟的黑影蹲在他的自行车旁边，右手还拿着钳子一样的工具，哎呀！不好！闹闹醒悟过来，那是个偷自行车的小偷！可是，公园里人已经非常少，自己个子又小，肯定打不过小偷。这可怎么办呢？

闹闹冷静地想了想，有办法了。他装作什么也没看见，躲在大树后面大声说："警察叔叔您辛苦了，请喝一杯水吧。"小偷一听，有警察来了，吓得马上一溜烟地跑了，闹闹赶忙跑到自行车旁边，哎呀！车锁已经被小偷撬坏了，这个可恶的小偷！闹闹想一定要让警察叔叔抓住小偷。于是他灵机一动，把前后两个车轮的气都放空了，然后飞快地朝治安亭跑去。

等闹闹带着警察叔叔回来，看到小偷又回来了，正想骑上车逃跑，谁知道空轮胎哪里骑得动，他摇摇晃晃地摔下

来，正好被逮个正着。

闹闹保护了自己的自行车，还没让小偷伤害到自己，他的沉着冷静值得每一个小朋友学习。

宝宝学到了什么？

当遇到小偷和危险情况时，告诉孩子一定要沉着、冷静，首先要保证自己不受到伤害，其次才是保护财产，千万不能逞强，应及时向警察或路人求助。

测一测：遇上危险，孩子懂得自救了吗

① 自己在家时，遇到有人敲门不会轻易打开门。 　　Yes（　）No（　）

② 不会随便和陌生人说话。 　　Yes（　）No（　）

③ 不会随便接受陌生人的东西，如食物、玩具等。 　　Yes（　）No（　）

④ 不会乱碰家里的电器。 　　Yes（　）No（　）

⑤ 大人说过的安全守则，一般能严格遵守。 　　Yes（　）No（　）

⑥ 能记住常用的急救电话号码，如119、120、110等。 　　Yes（　）No（　）

⑦ 发生摔倒、割伤等小意外时，能最快地回到父母身边。 　　Yes（　）No（　）

⑧ 过马路的时候，懂得红灯停，绿灯行。 　　Yes（　）No（　）

⑨ 能说出父母的名字和自己的家庭住址。 　　Yes（　）No（　）

⑩ 外出游玩时，不会到离父母很远的地方玩。 　　Yes（　）No（　）

 注意 如果选Yes超过了一半，说明你的宝宝已经逐步形成自我保护的意识。

专家指点

教给孩子几招应对危险的招数

★有陌生人向孩子搭话，应该怎么办？

小妙招：让孩子有礼貌地告诉他，父母不让他和陌生人说话，如果有困难可以去问警察叔叔。

★有陌生人让孩子领路，应该怎么办？

小妙招：如果认识路，可以告诉他怎么走。如果不知道，请他问别人，如果继续纠缠，大声呼喊，引起路人注意。

★当孩子独自在家，有陌生人来敲门时，应该怎么办？

小妙招：不管陌生人说什么，如送煤气、修理工或者是父母的朋友，都不能给陌生人开门，可以将家里的音响、电视开大声，这样可以让坏人误以为家里有人，不敢破门而入。必要时，打电话给邻居或报警，还可以大声呼叫，引起邻居注意。

★当孩子独自在家，接到陌生人电话时，应该怎么办？

小妙招：如果是找爸爸、妈妈，告诉他父母现在不方便接电话，请他留下名字，不能让他知道孩子是自己一个人在家。如果陌生人继续打来电话，可以马上报警。

★如果孩子在回家的路上，遭遇陌生人尾随，应该怎么办？

小妙招：上学、放学的路上最好和小伙伴结伴而行，发现自己被跟踪后，往人多的地方走，看到警察叔叔，立即向他们求助，并且联系自己的父母，千万不能走到人少的巷子里。

★有陌生人要给孩子零食吃，孩子应该怎么办？

小妙招：千万不能吃陌生人给的任何食物。如果对方继续纠缠，马上大声呼喊，引起旁人的注意。

★当有人侵犯孩子的身体时，孩子应该怎么办？

小妙招：父母应该向孩子说明哪些身体部位是任何人都不能碰的，如果有人要碰，坚决说"不！"，不要不好意思，随时准备大声呼救，事后一定要告诉父母。

第四节 向孩子灌输"理财"的观念

有的家长认为孩子不应该过早地接触金钱，否则容易染上物质化、贪婪、虚荣等坏习性。其实，孩子要想学会独立生存，必须学会合理地用钱，进而懂得节约、储蓄的重要性，养成正确的金钱观和消费观。

 学会合理用钱的小·游戏

⬖ 游戏一 认识钱币 ⬖

 游戏玩法

1 准备不同面值的钱币；

2 让孩子观察不同面值钱币有什么区别，比如数字不同，图案不同等；

3 向孩子讲解钱币的用途，如可以购物、买玩具、买早餐、送孩子去上学等；

4 拿出与各面值钱币等同的物品，让孩子体会什么是"贵"和"便宜"。

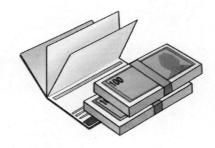

小贴士

让孩子仔细观察钱币上不同的图案，有的是景点，有的是人物，家长可以讲解这些景点是哪里，那些人物是谁，做过什么事，以此加深孩子的印象。

宝宝学到了什么？

让孩子懂得花钱、节约、储蓄的第一步，是让孩子认识货币，认识货币的用途。这些都是日后孩子善于用钱的基础。平时外出，如上公共汽车去投币，买雪糕，进公园去买票等，都可以把钱给孩子，让他们代劳，亲身体验钱币的实际意义。

游戏二 小商店

1 让孩子挑选家里的各种物品，充当商店里的"商品"，布置一个小空间作为商店；

2 准备好小纸条，让孩子为出售的商品标好价钱；

3 商店开张后，欢迎爸爸妈妈来购物；

4 妈妈用小纸片当钱购买宝宝的商品。

小贴士

要求孩子向父母介绍商品的外观和优点。随着游戏逐渐熟练，还可以要求孩子计算一共赚了多少钱。还可以妈妈当"批发商"，宝宝当"商店老板"，爸爸当"顾客"，让孩子从批发商手里进货再出售给顾客，中间赚了多少差价。

宝宝学到了什么？

让孩子初步理解货币的价值，懂得"交换"的定义。同时，训练孩子对数字的敏感性，学习简单的加减算法，并且增强孩子的沟通和语言表达能力。

 游戏三 小小储钱罐

1 让孩子画出想买的玩具，或者是找到这些玩具的照片贴在储钱罐上，并附上玩具的价钱；

2 家长可以给宝宝一些零钱，让他放到储钱罐里；

3 宝宝每放一个硬币就在小本子上记下，让他清楚到目前为止存了多少钱；

4 当孩子存够钱的时候，可以和孩子一起打开储钱罐，去买他选中的玩具。

小贴士

最好能够让孩子从小的储蓄目标开始，从少到多，慢慢培养他的储蓄习惯。家长还可以用自己的行动鼓励孩子，如孩子存一元钱，家长也帮他存一元，使他觉得自己的行为得到大人的认可，得意地继续坚持。

宝宝学到了什么？

通过游戏可以让孩子从小养成储蓄的好习惯，培养孩子节约、不乱花钱的品质。用自己一点一点积攒起来的钱来买玩具，孩子会更加珍惜、爱护这来之不易的宝贝。

◆ 游戏四 购物清单 ◆

游戏玩法

1. 妈妈当菜市场老板，将家里的水果、蔬菜、香肠等当"商品"；

3. 当孩子买齐了所有物品后，让孩子计算一共花了多少钱，还剩多少钱。

2. 爸爸给宝宝一定数量的钱，给宝宝一张购物清单，让孩子到妈妈的店里购买；

小贴士

爸爸可以尝试不同的给钱方式，第一次给出充足的钱，让孩子轻松买回所需物品；第二次，给孩子少量的钱，并且告诉他，钱不够，由他来决定买哪一样。

宝宝学到了什么？

孩子还不是很了解钱的概念，但是他们总认为父母可以满足他的需要，于是经常在商店里，买了这个还想要那个，没完没了地要求父母买东西。让孩子照着购物清单购买，养成孩子有计划购物的习惯。另外，给孩子超过计划的钱，让孩子懂得钱不一定非得花完；少给钱，让他懂得"取舍"。游戏同时也训练了孩子的计算能力。

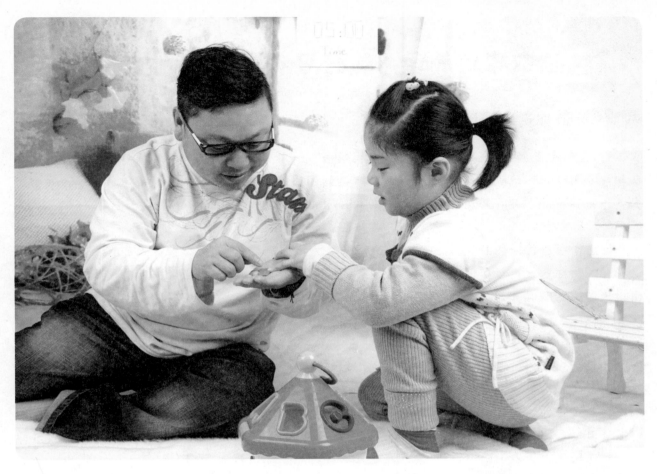

✦ 游戏五 寻找宝藏 ✦

1 准备一角、五角、一元的硬币藏在房间的各角落；

2 爸爸和孩子开始进行寻找宝藏比赛，看谁在规定的时间里找到的 "宝藏" 最多；

3 时间到时，让孩子计算自己和爸爸找到的硬币总额；

4 让孩子将找到的硬币存到储钱罐里。

小贴士

可以将面值较小的硬币藏在比较显露的地方，面值较大的藏到比较隐蔽的地方，增加游戏的难度。家长可以假装输给孩子，让孩子收集到较多的硬币，提醒他存起来，花到该花的地方。

宝宝学到了什么？

通过自己寻找得到的 "宝藏" 会显得更为珍贵，让孩子在花每一分钱的时候，都记住这是通过自己的努力得来的，避免养成随便乱花钱的坏习惯。

讲故事培养理财的好习惯

故事一 最珍贵的圣诞礼物

圣诞节就要到了，熊弟弟和熊哥哥这对双胞胎高兴极了，一直在猜想：会收到爸爸妈妈什么礼物呢？

可是，熊爸爸却失业了。这天傍晚，熊爸爸拖着疲惫的步伐走回家。饭桌上，大家都没怎么说话。熊妈妈看着两个可爱的孩子，想了想说："亲爱的宝贝，今年的圣诞节我们不能再去买礼物了，但是我们都有一双灵巧的手，我们自己布置圣诞树、制作圣诞礼物好吗？"熊哥哥立刻表示同意，熊弟弟高兴地拍起手来，熊爸爸也点点头，大家齐声说："真是好主意！"

第二天一早，兄弟俩和熊爸爸一起出门了，它们要到森林里找一棵小的圣诞树。它们走了很远的路，但是谁也不说累。这时，一颗健壮的小树出现在大家眼前，就是这棵了！熊爸爸走上去拉住锯子的一边，熊哥哥和熊弟弟拉住另一边，用力锯呀锯，一会儿就把小树锯下来捆好了，熊爸爸扛着大的一头，兄弟俩扛着小的一头，高兴地往家里走。

这天晚上，大家围在圣诞树旁边，熊妈妈用毛线织出了许多漂亮的小花，熊哥哥用彩色的纸剪出星星的样子，熊弟弟剪出了漂亮的彩带，然后熊爸爸把大家的作品一件一件挂到了圣诞树上。哎呀！多漂亮的圣诞树啊！大家都高兴极了。

这天夜里，熊哥哥和熊弟弟在自己的小房间里都没睡觉，它们在忙着为爸爸妈妈准备圣诞礼物。熊哥哥花了整个晚上的时间，用木头雕出了熊爸爸、熊妈妈还有自己和弟弟的样子，熊弟弟拿着彩色笔给木头人上色。天亮了，礼物终于完成了。

今天是平安夜，吃了晚饭，全家人坐在圣诞树下，熊爸爸和熊妈妈拿出了送给兄弟俩的礼物，熊爸爸用小木棍和胶水做了两架精致的小飞机，熊妈妈织了手套和围巾送可爱的孩子们。熊哥哥和熊弟弟从身后拿出了"神秘"的礼物，"太漂亮了！"熊爸爸和熊妈妈惊呼，"谢谢你们，可爱的孩子！"

四个木头小熊和熊的一家像极了，全家人过了一个虽然简朴却很开心的圣诞节。

宝宝学到了什么？

告诉孩子钱可以买到现成的礼物，但是都比不上自己亲手制作的礼物珍贵。通过自己的双手还可以创造出更多的东西，这些比花钱买更有意义。

故事二 愚蠢的财主

从前在一个小村庄里，住着一个很有钱的财主，他既懒惰又贪婪，每天只想着怎么剥削大家，得到更多的钱。

这天，财主来到小河边，看见大家都在小河里抓鱼。他想，要是把河水买下来，这些鱼就都是他的了。于是他大喊起来："你们都给我走开，从现在开始这条小河是我的了！谁也别想在这抓鱼，想抓鱼就给钱！"财主买来许多大石头，一下子把小河全堵住了，他得意地笑起来。

夏天来了，天气越来越热，大家都躲到树荫下乘凉。财主从树荫下路过，大声喊了起来："你们这些懒鬼！快去干活！不许在我的树下乘凉！"于是大家换了一棵树，财主气得胡子都竖了起来。于是，他花钱把所有的树都买了下来，谁也不能在他的树下乘凉，只能在地里晒着太阳辛苦地劳动。大家都恨透了可恶的财主。

秋天来了，山里来了一群饥饿的狼。他们经常跑到村庄里找吃的，可是贫穷的农民根本没有多余的粮食给狼吃。终于，有一天，狼的首领闻到了一股浓浓的肉香，他顺着香味走去，原来是财主家在吃鸡肉。狼口水流了一地，打算今天晚上把财主家的鸡全吃光。

天黑了，狼群来了，狼首领先敲敲门说："财主老爷，我来向你借点粮食。"财主看到狼群的影子吓坏了，他把院子的门紧紧地锁住说："我不会给你们吃的，你们这群贪吃的东西！"狼被激怒了，他们疯狂地撞门，财主得意地说："我的铁门牢又牢，你们是撞不开的。"狼一听，停止了撞门，这回它们要挖地洞进到院子里。财主在院子里听到地下"哗啦啦"地刨土声，他终于害怕了，大声喊起来："快来人啊！狼来了！狼要吃人了！"可是，谁也没有回答他，他想了想，大喊："快来人啊！谁把狼赶走我给他一个金币！"还是没有人答应他。他又想了想，狼的声音越来越近了，他大喊："救命啊！谁把狼赶走我给他两个金币！"可是，还是没有人理他。狼就要从地下钻出来了，财主这才惊慌地喊："救命啊！来人啊！我给你们3个金币！不！是5个金币！"

这时，狼从地下钻了出来，露出尖利的牙齿，财主还在大喊："救命啊！给你们10个金币！"狼朝财主扑了过去，财主最后一句话是："我给你们全部的金币！"可是已经晚了，谁也没有来救这个可恶的财主。金钱不能买到所有的东西的。

宝宝学到了什么？

很多东西，比如时间、尊敬、友谊都不是用钱可以买到的，故事里的财主以为有钱就能买到所有的东西，所以对其他人总是很不友善，直到生命的最后一刻才明白这个道理已经晚了。

故事三 小猪的储钱罐

小猪有一个漂亮的储钱罐，是去年生日的时候妈妈送的礼物。小猪每天把妈妈给的零花钱都扔到了储钱罐里，一元、两元、三元，储钱罐里的钱越来越满。等到第二年小猪生日的时候，储钱罐已经装不下了，猪妈妈说："乖孩子，这是你辛苦攒下的钱，现在去给自己买一个喜欢的生日礼物吧。"小猪听了真高兴，它看中了一辆玩具汽车早就想买了。

小猪告别了妈妈，朝城里走去。它一路哼着歌真快乐。这时，小猪看到小兔在路边伤心地哭，它赶忙上去问："小兔，你为什么么哭？发生了什么事？"小兔眼泪汪汪地说："妈妈生病了，我从农场买了牛奶，可是过河的时候摔了一跤，牛奶全撒了。"哎呀！这可怎么办，小兔的妈妈喝不到牛奶，病就不会好，小猪心里想。小兔拍拍身上的土说："我回家了，妈妈还等着我照顾。"小猪拦住了小兔，认真地说："小兔，我去给你买牛奶吧，你妈妈喝了病会很快好起来的。"小兔还想说什么，小猪拉起小兔就往农场方向跑，他从储钱罐里掏出钱买了满满一罐牛奶送给小兔，小兔感动地又哭起来说："谢谢你！"小猪说："快回家吧。"说完往城里走去了。

小猪边走边想：买了牛奶，剩下的钱还是够买小汽车的。这时，一辆小卡车停到了路边，水牛大叔正在愁眉苦脸地叹气。小猪走过去问："水牛大叔，发生什么事了？"水牛大叔说："马妈妈生了小马驹，我要去给他们送稻草，可是买到的汽油只够跑一半的路。"小猪一想：这可不好，小马驹会着凉的。于是，它对水牛大叔说："大叔，用我的钱买汽油吧。"水牛大叔一愣："你从哪里来的钱呢？"小猪举起储钱罐，拉着水牛大叔到加油站买了一大壶汽油，还没等水牛大叔说谢谢小猪就跑了，水牛大叔在后面喊："谢谢你，我会还你钱的！"

小猪抱着储钱罐，感觉它越来越轻了。就在它快要到城里的时候，看到小路旁有个小娃娃在"哇哇"地哭，原来，小娃娃的棒棒糖掉到了地上不能吃了。小猪哈哈笑起来，跑到糖果铺给小娃娃买了新的糖果，小娃娃眨着眼睛笑了。

小猪终于来到了玩具店，可是它从储钱罐里只倒出了几个硬币，呀，原来钱都用完了。小猪对售货员阿姨说："谢谢你，我不买了。"它走出商店时仍是笑眯眯的，它想：没关系，我还可以再攒钱，明年一定能买个更大的汽车。

宝宝学到了什么？

告诉孩子从小应该养成不乱花钱、储蓄的好习惯，把零用钱存起来，花在有意义的东西上。故事中的小猪用存了很久的钱帮助了许多有困难的人，却不求回报，这种精神值得孩子学习。

故事四 贫穷的王子

从前有一个很有钱的王子,他住在又大又华丽的城堡里,他钱库里的钱多得数不清,他觉得自己是世界上最富有的人。

一天,城堡里来了一个女巫,她长着细细的眼睛、长长的鼻子,看上去非常狡猾。女巫每天都会站在王子的窗台下唱歌:"富有的王子啊,你是世界上最有钱的人,你的钱可以买下所有的高山、所有的海洋、所有的森林。"王子听了非常高兴。

一天早上,女巫来到城堡里对王子说:"富有的王子啊,你虽然有钱,可是生活却很无趣。"王子说:"是啊,那我该怎么办呢?"女巫说:"东边的山上有很多动物,你可以把整座山买下来,到山上去打猎。"王子一听,兴奋极了。他找到了东边大山的主人,给了他许多钱,买下了那座山。可是过了没多久,王子就玩腻了,他再也不想去打猎了。

王子把女巫喊到城堡里问她:"我已经不想打猎了,还有什么好玩的事情吗?"女巫假装想了想说:"西边的大海里有很多稀有的鱼,你可以把大海买下来,每天去钓鱼。"王子一听,觉得这真是个好主意。找到了西边大海的主人,又花许多钱买下了大海。过了一个月,王子又玩腻了,他不再去海边钓鱼,每天还是觉得很无趣。

他又把女巫叫到城堡里问她:"女巫,我钓鱼也钓腻了,还有什么好玩的事情吗?"女巫又假装想了想说:"南边的森林里住着很多美丽的仙女,你可以把森林买下来,就能得到仙女

了。"王子兴奋得两眼发光,马上找到南边森林的主人,花了很多很多的钱买下了森林。可是,当他来到森林的时候,一个仙女也没有看见。他生气地跑回城堡想找女巫算账。

可是当他回到城堡的时候,守门的士兵却不给他开门。他生气地大喊:"快开门!让我进去!"士兵说:"从现在开始城堡不是你的了!女巫已经买下了这座城堡!"王子气得脸都红了:"我是世界上最有钱的人,我要把城堡买回来!"女巫走到城门上对着王子说:"糊涂的王子,你的钱已经被你花光了,现在你是最贫穷的人了。"

后来,有一个士兵悄悄地告诉王子,东边大山、西边大海和南边森林的主人,都是女巫假扮的,她骗走了王子所有的钱。王子听后懊恼极了,后悔自己不应该那么虚荣,听信女巫的话乱花钱。现在他只能住在山坡下的小木屋里,每天种菜维持生活了。

宝宝学到了什么?

没有计划地胡乱花钱,到最后只能像王子一样变得穷困潦倒,所以从小就应该让孩子形成好的用钱意识,有计划、合理地用钱,成为一个有经济头脑的人。

故事五 国王的遗产

有一个非常富有的国王，他的宫殿里堆满了金山、银山，还有许多许多的宝石和珍珠，可是国王越来越老，他再也无法享用这些财富了，于是他决定把他的遗产分给他的三个儿子。

他把大儿子叫来问到："我的第一个儿子，我就要死去了，你想从我的珍宝里得到些什么？"大儿子一听，差点高兴得跳起来，但是他假装很为难地说："亲爱的父亲，我什么也不想要，我只希望您能尽快恢复健康。"国王一听太高兴了，他觉得大儿子非常地孝顺，可以得到他的财产，于是他把宝石和珍珠分给了大儿子。

他又把二儿子叫来问到："我的第二个儿子，我就要死去

了，你想从我的珍宝里得到些什么？"二儿子是个贪心鬼，他一听马上高兴得两眼发亮，他说："亲爱的父亲，我希望得到你的金山和银山，但是我会用他们来给你造一座雕像，让臣民们永远记住您的功绩。"国王一听也很高兴，于是他把金山和银山送给了二儿子。

国王的小儿子也来到了宫殿，国王问到："我的最小的儿子，我就要死去了，你想从我的珍宝里得到些什么？"小儿子马上伤心地哭了起来，他说："我只想要王宫后面的一片森林，我将把您埋在我母亲的身边。"国王沉默一会，答应了小儿子的要求。

不久，国王就去世了。两个富有的哥哥马上把只得到森林的穷弟弟赶出了王宫，他们也没有为去世的国王造一座雕像，只把国王的遗体交给了穷弟弟。

两个富有的哥哥开始挥霍无度的生活，从北极买来的稀有的鱼，吃了一口就扔掉；从东方买来了华丽的丝绸，

穿了一次就扔掉；皇宫里还堆满了装满美酒的坛子……三年过去了，宫殿里原本堆满的金山、银山还有宝石、珍珠一天一天的减少，最后一丁点也不剩了，饱受饥饿的臣民冲进皇宫，赶走了这两兄弟。

流浪的两兄弟不知不觉走进了穷弟弟的森林，远远的他们就听见了森林里传来羊群、牛群、马群的声音，他们路过小河边，看到小河上游着一群群漂亮的天鹅，河床上躺着张开的河蚌，每一个河蚌里都镶着一颗珍珠。哎呀！他们想这一定是一个富有的国王的领地，他们决定去拜访这位国王。当他们走到森林中间的时候，却看到了他们的穷弟弟，穷弟弟穿着天鹅绒的衣服，脖子上戴着一串光洁晶莹的珍珠项链，脚上穿着最好的牛皮靴子。穷弟弟靠在父亲和母亲的墓碑上唱着歌。他们简直不敢相信自己的眼睛。于是，他们悄悄地离开了森林，再也没有脸去见他们的父亲和母亲还有富有的弟弟了。

宝宝学到了什么？

询问孩子为什么富有的哥哥最后会变得那么贫穷，而原本贫穷的弟弟会变得富有？通过这个故事告诉我们，财富不是永恒的，胡乱花钱，再多的财富也不够花；相反，学会合理用钱，才能创造出更多的财富。

测一测：你的孩子是"富孩子"吗

① 已经能分清各种钱币的差别。　　　　　　　　　　　　　　　Yes（　　）No（　　）

② 懂得钱可以用来买东西。　　　　　　　　　　　　　　　　　Yes（　　）No（　　）

③ 有一个储钱罐，在家长的指导下开始存钱。　　　　　　　　　Yes（　　）No（　　）

④ 会自己去买一些小物品，如铅笔、本子、橡皮擦等。　　　　　Yes（　　）No（　　）

⑤ 每次给孩子钱独自去买东西，他不会全部花光。　　　　　　　Yes（　　）No（　　）

⑥ 孩子拿到亲人给的钱会交给父母。　　　　　　　　　　　　　Yes（　　）No（　　）

⑦ 去商场购物，孩子基本上能按事先说好的买，很少要求再额外买东西。Yes（　　）No（　　）

⑧ 懂得和父母协商，说服父母给自己买一件玩具。　　　　　　　Yes（　　）No（　　）

⑨ 在父母的指导下，有自己的小账本。　　　　　　　　　　　　Yes（　　）No（　　）

⑩ 孩子更愿意花钱去买书，而不是买玩具。　　　　　　　　　　Yes（　　）No（　　）

注意 如果选Yes超过了一半，说明你的宝宝向"富孩子"迈进了一步。

专家指点

零花钱应该怎么给

很多家长认为过早让孩子接触钱，很容易染得一身"铜臭"味。其实，在现在这个经济型社会里，这种观念已经过时了。从教孩子正确使用零花钱开始让孩子学会理财非常重要，那么，父母应该怎么给孩子零花钱更合理呢？

零用钱怎么给？

首先，孩子年龄越小自控能力越差，父母今天给的钱，可能明天就花光了，因此家长应该给得少，时间间隔短为宜。到孩子10岁以后，可以按半个月、一个月的间隔来给，逐渐锻炼孩子对金钱的控制能力。

其次，按发工资的形式，定时专人给孩子。为了锻炼孩子的控制力，可以在周末的时候发，一般孩子周末的开销会比较大，如果一次花光了，那么周一到周五就进入"赤贫"状况，为了避免再次出现这样的情况，他会开始

懂得钱要有计划地花。另外还要注意，除了专人外，父母应该劝阻其他亲戚、朋友不要给孩子钱，打乱孩子的用钱计划。

第三，给孩子多少钱，要视多方情况而定。如孩子的年龄、父母的经济情况、物价水平等，学龄前孩子的零用钱应该不包括吃饭、交通等生活开销，让孩子买一些喜欢的书籍、小玩具等。

零用钱怎么用？

在孩子花钱的过程中，父母应该教会他谨慎地考虑，形成合理的消费观念。

首先，有了钱不能想买什么就买什么。父母应该帮助孩子分析，哪些东西可以买，哪些可以不买，哪些东西买了就是浪费钱，不应该花的钱应该存起来等。

第二，有计划地花钱。如在游戏中提到的，出门购物前让孩子先做一个购物清单，并且严格遵守，父母不能娇惯孩子，说好不买的东西，任他怎么哭闹就是不能买。

还需要特别提醒家长，零花钱不要和家务活挂钩。很多父母为了鼓励孩子干家务活，会付给孩子劳动的报酬，这样的做法很不对。家长应该让孩子明白，做家务事他应尽的义务，不该计算报酬。

附录

1、父母情商自测

① 你每天都会花15~20分钟的时间，和孩子一起玩游戏吗？　　　　Yes（　　）No（　　）

② 家里遇到重要或是难以解决的问题，你会告诉孩子吗？　　　　Yes（　　）No（　　）

③ 你觉得自己是一个乐观的人吗？　　　　Yes（　　）No（　　）

④ 你会在孩子面前谈论自己的失败和错误吗？　　　　Yes（　　）No（　　）

⑤ 你有一套明确的规则、制度来管教孩子吗？　　　　Yes（　　）No（　　）

⑥ 你经常教孩子如何放松心情来面对各种压力和困难吗？　　　　Yes（　　）No（　　）

⑦ 你家里会定期召开家庭大会吗？　　　　Yes（　　）No（　　）

⑧ 你是否花时间教孩子面对麻烦事，并用乐观的态度解决这些问题？　Yes（　　）No（　　）

⑨ 当孩子不愿谈起他的"心事"或烦恼时，你能让他独处吗？　　　Yes（　　）No（　　）

⑩ 你是否总是相信无论遇到什么困难，总会找到解决的办法？　　　Yes（　　）No（　　）

⑪ 如果孩子仅仅是因为一件小事撒谎，你会严格处理吗？　　　　Yes（　　）No（　　）

⑫ 你会花时间教孩子交友的技巧吗？　　　　Yes（　　）No（　　）

⑬ 当遇到疾病或失业、破产等沉重的问题，你会诚实地告诉孩子吗？　Yes（　　）No（　　）

⑭ 当孩子遇到一个解决不了的问题时，你帮他一把吗？　　　　Yes（　　）No（　　）

⑮ 你是否严格要求孩子懂礼貌讲文明？　　　　Yes（　　）No（　　）

⑯ 当孩子抱怨某件事太难或总是失败时，你会继续鼓励他坚持到底吗？Yes（　　）No（　　）

答案和解释

1. Yes.　**点评**：每天抽出一定的时间和孩子玩游戏或活动，不仅能增加亲子感情，还能帮助孩子提高自信。

2. No.　**点评**：心理学家普遍认为，父母不应让孩子回避家里的重要问题。孩子的适应能力其实比父母想象的要强得多，作为家中的一分子，他有权利知道发生的一切，这可以帮助他从小培养敢于面对困难的品质。

3. Yes.　**点评**：父母的心态对孩子有潜移默化的影响，乐观的父母往往能养育出快乐的孩子，因为孩子乐观或悲观的性格，主要是靠耳闻目睹养成的。

4. Yes.　**点评**：如果你回答是，那说明你是一个比较明智的父母，父母也会犯错，让孩子实事求是地看待最亲密的人，有助于他学会接受他人的优点和缺点。

5. Yes.　**点评**：不管是哪种类型的家庭，都应该有一套明确的管教孩子的制度。因为，过度娇惯是导致儿童时期许多问题的原因，如逆反、任性等，这些不良品格甚至会影响孩子的一生。

6. Yes.　**点评**：当孩子遇到困难时，让他深呼吸，身体放松，这不仅有助于孩子应付当时遇到的问题，也让他养成遇事不慌张的好习惯。

7. Yes.　**点评**：家庭会议不仅能适时地解决家庭矛盾，还能让孩子学到解决问题的技巧。

8. Yes.　**点评**：乐观的处事态度，可以将许多大事轻松地化解为小事，更是孩子身心健康的重要保证。

9. Yes.　**点评**：孩子也会遇到烦恼的事，他也需要独处的时间，让孩子安静几分钟，然后鼓励他把问题和自己的感觉说出来，帮助孩子分析问题、找出解决的方法。

10. Yes.　**点评**：遇到困难不是逃避、消沉，而是积极地去寻找解决问题的方法，这种认识世界的主动方式，有利于增强孩子的自信。

11. Yes.　**点评**：诚实是成为一个正直的人最基本的品质。

12. Yes.　**点评**：孩子不是天生的交际家，当孩子表现出交友意愿，却又害羞、胆怯，不敢主动和小伙伴搭话时，父母应该先成为他的好朋友，随时教他与人相处的技巧。

13. Yes.　**点评**：许多父母试图把孩子保护起来，使他们免受任何压力的侵扰。殊不知，这样做不仅使孩子失去面对问题的勇气，还会形成懦弱、消极、自闭的不良品质。

14. No.　**点评**：不要小看孩子解决问题的能力，让他和小伙伴商量去吧，当他学会自己解决问题后，会获得自信心，学会一项重要的社会技能。

15. Yes.　**点评**：懂礼貌的孩子走到哪里都能给人留下好印象，这对孩子在学校和将来在社会上的成功有举足轻重的作用。

16. Yes.　**点评**：要想成就事业，获得成功，最重要的就是具备不怕失败仍坚持不懈的精神。

2、0~6岁孩子身体发育对照表

发育指标	男孩	女孩
1岁		
身高	73cm~78m	71cm~77 cm
体重	9kg~11kg	8.5kg~10.6kg
胸围	46.m	45.8cm
头围	46cm	45cm
坐高	48.5m	47.4cm
牙齿	一般6个月开始长牙，12个月会长出6-7颗牙齿。	

发育指标	男孩	女孩
2岁		
身高	84cm~91cm	83cm~89.8cm
体重	11kg~14kg	10.6kg~13kg
胸围	49.5cm	48cm
头围	48cm	47cm
坐高	57.4cm	56.7cm
牙齿	乳牙基本出齐，第三恒牙臼齿已骨化。此时开始要注意保护牙齿，教孩子刷牙。	

发育指标	男孩	女孩
3岁		
身高	91cm~98cm	90cm~98cm
体重	13.0kg~16.4kg	12.6kg~16kg
胸围	50.5cm	49cm
头围	49.6cm	48.3cm
坐高	61cm	60cm
牙齿	20颗乳牙长齐。注意预防龋齿，睡前不吃东西，吃甜食后勤漱口。	

发育指标	男孩	女孩
身高	98.7cm~107cm	97.6cm~105.7cm
体重	14.8kg~18.7kg	14.3kg~18.3kg
胸围	51cm	50cm
头围	49.9cm	48.3cm
坐高	62.7cm	62.5cm
牙齿	上颌加宽，为恒齿的生长提供空间。注意"地包天"等牙畸形的出现。	

4岁

发育指标	男孩	女孩
身高	105cm~114.5cm	104cm~112.8cm
体重	16.6kg~21kg	15.7kg~20kg
胸围	54.5cm	53.3cm
头围	51cm	50cm
坐高	67cm	66.6cm
牙齿	开始换第一颗牙，通常是上排门牙，陪伴孩子一生的恒牙即将长出。	

5岁

发育指标	男孩	女孩
身高	111cm~121cm	109cm~119cm
体重	18kg~23.5kg	17kg~23kg
胸围	56.8cm	56cm
头围	51cm	51cm
坐高	69.7cm	69cm
牙齿	最后一颗乳牙的后面、上、下、左、右共长出4个大牙，叫做第一恒磨牙，又叫"六龄齿"，这是最先长出的恒齿。	

6岁

3、0～6岁孩子情感发育对照表

	情绪发展	情商问题	人际交往
0～1岁	通过各种感官方式来认识世界，从不通世事的婴儿向幼儿发展。害怕陌生的事物，对父母的依恋情绪开始滋生。	会对父母乱发脾气，因得不到的玩具会大哭大闹，偶尔还会使用"暴力"咬、抓成人。	开始和成人交往，会设法引起成人的注意，有时会用微笑、摆手来逗大人笑，还未与同龄孩子形成真正意义上的交往。
1～2岁	自我意识逐渐增强，具备成人的大部分复杂情绪，开心会大笑，伤心会哭泣，但是情绪仍然不稳定，容易受外部因素影响。	对情绪的控制力较差，常因为一点小事哭闹，还学会了和大人闹脾气；"分离焦虑症"的产生，如果长时间与看护者分离，会表现出焦虑、恐惧的情绪。	人际交往出现第一次突破，除了已能和大人相处得很好，内心开始渴望和同龄的孩子交往，但是缺乏与人交往的技巧，时常发生打架、抢东西的行为。
2～3岁	进入人生第一个逆反期，喜欢自己做决定，当意愿与现实冲突时，反应会非常激烈。但是孩子也变得越来越独立，当小伙伴有困难时，还会主动去帮忙。	任性、耍赖、不听劝是逆反期最主要的情绪特征，同时，孩子还产生了另一种消极情绪——"我不行！"遇到困难容易气馁、放弃。	已经学会主动结交朋友，但是有时变现得"特立独行"，如易与别的孩子发声冲突，不合群、霸道、小气等，这与孩子处于逆反期有很大关系。
3～4岁	变得有点让人捉摸不透，时而很听话，时而焦躁，遇事非常执著，喜欢向人发出挑战。随着接触的人越来越多、社会环境也更复杂，出现骄傲、霸道、自私、不耐烦等负面情绪。	精力非常旺盛，每时每刻都在探索世界，喜欢不停地向父母发问，不管你是不是已经不耐烦；对外界事物形成一套主观看法，经常和父母的意见冲突；学会了撒谎。	能够帮大人做一些家务，会邀请小伙伴到家里做客，还懂得了安慰正在哭泣的同伴。更喜欢和比自己大一点的孩子玩，非常热衷于角色扮演游戏。
4～5岁	情感世界变得更为丰富，并且对他人的情绪非常敏感，懂得察言观色。情绪变化比前期稳定了许多，对新环境、新事物的适应能力增强，不再因为一点小事哭闹。还表现出丰富的想象力。	自尊心很强，变得非常敏感，在乎别人对自己的看法，甚至别人对他穿着、胖瘦等评价都能引起他的不满。对于新出现的情绪，如尴尬、内疚、嫉妒有些无所适从。	对家庭成员之间的关系感兴趣；懂礼貌、大方、友善，喜欢幼儿园的生活，在幼儿园里能按照老师的指挥同其他小朋友良好地合作。
5～6岁	情绪稳定，有良好的适应能力，做事也变得非常认真，有责任感，有同情心，自尊心极强。对情绪的自控能力较强，但是喜怒哀乐还是会写在脸上。经常出现矛盾的心理。	发现自己的意愿经常和现实相冲突，因此，比较容易激动；情绪过于外露，还不懂得内敛；尚未形成自觉学习的习惯。	认为自己什么都能做，不愿意独自玩耍，更喜欢和一个或更多的孩子一起玩，部分孩子已经能在孩子群中表现出领袖风范。还懂得改变自己的行为来使周围的人开心。

4、0~6岁孩子智力发育对照表

	运动能力	语言能力	认知能力
1岁	可以独立站片刻，会自己扶着墙行走。会踢腿、招手、蹲下再站起等多种动作。可以把书打开再合上，喜欢独立完成一些简单的动作，双臂能上下前后运动，能自己玩搭积木；手也变得灵活，会穿珠子、扔球等。	听得懂并去执行简单的语言要求。可以说出"爸爸、妈妈、奶、抱"等10个简单的词，常常用一两个词表达自己的意思和情绪。喜欢用动作来辅助语言。时不时发出一些惊叹词，经常模仿家人的发音。	懂得客体永久性的概念，即知道一个物体或人在眼前消失并不表示永远消失。对数字的认知能力增强，在大人指导下能数出"1、2、3"，会伸出手指表示自己的年龄。拥有短暂的记忆。
2岁	能独自上下楼，掌握简单的书写；会拍球、抓球和滚球；会做一些生活中的精细动作。如系鞋带、系纽扣等，单脚站立2秒以上；能写出0和1，更多时候是毫无目的的涂鸦。	单双词句向完整词句发展，由于发音器官发育不全，出现许多语音错误；会简单复述大人给他说的短小故事或是生活中发生的事；经过反复练习能背诵儿歌或短诗。能背诵5~7首儿歌或短诗。	学习欲望强烈，好奇心强，求知欲非常旺盛，具备很强的接受新事物的能力。如果教给孩子一些新东西，会像海绵一样吸收。生活中一切事物都是崭新的，喜欢不停地温"为什么？"想象力开始萌发，看着某件事物就能开始想象。
3岁	会骑小三轮自行车，能快速跑步，但有时还会跌倒，会使用剪刀，平衡能力增强，能端装水较满的水杯，会自己脱裤子衣服、穿裤子、穿没有纽扣的衣服；已经能画出直线和简单人物、风景画，还能根据想象力画出见过几次面的人。	词汇量达到200以上，会使用礼貌用语，可以与大人进行完整的对话，说话内容开始丰富，能完整的描述事件，还能强调一些细节，并对语言有了一定理解，喜欢重复说一些自己认为有意思的词逗笑大人。	孩子的思维开始向具体形象思维过渡，具有较长时间的记忆力，并且依靠记忆把过去的事物和当前具体事物的联想起来，能用已经知道的、见过的、听过的知识来综合思考问题。初步理解时间概念，反复指导看能看懂时间；能记住自己的家庭住址，分清冬夏天的衣服和食物，知道自己的性别、姓名与年龄。
4岁	能自由地跑跳，不太容易摔倒。能较精确的把球投入儿童式篮球架的框里；能自如的双脚跳过障碍，会翻筋斗和立定跳远，会折纸做简单的手工。	会讲故事，并生动的复述有趣的情节；模仿大人说话的用词和语气并运用到自己的交往中。能绘声绘色的讲述今天在幼儿园发生的事情，少数孩子还能加上自己的评价。	认识且能连续数出数字。能发现事物间的相同点、异同点，长短的概念开始形成，知道两条线中哪一条长。能快速找出两个合适的三角形拼成正方形，具有惊人的想象力，会自己编故事。

	运动能力	语言能力	认知能力
5岁	可以开始学写字，但还写不好，会画出一幅有含义的画，并且给画上色；已经会边跑边拍球，能精确按照纸上画好的线路裁剪图形，跳绳、打羽毛球、从高处跳下等都已不在话下。	在欣赏文学作品的基础上，会初步归纳主题，如听完一个故事后能简洁地说出主要内容；具备比较成熟的语法知识，很少出现语法错误，别人语法错误时，还可以进行指正。听过的歌，能跟着轻声哼唱，能背诵多首唐诗。	对钱有初步的认识，知道钱的用途和重要性，懂得钱能买他想买的东西。能说出一星期有几天，理解地名的意思，但还分不清抽象距离的意义，能判断两件物品中哪一件重。能根据用途给物体下定义：如球是扔的，车是骑的。还能做10以内的加减。
6岁	从三层台阶上跳下来，落地平稳；立定跳远在80cm~100cm；能单脚连续跳30下以上；会花样拍手；会运球跑。经过训练能进行复杂的身体协调运动，如打架子鼓。具有较熟练的绘画和手工制作技能。	和成人已经能毫无障碍地沟通，会询问抽象词语的意义并尝试运用，能使用语言描述过去和未来的事件；喜欢听故事、笑话，也喜欢读故事，主动阅读能力增强。	记住12个月的名称和一周7天的名字；有时间概念；理解数字的含义，进行20内的加减算法。拥有很强的创造力，经常在游戏中创造出奇怪的造型、画出奇怪的形象等。

5、家庭教育中父母的20个坏榜样

做一对成功的父母并不容易，有责任的父母会极力在孩子面前做一个好榜样，可是有时，父母不想在孩子身上看到的行为，却不经意间发生在了自己身上，成了孩子的坏榜样。父母要特别注意下面的言行，同样的错误不要再犯了。

1. 胡乱使用善意的欺骗

大街上孩子吵着要买玩具，几乎就要大哭起来，你想制止他，于是就连骗带吓说："再不听话，警察叔叔就来抓你了"、"不听话，爸爸妈妈不要你了。"受到恐吓的孩子暂时停止了吵闹。

注意：这些善意的谎言看似非常管用，事后，孩子会发现自己上当了，以后就不再相信大人的话了。

2. 敷衍孩子，认为孩子的事都是小事

每天下班回到家里，有些父母总是习惯性地问孩子："今天在幼儿园里乖不乖啊？"一边问，一边就忙着做饭，看电视或者翻看报纸，根本没有把精力放在孩子身上。

注意：绝大多数的孩子都会有这样的体验：当我们正要认真的、兴奋地告诉父母今天发生的事时，却发现他们连头都没有抬一下，我们觉得很失望，其实父母只是随便问问而已吧。是的，父母这样的行为仿佛就是在告诉孩子，你其实并不关心他的答案，只是例行公事问一下。比起这个，赶快做饭，看看电视来得更重要。于是孩子只能得到"不错啊""都可以""随便你"这样的答案，于是，孩子从大人身上学会敷衍别人。

3. 滥用权力，不懂得向孩子承认错误

当孩子为争夺玩具跟别的小朋友发生争吵，大人冲上去也不问孩子争吵的原因，罚孩子到房间里站着或是动手就打。几天后，你意识到自己对孩子的惩罚有些过重了，可是你想："子不教父之过，要给他点厉害看看。"，于是说服自己，此事不了了之。

注意：很多家长认为作为父母就是高高在上，不然怎么管教孩子，于是当孩子犯错就要严厉的惩罚，而对待自己就敷衍了事，拒不认错。这样孩子也会跟着你学，就是不承认错误。

4. 遇到困难只懂得抱怨

家里热水器坏了，你请孩子的叔叔来帮忙修理。可是到了约定时间，叔叔却来了电话说有事来不了了。挂断电话后，对孩子和妻子抱怨："叔叔太不守信用了，说不来就不来，以后再不找他帮忙了。"

注意：责备和抱怨不仅解决不了问题，还给孩子做了一个坏榜样：在面对困难的时候，大人没有积极地去想办法解决，只懂得怨天尤人。以后当孩子遇到困难时，恐怕也是束手无策，一味责备和埋怨他人。

5. 生活就是不停地忙碌

忙碌一天回到家，孩子马上黏过来，吵着要你给他讲故事、玩游戏，可你总是不停地忙着其他的事情：上网看新闻，看报纸，整理房间。好不容易孩子等到你忙完了，刚要坐下讲故事，忽然电话又响了起来，一说就是半个小时。

注意：大人这样的行为让孩子认为父母的生活里好像工作或是做别的事情更重要，除了忙碌还是

忙碌，没有其他任何娱乐，自己也不过是不重要的一部分。在这样的环境下长大的孩子，可能性格会变得内向，容易抑郁，不懂得用别的方法排解心里的不满。

6. 总是不相信孩子的能力

爸爸在修理电视机，5岁的孩子走过去看个究竟，还希望能够帮爸爸的忙，可是父亲勃然大怒："你懂什么，不准乱动！走开走开。"

注意：不相信孩子的能力，以为孩子什么也不会做，当孩子表现出兴趣时，家长却表现出对他的不信任。这样不仅会破坏亲子间的关系，还会让孩子得不到锻炼，所有的事情都由父母代劳。

7. 撒谎的行为最要不得

舅舅家里出了大事，打电话来请你们过去帮忙，可是为了避免麻烦，你们告诉他孩子生病了，不能过去，让他们自己解决。

注意：为一件小事撒谎，父母觉得是不关痛痒的事，可是在一旁听着你说话的孩子却非常迷茫，明明自己没有生病，为什么妈妈要说我生病了？原来撒谎还有避免麻烦的好处，看来以后自己也可以经常撒谎，让自己可以轻易推脱责任。

8. 过度的溺爱

很多家庭都是独生子女，父母舍不得给自己买东西，可是对孩子却很大方，他要奥特曼、要芭比娃娃都照买不误，家里已经堆满了各种各样的玩具，但是想想只有一个孩子，不疼他疼谁呢？于是继续购买更多的玩具。也不知道提醒孩子要爱护玩具。

注意：这种过度的溺爱危害巨大，会使孩子任性、贪婪，只懂得索取，不懂付出。孩子永远不会理解父母的这片苦心，只会觉得这都是你们应该做的。

9. 嫉妒他人的阴暗心理

吃饭时，当着孩子的面愤愤不平地告诉丈夫："XX升职了，他有什么了不起的，不就懂些电脑吗，肯定还走了后门。"

注意：不能勇于承认自己技不如人，只知道怨天尤人，光知道嫉妒，不知道反省，孩子以后就学会以自我为中心，不思进取。

10. 不要总是拿孩子和同龄人作比较

经常对孩子说："你看XX家的孩子多聪明，你一点也比不上他。""大学生的孩子就是不一样，我们家孩子就没这个福气。"到底自己哪里做错了呢？为什么隔壁家的孩子永远比自己做得好？

注意：大人总是喜欢拿自己的孩子和别的孩子作比较，而且总认为自己的孩子比较差，根本没有认真去发现自己孩子的优点。这样下去孩子会变得自卑，默默地和别人对比，总觉得自己不行，缺乏自信心。

11. 碰运气，贪小便宜

和孩子去超市购物，埋单的时候收钱的营业员多找了十块钱，当场发现没有去归还，反而觉得碰了运气，沾沾自喜。

注意：孩子也马上学到了，只要别人没发现，就可以占一些小便宜，事后还觉得是自己运气好，而不会反省自己的行为。

12. 夫妻双方向孩子埋怨对方的不是

夫妻又发生了争吵，大家心中都充满了对对方的不满，于是都对着孩子说："爸爸/妈妈一点用也没有，你不要再理他。"孩子很矛盾，不知道听谁的好，索性躲到房间里，等待"战争"的平息。

注意：这样做让孩子学会了互相指责和怨恨，而不是沟通、了解，理智的解决矛盾。甚至在冲动的时候搞破坏，进行报复。

13. 冷漠的家庭关系

当发现另一半有了外遇，而为了年幼的孩子只能选择容忍，心里想着只要他还回这个家就可以了，孩子还小，需要一个完整的家。

注意：父母一厢情愿营造出来的一个貌似完整的家，其实到处都充溢着不满和冷漠，并不能给孩子足够的温暖，这种冷漠的家庭关系，夫妻间的貌合神离，只会带给孩子对婚姻的不信任，对人与人之间感情的怀疑。

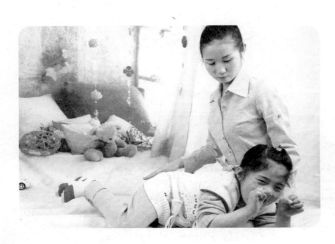

14. 把工作压力宣泄到孩子身上

工作繁忙压力大，回到家本想休息一下，谁知道2岁的孩子不停地哭闹，于是终于忍不住对着孩子大吼："哭什么哭！就知道哭！再哭我就打你！真是烦人。"

注意：一个懂得自尊自爱的孩子，一定是先得到过成人的尊重和认可。如果我们不给予孩子这种尊重，始终将孩子放到低自己一等的位置上，对孩子很粗暴，将不满的怨气随意撒到孩子身上，孩子也会想当然地认为他也可以这样做，不会忍耐，不会体谅人，难以站在别人的角度考虑问题。

15. 当着孩子的面吵架

夫妻吵架是常有的事，但是不分场合，不分时间，特别是当着幼小的孩子面前争吵甚至动手打架，事后又言归于好。

注意：夫妻的冷战、争吵时凶恶的神态、蛮横的语气语调、粗鲁的用语都被孩子看在眼里，记在心里，给孩子提供了学习攻击性行为的好榜样。日后孩子在游戏时，就会有样学样，就对着洋娃娃骂，狠狠地打娃娃，或者对小伙伴说粗话、脏话。更可怕的是，会在他们心里留下难以磨灭的阴影，有可能对将来孩子的婚姻观、人生观产生消极影响。

16. 宽容待人不是停在嘴巴上的事

和孩子外出购物，排队时一位妇女插队站在了你的前面，当你要求她到后面排队去。她对你的话置之不理，于是只能提高嗓门，与她理论，最后争吵了起来，受惊的孩子在旁边哭起来。

注意：父母平时教导孩子要宽容待人，可是实际情况却是为了一些小事，就和别人发生冲突，孩子会觉得父母的做法非常可怕。甚至在以后的交往中，孩子也误以为讲道理是行不通的，只能通过吵架甚至打架才是解决冲突的最好办法。

17. 与老人争吵，不懂得孝敬老人

作为儿媳妇不是与婆婆和睦相处，孝敬老人，而是处处防着婆婆，从不带孩子去看望老人，还当着孩子的面咒骂老人，数落老人的不是。

注意：孩子看到的是一个尖酸刻薄的女人，而不是宅心仁厚的母亲，现在不为孩子树立孝敬老人的榜样，总有一天恶果会降临到你自己头上。

18. 懒散、不讲卫生

单身生活的习惯延续到婚后，从不收拾房间，吃完的东西到处乱扔，只等妻子把家里的一切收拾好，不去帮忙，也懒得过问。

注意：要想孩子从小养成良好的生活习惯，父母是最重要的榜样。孩子将这些不良习惯看在眼里，马上就会跟着学，甚至还会狡辩"爸爸也是这样，为什么我不可以"这样，孩子依赖性大，习惯于把责任都推给别人。

19. 小气、贪婪

帮亲戚买了一些进口水果，每一毛钱都算得清清楚楚，还要悄悄拿几个出来自己吃。以后亲戚再也没有让自己帮过忙，还反过来埋怨亲戚小气。

注意：斤斤计较、爱打小算盘，不是自己的东西也要拿，孩子看在眼里，记在心里。以后遇事待人也学得一毛不拔，甚至对自己的父母也非常吝啬，只懂得索取，不会付出。

20. 说一套，做一套

在家里父母总是教育孩子要尊老爱幼，遵守社会公共道德。但是在公共汽车上却假装没看到站在跟前的老人和孕妇，在禁止进入的草坪上睡觉。

注意：我们说一套，做一套，将在孩子道德观养成阶段造成错误的引导，道理只是说给别人听的，而自己可以不遵守。孩子长大后也会变成一个非常虚伪的人。

6、儿童最常见的情绪问题完美解决实例

Q 疑问：为什么我的宝宝老爱发脾气？

原因

小宝宝爱发脾气通常有三个原因。一是当自己的需求得不到满足时，如玩得正高兴的时候父母制止，要他上床睡觉；想要的玩具父母却不给买，这些情况下宝宝经常会大哭大闹起来。第二，疲倦状态下或总是做不好某件事，比如想把积木搭得高高的，却总是倒塌，想弹一首曲子，却总是弹不好，这是孩子会因为懊恼、急躁导致发脾气。第三，受到父母忽视时，如父母总是不陪自己玩，用摔玩具、哭闹来发泄心中的不满。

聪明妈妈这样做

当孩子发脾气时，父母应该回顾刚才发生的事情，找出让宝宝"大爆发"的原因，然后根据孩子不同的个性和心理特点来决定处理方法。

首先，家长自己必须保持冷静，切忌高声喊骂，甚至动怒打孩子，这样只会使争吵升级，孩子脾气会愈演愈烈。最好的方法就是耐下性子，从感情上安慰孩子。

第二，转移注意力法。当孩子因为得不到某件玩具大哭大闹的时候，父母最好马上抱他离开那件玩具，带他到附近飞公园荡秋千，到邻居家转转，到楼下看看路上的汽车，把孩子的注意力从玩具转移到别的东西上去，让他忘记刚才的不愉快。

第三，坚持原则。当孩子无故发脾气时，家长可以佯装离开，冷落他一下，让他尽情地哭闹，经历几次的情况，他就会知道自己的行为已经惹恼了大人，继续发脾气也是毫无意义的。

最后，向孩子讲道理。当孩子情绪平静下来后，让他坐在床上或沙发上，直视他的眼睛，认真地告诉他，刚才他的行为是错误的，同时给孩子一个解释的机会。这种及时的沟通，可以马上解决当前的问题，不至于把矛盾继续积累，否则下次遇到类似的情况孩子说不定还是会大哭大闹。

Q 疑问：为什么我的宝宝不合群？

原因

造成孩子不合群的原因主要有三个。

一是，家庭环境不和谐。比如父母经常争吵、冷战，或者经常外出，疏于和孩子的交流。这样的家庭环境容易造成孩子产生"抑郁"心理，孩子既想和父母交流但是又害怕惹怒了大人，久而久之形成自卑、内向、孤僻的性格。第二，孩子本身性格特点，有的孩子天生好动，精力旺盛，喜欢和小伙伴打闹、玩游戏，也有的孩子好静，喜欢自己独自玩耍，这是不同人的性格特点决定的。第三，养育方法不正确。如过分的溺爱，对孩子有求必应，形成孩子以自我为中心的心理，在与同龄伙伴交往中不懂分享，逐渐演变成不合群的习惯；又或者是家长过分担心孩子的安全，害怕孩子被别的孩子欺负，禁止孩子与其他同伴交往，使孩子缺乏交流的环境，交际能力下降。

聪明妈妈这样做

家长应该注意调节自己的情绪，不要经常在孩子面前争吵；端正养育观念，有原则、讲方法地教育孩子。同时，了解孩子不愿意与想伙伴一起玩的原因。

改变孩子不合群的毛病，最好的方法就是让他多参加活动。一开始孩子不会主动去和其他孩子玩耍，这需要父母的帮助。如邀请邻居或是幼儿园的小伙伴到家里做客，一开始可以是一对一的形式，事先应该为孩子准备好他们感兴趣的玩具，如搭积木、堆沙子、打水仗等。如果两个孩子在玩耍的过程中发生矛盾，家长应该及时出面帮助他们解决，总之，这些都需要家长投入大量的时间和精力。

其次，在日常生活中改变孩子。比如经常带孩子去参加各种聚会，同事、朋友、同学以及亲戚之间的聚会，可以的话都带上孩子一起去，让孩子多和陌生人接触，事先可以先和朋友打好招呼，主动和孩子讲话，给孩子喜欢吃的糖果等，消除他对陌生人的恐惧；还可以在孩子生日的时候开生日宴会，最好不要把生日过得太铺张，着重还是生日气氛，大家一起唱歌、互赠礼物等；每天傍晚带孩子出门散步，鼓励他和小区里的孩子玩耍，从由大人陪同到鼓励他自己出去玩耍。

最后，家长要做好孩子的交际榜样。热情、开朗，礼貌待人，在潜移默化中改变孩子不合群的习惯。

Q 疑问：小宝宝也有嫉妒心理？

原因

当孩子形成自我意识的时候，嫉妒就会随之产生。但是由于孩子的自我评价系统尚未成形，还不能客观地评价自己和别人，往往只是别人评价的简单再现。因此，当父母夸奖、亲近别的孩子，或是看到别的宝宝比自己的玩具多、比自己能干的时候，孩子就会产生嫉妒心理。

聪明妈妈这样做

教孩子换位思考。当父母亲近别的孩子时，宝宝总是表现得很生气，甚至会推开别的孩子，为了解除孩子的这种嫉妒心理，父母可以这样做，比如带孩子到别的亲戚家做客，事先可以告诉亲戚，当孩子到家的时候，多抱抱他，然后拿出孩子爱吃的糖果给他吃，让宝宝开心起来。等回家后，妈妈可以对宝宝进行引导，问他："阿姨抱你，你是不是很开心？"并告诉他阿姨抱他是表示对他和爸爸、妈妈的欢迎，让大家开心起来，同样，妈妈亲近别的孩子，也是想让他开心。

提高孩子的自我认知水平。父母平时应该告诉

孩子每个人都有自己的长处和不足，当父母表扬别的孩子时，也应该告诉孩子："xx会跳舞，这是她的长处，但是你也有很多优点，你会自己穿衣服，会唱歌。妈妈表扬她是希望她能做得更好，上次你帮爸爸扫地，爸爸是不是也表扬你了啊？"让孩子感到他自己也有很多优点，同时明白不仅是他，别人也希望得到表扬，才能继续进步，做得更好。

Q 疑问：为什么我的宝宝有攻击行为？

原 因

有的宝宝动不动就喜欢咬人，摔东西，家长要弄清宝宝带攻击性心理的原因，不能盲目打骂。孩子出现攻击性的原因主要有以下这些。一是家长经常通过暴力解决问题，孩子进行模仿。二是家长的不良引导，如孩子被别的孩子欺负时，家长告诉孩子："如果他还欺负你，你就打回他。"或是"他再打你，告诉爸爸，爸爸帮你去揍他。"三是，"自我中心"意识造成的攻击性行为，如孩子不懂得分享，会去抓、咬拿走自己玩具的小朋友。另外，还有不善于表达、不当的肢体动作造成的攻击行为等。

 聪 明 妈 妈 这 样 做

解决所有的问题前，首先都应该找到问题的原因，家长要想消除孩子的攻击性行为，也应该对症下药。如宝宝为了得到心怡的玩具，打、咬别的孩子时，大人要及时出面调解，可以马上将孩子抱走，或将孩子带到隔壁的房间，冷静地看着孩子，也给他一点冷静思考的时间，等孩子平静下来后要勇于对孩子提出批评："你是不是很想要那个玩具？但是不可以动手打人，打人是不对的，如果你很想要，可以让xx给你玩一下，或者是告诉妈妈，让妈妈和xx说也行。"一来，家长及时制止了孩子的攻击性行为，让他知道打人是不能得到玩具的，同时，也让他知道，大人会帮助他，关心他，他不需要通过打人来实现愿望。最后，记得让孩子向别的小伙伴道歉，逐渐纠正他的攻击意识。

Q 疑问：为什么我的宝宝总是很胆小？

原因

很多家长都会觉得奇怪，为什么宝宝年龄越大反而害怕的东西越来越多了？其实，这与孩子的身体发育、机体所掌握的技能有很大关系。比如一个家庭条件较差、经常遭受父母打骂的孩子，就容易产生自卑心理，为人处世都表现得唯唯诺诺、胆小怕事；一个身高比较矮、瘦弱的孩子就不如身材高大、结实的孩子胆子大；还有一些孩子天生运动体统发育优秀，喜欢参加攀岩、游泳、滑轮等运动，而机体性能比较差的孩子，往往不敢参加这些运动项目。除了这些主观因素，父母的教育以及孩子的成长经历对他的胆量也有很大的影响，如过度溺爱，使得孩子缺乏独立意识，不敢独处，害怕与陌生人接触等。随着孩子年龄的增大，想象力和记忆力增强，孩子经常会把现实和想象混淆在一起，从而对莫名的事物产生恐惧感。

聪 明 妈 妈 这 样 做

理解了宝宝胆小的原因后，父母要根据孩子恐惧的原因对症下药。首先应该让孩子说出他心里的恐惧，了解他的真实想法，父母不应该抢在孩子前面对他说："不要害怕，这有什么好怕的？"这样只能适得其反，不仅不能安慰孩子，反而孩子觉得

你一点也不了解他的感受。其次，提供给孩子充足的感情上支持。当孩子因为害怕躲到你的怀里时，家长要给予重视，孩子将你当做最信任的人，他希望你能安慰他、保护他，并且理解他，千万不要一副无所谓的样子，甚至表现得不耐烦、嘲笑孩子，失去保护的孩子只能独自承担恐惧，久而久之容易形成易受惊、易怒、易慌张的心理问题。第三，不要过度溺爱，让孩子多去尝试、多受挫折，比如有的家长带孩子外出游玩，不让孩子爬山，爬孩子摔下来，不让孩子去河边玩水，生怕孩子落水，觉得孩子只有老实呆着就是最安全的，时间一长，孩子开始害怕探索世界，不敢接触新事物，变得胆小怯弱。最后，还有一些小细节要提醒父母们，如不要给孩子讲鬼故事，不看暴力的书籍和电视；尽早和孩子分房睡，多增加给他独处的时间；多带孩子到大自然中去，了解各种自然现象和规律；经常讲一些英雄人物的故事。

Q 疑问：为什么我的宝宝很贪心？

原因

有的孩子很大方，有的孩子却很"贪心"，比如手里抱着个大卡车还想去抢弟弟的机关枪，遇到喜欢吃的食物就吃个没完，出去上街答应只买一个玩具，最后还是吵着要这要那。这些都是孩子表现出来的"贪心"。随着孩子年龄的增大，他开始有了自己的喜好和强烈的个人意识，但是还不能控制种种"欲望"的忍耐力，于是就产生了贪心的毛病。当孩子被"想要"的念头缠住时，就会变得胡搅蛮缠，凭借一时冲动和"欲望"行事，完全不会考虑行为的后果，也不会听大人说的道理，如果此时他的要求得不到满足，就会开始大哭大闹来宣泄自己的不满和气愤，最后可能演变成一场"家庭战争"。

弄清了孩子贪心的原因和不良结果，就要从小规范孩子的言行举止，处处提醒他，避免孩子从小养成贪心的坏毛病。首先应该教会孩子认识他应该遵守的"度"。当孩子拿到第一件玩具、吃第一个糖果前，就应该向他灌输"度"的概念，既和他认真地进行一个约定，如这次上街只能买一件玩具，吃晚饭只能吃一块饼干等，并在这之前不断地提醒他，"你只可以买一件玩具，要认真地挑，选最喜欢的那个。""只能给你吃一块饼干，吃完就没有了，记住了吗？"让孩子时刻记住和大人的约定，刚开始时可能不奏效，父母不要放弃，当孩子第一次能遵守约定时，父母要及时表扬并认可他的行为。久而久之，孩子就会懂得自我克制，对身边的诱惑产生一定的抵抗力，"一诺千金"的观念也会深深埋入心底。其次，耐心地和孩子讲理。他们总是会问"为什么不可以再买一个？""为什么不给我吃？"这时需要父母巧妙的解答，比如"每天吃一个巧克力，牙好胃口好，最后变成了巧克力宝宝。""把小汽车分一个给弟弟，这样就可以组成超级小车队，去哪里都不怕。"千万不能和宝宝对着干"不行就是不行！"这样宝宝只会觉得委屈、不服气，导致孩子继续与大人对着干。最后，坚持原则。当孩子胡搅蛮缠时，明确告诉他"不能买，你已经有一个了。""已经吃了很多了，不能再吃了。"表明你的态度，不要因为一时的心软纵容孩子的任性，也可以让孩子成为懂道理、讲道理的人。

Q 疑问：怎样才能让宝宝 "大度"点？

原 因

我们经常说人"小肚鸡肠"、一点气量也没有，而有些人是"宰相肚里能撑船"，对人总能宽宏大量，这就是人与人之间"肚量"的问题，小宝宝会不会也有"肚量"的问题呢？这是肯定的，从孩子自我意识萌生的那天起，孩子就有了"肚量"的问题。随着孩子逐渐长大，自我意识也逐渐增强，对"你"、"我"已经能区分对待。因此，当和别的孩子在游戏、相处中发生冲突时，"我"的意识突显出来，占据主导，由于不了解"我"和"他人"相处的技巧，不懂得化解矛盾的方法，孩子表现得霸道、小气，不仅不承认自己犯了错，也不愿意原谅别的孩子。孩子自我意识太强，还容易在平时与人相处中发生各种摩擦，比如不懂得忍让，不会体谅大人，不愿意分享，更不会为他人着想。

怎样才能让孩子成为宽容大度的人呢？应该从身边的小事做起，在日常生活中，仍然要让孩子多接触同龄人，提高他们的人际交往能力。在遇到矛盾时，或事情发生后，让孩子说出事情的原委，帮助孩子分析事情的原因和应该采取的解决方法，并给予他适当的安慰，这样在下次再发生类似的事情时，孩子就会知道应该怎样去解决。问题得到解决后，需引导孩子反思自己的行为，他是不是也有做得不对的地方，抓住机会引导他发现同伴的优点，宽容同伴的缺点。其次，学会表扬、称赞和欣赏别人。这对于宝宝还不太容易做到，家长可以从特定的、孩子容易认可的人物入手，比如动画片中的英雄人物、聪明能干的孩子等，适时地抓住机会问孩子："XXX是不是很聪明啊？"然后引申到现实生活，如运动会时让孩子为伙伴加油、喝彩；伙伴能背出一首唐诗时，鼓掌表扬。第三，家长应该做好孩子的榜样，所谓言传身教，当在生活中遇到矛盾和冲突时，大人应该在孩子面前表现得宽宏大量、不计较得失，使孩子受到熏染和教育，这样做比讲多少大道理都有用。最后，还可以偶尔让孩子尝试一下"反面教育"，让孩子体验一下斤斤计较的坏处，如告诉孩子如果他太小气，别的小朋友就不喜欢、不愿意和他做朋友，如果他不懂得原谅别人，以后别人也不会原谅他的错误。

Q 疑问：为什么宝宝有时会乱说话？

原 因

宝宝1岁以后会说越来越多的话，可是有时候他会突然冒出几句粗鲁、伤人的话，让人吓一跳，无论这些是不是孩子的本意，在某些场合说出来不仅惹出尴尬，甚至会造成不必要的麻烦。可爱的宝宝为什么会说出这些粗鲁又伤人的话呢？孩子说粗鲁、伤人的话有几种情况，一是孩子在受到伤害、生气、失败或是感觉无人疼爱时，就会说脏话，并且表现得粗鲁无礼。二是，孩子急于表达自己的真实想法，如看到新的事物联想到别的事物时，就会发表自己的真实感受，说出自己的想法。比如看到相貌奇特的人，他会脱口而出："为什么那个人长得那么丑？"惹得旁人侧目，家长也会非常尴尬。因此，当孩子"口出狂言"时要弄清原因，区别对待。

聪 明 妈 妈 这 样 做

首先应该向孩子表明你的立场，让他明确知道他这样说话是不对的。很多家长对待孩子的粗言秽语不仅不严格批评，甚至还觉得搞笑，这样不仅让孩子以为自己做得非常对，洋洋得意起来，还会让孩子得寸进尺。当孩子第一次说粗鲁的话时，家长就要马上制止："你这样说是不对的，我们每个人都应该尊重他人，以后不可以像刚才那样说话。"其次，当孩子在某些场合说出让人尴尬的话时，则需要一点教育他的技巧，家长可以将孩子拉到偏僻处再告诉孩子他犯的错误，如"你的看法也许是对的，但是这样说话会让那位阿姨很难受，也是很不礼貌的事。你也不希望阿姨难受对吗？"事后，再向孩子认真的谈他当时的感受，再次强调他这样说是不对的。当孩子和小伙伴发生争执说出脏话时，父母应该立即打断他们的话，不要帮任何一方，将他们分开10分钟，等到孩子情绪都冷静下来后，

可单独和他们谈也可以召集他们在一起，让他们说说刚才发生了什么事，然后告诉他们谁都会发生争吵，但是说粗话是很不尊重人的行为，其实矛盾还可以用别的方法解决，让孩子互相道歉，这时就应该马上将孩子的注意力转移到玩具、尚未完成的游戏，让他们吃点东西等，让他们从矛盾中自然地又过渡到亲密的朋友。第三，家长注意自己说话用语，有一些家长平时不注意总是在孩子面前说脏话，或者将孩子带到各种充斥脏话的场所，久而久之孩子就会自己学会这些粗鲁的语言，并且运用自如起来。

Q 疑问：为什么宝宝总爱和我唱反调？

原 因

3岁将迎来孩子的第一个逆反，这个阶段最明显的特点就是喜欢和父母唱反调。为此，父母都会感到很困惑，这么小的孩子也有逆反期？为什么一直很听话的孩子突然和我对着干？你让他穿鞋子，他偏偏光着脚在地上跑；你让他讲礼貌，他反倒说脏话，看到大人变色，他不但不害怕，反而还笑嘻嘻的，实在是拿他没办法。其实，3岁左右到了孩子心智发育的敏感期，自我意识强烈，他希望父母每时每刻都关注着他，他觉得自己有许多的力量，可是父母却没有发现，于是他想尽办法取得大人的关注。当他发现和父母唱反调时，父母关注自己的时间最长，也最愿意听自己讲话，他就会一而再，而三地开始捣乱了。幸好这个逆反期只是阶段性的，不会长期困扰。

3岁的孩子已经能听懂成人大部分的话，但是还有很多不明白的道理，所以，有时采取讲道理的办法并不能制伏捣蛋的孩子。有时候行动比语言更有力量，当他继续和你对着干时，你只需要默默地把他控制住，如把他拎到沙发上穿上外套，把他抱离商店的玩具柜台。此时，用行动表明你的态度，但是孩子可能就会号啕大哭，要反调唱到底的架势，不必在意他，让他哭个够，等他冷静下来就会为刚才的行为感到内疚。下次他就会知道，唱反调是不会有好下场的。另外，父母也应该反省一下自己，是不是平时陪孩子的时间太少，对他的关注度太小，致使孩子只能出此下策来吸引你的注意力。父母应该尽量每天抽固定的时间和孩子进行亲子互动，及时了解孩子能力的发展，耐心地跟他说话。这样做非常难吗？其实，吃饭的时间就可以边吃边和孩子交流今天在幼儿园发生的事，洗碗的时间让孩子为你唱今天新学的儿歌，再抽出半个小时到楼下散散步，孩子也会抓住这些时间向你展示他的新能力。

Q 疑问：为什么宝宝会撒谎？

原 因

撒谎是最恶劣的不良品质之一，但是每个孩子在成长道路上都会犯撒谎的错，如何避免让撒谎成为孩子的一种习惯是家长要注意的问题。但是，从来没有人教孩子撒谎，他怎么就自己学会了呢？其实，孩子撒谎的原因有很多，第一种是无意撒谎。3岁左右的孩子想象力丰富，常常把现实和想象的事物相结合，如宝宝会说："房间里有大老虎。"明明手里什么也没有，却对妈妈说："看！我的机关枪多厉害！"这时孩子根本没有意识到他在撒谎，通常是因为孩子害怕或渴望得到一样东西，当心愿不能满足时，只能通过想象与现实结合来获取心理

平衡，这种"谎言"家长不必担心，是孩子成长阶段都会出现的暂时现象，通过讲道理能让孩子改正过来。值得重视的是孩子的有意撒谎，原因有很多，如做错了事情，害怕家长、老师的惩罚，害怕别的小朋友看不起自己，因此而撒谎；又如孩子希望得到大人的夸奖，不愿意做某件事，又找不到拒绝的理由时，就会选择撒谎。除了这些主观原因，很多孩子撒谎是跟着父母学的，比如孩子撒谎不想上幼儿园，家长就有可能当着孩子的面打电话给老师，撒谎说今天孩子不舒服，这样大人的撒谎行径就落在了孩子眼里，父母成了坏榜样。有意撒谎如果没有遭到制止就会发展成习惯性撒谎，各位父母千万不能忽视。

首先，对待孩子无意撒谎的行为，家长可以进行正面引导。当宝宝又在幻想自己拥有一架战斗机时，妈妈千万不要责骂他无根据地想象，而应该说："宝宝你没有战斗机，但是妈妈知道你很喜欢也想要一架战斗机，你的想象力真丰富。那我们来想象一下战斗机的样子，他有多厉害，由你来说好不好？"妈妈不但指出了孩子的错误，并且对撒谎行为进行正面诱导，孩子会逐渐摆脱撒谎行为，大胆地进行想象和创造。而对待有意撒谎，家长就不能这么宽容了。明确指出孩子的错误是非常有必要的，如果家长上来就是一顿打骂、斥责，会给孩子造成巨大的心理压力，还可能造成适得其反的效果。家长其实可以把惩罚进行得更巧妙些，比如在指出孩子的错误后，提醒孩子不要再犯同样的错误，同时让孩子自己说一个惩罚的办法，如讲一个故事，帮妈妈打扫等。作为家长，对自己的行为也要引起足够重视，如家长会经常这样哄孩子"乖乖的自己玩，等会给你买糖吃。""再不听话，就叫警察叔叔来把你抓走！"父母这些信口开河，不会实现的玩笑话，看似不重要，孩子却已经记在心里，对时间长了，他也会跟着父母学，胡编乱造，讲一些不负责任的话。

定价
39.90元

《0～3岁提升宝宝智力的300种亲子游戏》

　　本书详细地介绍了适合不同年龄阶段的宝宝智力开发重点，通过对大脑的刺激提高思维能力的对话方法、刺激身体感觉和认知能力的游戏方法等，父母必须做的事情和科学的指导方法。另外，本书内容包含了有助于智力开发的离乳食品和宝宝房间的装饰指南，让很多妈妈烦恼的早期教育和教育机构的信息，以及为宝宝营造舒适成长环境的方法。

　　幼儿期的智力教育犹如为土壤施肥的过程，要使孩子们通过寓教于乐的游戏来锻炼大脑，并充分地接受良好的信息，因此建议家长不要期待通过游戏教育就能马上改变孩子，而应该耐心地等待孩子的变化。

定价
20.00元

《发掘孩子的潜能》

　　著名的美国心理学家乔伊·保罗·吉尔福特提出，人类所具有的才能多达180余种，"所有的孩子都拥有属于自己的才能！"美国心理学家艾伦·温纳则再三强调，一定要摆脱"全能超人式的英才神话"，英才教育的核心在于发现孩子潜在的才能。没有任何人比父母更了解孩子的，只要能掌握正确的方法，父母完全能找出孩子的潜在才能，将孩子引向成功的巅峰！

　　在本书中，韩国英才教育学会会长宋忍燮教授，以多年来对英才教育的研究为基础，以简单易懂的表达方式，向读者们介绍了"准确发现和培养孩子才能的方法"。本书会为那些由于没有找到孩子的潜在才能而苦恼的父母们指出适应性教育的正确方向，还会帮助父母及时、准确地找出子女的非凡才能。

定价
18.00元/本

《宝贝性格训练营系列》

　　美国总统尼克松先生有一句话：对一个人来说，真正重要的不是他的背景、他的肤色、他的种族或他的宗教信仰，而是他的性格。现在的孩子身处富裕的生活之中，但是却存在着各种各样的性格问题：有的孩子自卑，有的孩子胆小，有的孩子孤僻冷漠……如是等等问题，每一个都令父母们大伤脑筋。无论是孩子性格的塑造还是性格缺陷的矫正，父母的教养方式起着至关重要的作用和影响，父母应该主动根据孩子的性格特点制定有的放矢的教养方案。

　　本系列丛书基于幼儿心理特点和发展规律，以孩子的视角去观察成人世界的沟通模式，将孩子的心理诉求作为父母关注的焦点，让父母们去寻找答案，从而发现孩子的性格缺陷，解决孩子的情绪困扰。